국파선생문집
菊坡先生文集

예천박물관 국역총서 03

국파선생문집

菊 坡 先 生 文 集

※

예천박물관 엮음

시계가 없던 그 시절, 우리의 선조는 해가 뜨고 기울며 별이 자리를 옮기고 지는 것을 보며 하루를 시작하고 마무리하였으니 한순간도 멈추지 않았고 한순간도 멈출 수 없는 불변의 진리에 순응하면서 일생을 영위해 왔습니다.

우리의 선조께서는 이러한 일상을 영위하면서 우리에게 커다란 자산을 남겨주었으니, 예천을 토성으로 하는 다양한 성씨(姓氏)가 시작되었고 국내 최초의 백과사전《대동운부군옥》이 저작되어 현재까지 우리 예천지역에 이어지고 있습니다.

예천지역 역사와 문화의 원류(原流)를 논하면서 국파(菊坡) 전원발(全元發)을 논외로 할 수 없으니, 예천 용궁(龍宮)은 그의 본관이며 봉호(封號) 축산부원군(竺山府院君)의 '축산(竺山)'은 용궁의 옛 이름이기도 합니다. 국파 선생은 오로지 그 자신이 가진 뛰어난 인물성으로 고려 말기 원나라에 들어가 현량문학(賢良文學)에 응시하여 병부 상서(兵部尙書) 겸(兼) 집현전 태학사(集賢殿太學士)에 이르렀으며 원나라 황제에게 고려에 부과한 세공(歲貢)을 줄여줄 것을 요청하여 허락을 얻어 조선이 건국된 이후에도 국파 선생의 은택이 이어졌습니다. 국파 선생은 원나라에서 귀국한 이후 고향으로 돌아와 낙동강으로 흘러드는 물가에 정자를 짓고 은거하였는데 지금의 청원정(淸遠亭)이 바로 그것입니다. 훗날 조선 숙종은 교지(敎旨)를 내려 그의 공적을 칭송하였고 퇴계 이황은 세상에 보기 드문 명현이라 칭하였습니다. 이것이 바로 우리 예천박물관이 세 번째 국역서로《국파선생문집(菊坡先生文集)》을 선택한 이유입니다.

세월이 흘러도 사라지지 않는 명성이 있었지만 전해지는 문헌이 많지 않았는데 국파 선생의 행적과 저작이 모두 사라지기 전에 그의 후손과 학자들이 힘을 모아 국파 선생의 문집을 간행하여 지금의 우리에게 소략하게나마 그를 추모할 수 있는 기회를 남겨주었습니다.

바쁘신 중에 기꺼이 번역을 맡아주신 윤호진 교수님, 그리고 국역서의 완성도를 높이기 위하여 애써주신 김순미, 박선이 선생님과 우리 선현의 우수성을 제고할 수 있는 기회를 제공해 준 예천박물관 직원들의 노고에 감사 인사를 드립니다.

예천군수 김학동

한 사람의 행적을 더듬어 그를 추모하는 방법 가운데 으뜸은 저작(著作)을 모으고 행적을 기록하여 시간이 흘러도 살펴볼 수 있는 책을 만드는 것이라 할 수 있습니다.

우리 예천지역 역사 속에 학문과 행적이 뛰어난 인물이 많지만 국파(菊坡) 전원발(全元發)은 지역에서도 으뜸을 다투는 인물입니다. 이러한 사실은 부정할 수 없을 것입니다. 선생은 고려의 관료로서 원나라에 들어가 금자영록대부(金紫榮祿大夫) 병부상서 겸 집현전 태학사라는 벼슬에 이르렀으며 익재(益齋) 이제현(李齋賢), 난계(蘭溪) 김득배(金得培), 척약재(惕若齋) 김구용(金九容)과 도의(道義)로 교제하였습니다. 입재(立齋) 정종로(鄭宗魯)는 "중국에 들어가 벼슬하여 공과 명예가 완전한 사람은 오직 국파 선생뿐"이라고 하였고, 퇴계(退溪) 이황(李滉)은 "사당을 세워 그의 업적에 보답해야 한다"라고 하였습니다. 이 때문에 조선 숙종은 나라를 부강하게 하고 백성을 편안하게 하였다는 전교(傳敎)를 내렸고, 이에 후손들은 소천서원(蘇川書院)을 건립하였습니다. 이는 모두 그가 남긴 업적이 있었기 때문이며 그를 존경하고 숭상하는 후손의 마음에서 발원한 결과입니다.

예천박물관의 세 번째 국역서인《국파선생문집(菊坡先生文集)》은 국파 선생의 후손들이 선현의 저작과 행적을 모으고 당대까지 간행한 여러 문집 가운데 그에 관한 내용을 모아 편찬한 책입니다. 우리 예천박물관에서는 국립중앙도서관에 소장되어 있는《국파선생문집》을 발굴하였고 경상국립대학교 한문학과 교수를 역임하신 윤호진 선

생님께서 번역의 수고를 맡아주셨습니다. 윤호진 선생님께서는 번역 중에 국파 선생의
행적이 수록되어 있는 여러 문헌 사료를 일일이 찾아 주셨고 그 내용을 본 국역서에
부록의 형태로 함께 수록하였습니다.

　국파 선생의 시문은 2편에 불과하지만 흩어지고 소실되어 더 이상 전하지 않는 그의
문장을 음미하고 향유할 수 있다는 것만으로도 큰 가치가 있다고 생각합니다.

　우리 예천박물관의 성장을 위하여 칭찬을 아끼지 않는 지역민, 그리고 박물관과 함
께 성장하며 학문적 성취를 이루고 있는 직원 여러분께 감사의 인사를 전합니다. 마지
막으로 국역을 맡아주신 윤호진 선생님, 교열과 윤문을 담당하신 김순미, 박선이 선생
님께도 감사한 마음을 전합니다.

　《국파선생문집》을 읽어나가며 글이 전하는 깊은 울림이 무엇인지 다시금 되새기는
시간이 되기를 바랍니다.

예천박물관장 이재완

일러두기

1. 이 책은 국립중앙도서관 소장 1910년 간행 《국파선생문집(菊坡先生文集)》(청구기호: 810.819-국466)을 저본으로 하여 정서 · 국역하였다.
2. 번역은 한글 전용을 원칙으로 하되 한자 표기가 필요한 경우 한자를 병기하고 상세한 내용은 각주를 달아서 설명하였다.
3. 《신증동국여지승람》 등 여러 문헌에 수록된 전원발 및 청원정에 대한 기록 가운데 본 국역 대상 문헌에 수록되지 않은 것만을 가려 선별하여 정서 · 번역하였으며, 이 경우 '국역본의 증보'라고 별도로 기재하였다.
4. 영인본은 원본 제책 방식에 따라 277쪽부터 230쪽까지 역순으로 배치하였다.

물이 산을 만나 돌아가는 곳을 곡(曲)이라 한다. 청대(淸臺)의 물은 북쪽의
우암(愚巖)에서 남쪽의 소호(蘇湖)까지 이른다. 곡을 이룬 곳이 아홉 곳인데,
곡마다 모두 층층의 바위와 푸른 절벽이 있다. 위와 아래의 거리는 10리쯤인데

한 번 바라보면 모두 볼 수 있다.……제9곡은 소호곡(穌湖曲)으로 청원정 곁에 있다. 바위 사이에 김 척약재(金惕若齋, 김구용(金九容))가 쓴 '청원정'이란 세 글자가 있다. 동쪽에는 무이촌(武夷村)이 있고, 남쪽 몇 리쯤에는 낙동강이 있다. 곡을 따라 시를 지으면서 그 좋은 경치를 기록할 뿐 감히 회옹(晦翁)의 〈무이구곡시(武夷九曲詩)〉를 흉내 내는 것은 아니다. (국역본 증보)

凡水之遇山回轉處爲曲 清臺水 北自愚巖 南至穌湖 爲曲者九 曲曲皆有 層巖翠壁 上下十里間 可以 一望盡見……第九穌湖曲 在清遠亭傍 巖間有 金惕若齋所書清遠亭三字 東有武夷村 南數里有洛江 逐曲賦詩 以記其

《국파선생문집(菊坡先生文集)》해제

윤호진(전 경상국립대학교)

1. 머리말

이 책은 고려 말의 국파(菊坡) 전원발(全元發)의 유작과 그에 관련된 여러 자료들을 모아 놓은 것이다.

전원발은 고려의 문과에 급제한 뒤에 원나라 제과에 장원하여 벼슬이 금자영록대부(金紫榮祿大夫) 병부상서(兵部尙書) 겸(兼) 집현전태학사(集賢殿太學士)가 되어 치사하였다고 한다. 사실이 그렇다면 이는 우리나라 역사상 중국에 가서 가장 출세한 인물 가운데 한 분이라 할 것이다. 그래서 소천서원의 상량문을 지은 김해(金楷)는 "금자(金紫)가 되어 고향으로 돌아온 영광은 고운(孤雲)이 외국에서 벼슬한 것보다 낫다."라고 하였고, 정종로(鄭宗魯, 1738~1816)는 〈묘갈명 병서〉에서 "우리나라에서는 최 고운(崔孤雲) 이래로 이 목은(李牧隱) 이외에 중국에 들어가 벼슬함으로써 공(功)을 베풀어 지금에 이르기까지 몸과 명예가 모두 완전한 사람은 오직 '국파'가 있을 뿐이다."라고 하였다.

그런데 그가 남긴 유작은 영성하고 관련 자료도 그리 많지 않아 그에 대해 자세히 알기 어렵다. 이러한 사정으로 인하여 후손들을 중심으로 수 세기에 걸친 노력 끝에 자료들을 수집하고, 또 후손들이 여러 시기에 걸쳐 자기 당대의 이름난 학자 문인에게 청하여 생애 문자를 받아서 수록하였다. 이렇게 전원발과 청원정(淸遠亭) 등에 관한 자료를 모두 모아 놓은 이 책은 청원정의 인물과 활동 등 그 위대한 삶의 궤적을 살피는 데 가장 중요한 자료가 되었다.

다만 이 책에는 지금의 시점에서 고전번역원이 제공하는 DB 등을 참고하여 살펴볼 때, 빠진 자료들이 제법 많다. 간략하기는 하지만 전원발에 대한 전기적 성격의 글들, 그리고 청원정에 관한 많은 작품 가운데 기존의《국파선생문집》에서 빠진 것을 채록하여 수록하는 일이 필요한 과제가 되었다.

이 글에서는 이 책에 대한 구체적이고 자세한 이해를 위해 저자의 생애를 간략히 살펴보고, 이어서 이 책이 편집되고 간행된 복잡한 과정, 이 책이 보여주는 체제와 내용, 번역하면서 증보한 부분 등에 대해 간략히 살펴보고자 한다.

2. 저자의 생애

저자 전원발은 본관이 축산(竺山)이고, 호는 국파(菊坡)이다. 전씨는 신라 때 정선군에 봉해진 전선(全愃)이 상조(上祖)이고, 전이갑(全以甲)은 고려 태조를 도와 순절하여 그의 아우 전의갑(全義甲)과 함께 대구의 한천서원(寒泉書院), 초계(草溪)의 도계서원(道溪書院)에서 제향되고 있다. 여러 대를 내려간 뒤에 전방숙(全邦淑)이 용성부원군(龍城府院君)에 봉해져서 정선 전씨에서 용궁 전씨 혹은 축산 전씨로 본적이 바뀌었는데, 이분이 전원발의 5대조이다.[1] 고조는 중서사인(中書舍人)을 지낸 전정민(全正敏)이고, 증조는 전법총랑(典法摠郞) 전충경(全忠敬)이고, 할아버지는 판도총랑(判圖摠

---

[1] 이상은 정종로의 〈묘갈명 병서〉에는 생략되었으나, 정필규(鄭必奎)의 〈축산부원군 국파 전 선생 행장(竺山府院君 菊坡 全先生 行狀)〉, 이만인(李晩寅)의 〈신도비명 병서(神道碑銘 幷序)〉, 전희일(全熙一), 전희옥(全熙玉)의 〈가장(家狀)〉, 전홍규(全弘奎)의 〈선조 국파 선생 유사(先祖菊坡先生遺事)〉 등에 실려 있어 이를 정리한 것이다.

郞) 전대년(全大年)이며, 아버지는 응양군(鷹揚軍) 민부전서(民部典書) 전진(全璡)[2]이다. 부인은 상주 박씨로 박정장(朴挺樟)[3]의 따님이다.

1315년(충숙왕2) 원나라는 고려에서 현량문학(賢良文學)으로 선비를 선발하여 시험을 보게 하였는데, 충숙왕(忠肅王)이 전원발에게 응시하도록 하여 들어가서 장원으로 급제하였다. 이후 1354년(공민왕3)에 귀국할 때까지 중국에서 벼슬하던 기간이 길었음에도 벼슬한 것이나 활약상에 대해서는 국내외를 막론하고 전해지는 것이 없다.

다만 그는 고려가 원나라에 세공(歲貢)으로 준마(駿馬)와 금은(金銀), 그리고 견백(絹帛)[4]을 바치는 폐단을 견디기 힘들어하자 원제(元帝)에게 간절히 아뢰어 특별히 줄이는 은택을 받았고, 명나라에 이르러서도 또한 그것을 따랐다고 한다. 1342년에 그는 속리산 법주사에 있는 자정국존 비문의 글씨를 썼는데, 이때 전교부령(典校副令) 직보문각(直寶文閣)이란 직함을 가지고 있었다.

1354년 무렵 아버지의 상을 당하여 원나라에서 벼슬을 그만두고 귀국하였는데, 그때의 벼슬이 금자영록대부 병부상서 겸 집현전 태학사에 이르렀다. 전원발이 귀국하자 공민왕은 그의 공로를 인정하여, 축산부원군(竺山府院君)에 봉하고, 또 축산 서쪽 성화천(省火川)의 한 구역을 하사하였다.

공민왕 때에 간신이 정사를 마음대로 행하는 것을 보고 그는 벼슬을 그만둔 뒤에 고향으로 돌아와 축산 아래에 물러나 살며, 이곳에 청원정을 짓고 유유자적하며 노년을 보냈다. 그리고 익재(益齋) 이제현(李齊賢, 1287~1367), 난계(蘭溪) 김득배(金得培,

---

2. 전진(全璡) : '全珪'이라 잘못 표기된 곳도 있다.

3. 박정장(朴挺樟) : 이름이 이 책의 여러 글에 각기 다르게 쓰여 있는데 어느 것이 맞는지 알 수가 없다. 전홍규의 〈가장〉과 이천섭(李天燮)의 〈국파 전 선생 유사 기략(菊坡全先生遺事記略)〉에서는 '挺樟', 이만인의 〈신도비명 병서〉에는 '梃樟', 정필규의 〈축산부원군 국파 전 선생 행장(竺山府院君菊坡全先生行狀)〉에는 '珽章'으로 되어있다.

4. 준마(駿馬)와 견백(絹帛) : 이것들 중간에 정종로(鄭宗魯)의 《입재집(立齋集)》 권34 〈축산부원군 국파전공 묘갈명 병서(竺山府院君菊坡全公墓碣銘 幷序)〉에는 '金銀'이 더 있다.

1312~1362), 척약(惕若) 김구용(金九容, 1338~1384) 등과 더불어 도의(道義)로 사귀며 서로들 매우 기뻐하였다고 한다. 1357년(공민왕6) 가을에는 명을 받고 조정으로 달려갔고, 이즈음 이제현의 사저(私邸)로 나아갔다. 돌아와서 이제현이 읊어준 시를 외워서 누대에 상판을 하고, 1358년(공민왕7)에 〈서 이익재 관공루 시후(書李益齋觀空樓詩後)〉라는 글을 지었다.

1남 2녀를 낳았는데, 아들은 한(僩)으로 문과에 급제하여 사복시 정(司僕寺正)을 지냈다. 딸은 판사 김득남(金得男), 권천우(權天佑)에게 시집갔다. 아들 한은 7남 4녀를 낳았는데, 큰아들은 해(該)이고, 둘째는 직(直)으로 내섬시 판사(內贍寺判事)를 지냈고, 셋째는 강(强)[5]으로 소윤(少尹)을 지냈고, 넷째는 근(謹)으로 문과에 급제하여 군사(郡事)를 지냈고, 다섯째는 경(敬)으로 문과에 급제하여 현감을 지냈고, 여섯째는 율(慄)이고, 일곱째는 보적(寶積)이다. 딸은 사복시 정 백권(白綣), 판관 오순(嗚淳), 서한(徐漢), 주서 고유렴(高有濂)에게 시집갔다.

그의 묘소에 대해 15대손 전희일(全熙一)·전희옥(全熙玉)이 지은 〈가장(家狀)〉과 이천섭(李天燮, 1730~?)이 차한 〈국파 전 선생 유사 기략(菊坡全先生遺事記略)〉에서는 분퇴동(分退洞) 부임지원(負壬之原)에 부부 합장으로 장사지냈다고 하였다. 부임지원은 병향의 산언덕을 말하니, 부임은 임을 등지고 있는 방향 곧 병향을 말한다. 이만인(李晚寅, 1834~1897)의 〈신도비명 병서(神道碑銘並序)〉에서는 바로 "분퇴동(分退洞) 병향의 언덕[丙向之原]에 있다"고 하였다.

그의 사적은 많이 남아 있지 않지만 그는 사후에 많은 사람들에게 매우 높은 평가를 받았다.

---

5. 강(强) : 정종로의 《입재집(立齋集)》 권34 〈축산부원군 국파 전공 묘갈명 병서〉에는 '弘'으로 되어있다.

전원발이 국가적으로 그 공로를 인정받은 것은 조선 숙종 때[6]에 이르러서다. 사람들의 기록에 의하면, 숙종은 교지를 내려 그가 원나라에 보내는 공물을 줄여 백성들의 고통을 줄였다는 점을 높이 평가하여, 공민왕이 내려준 성화천을 백성들을 소생시켜주었다는 의미로 소천(蘇川)이라 개명하도록 하였고, 숙종의 이러한 뜻에 따라 그곳의 선비들이 힘을 모아 소천서원(蘇川書院)을 세워서 그를 기렸다.

이러한 사실에 대해 정종로는 〈묘갈명 병서〉에서 "숙종 때에 이르러 세공(歲貢)이 경감되도록 하였던 일로 임금이 하교(下敎)하여 말하기를, '우리나라가 부유하고 백성이 편안한 것이 과연 누구의 힘인가. 이로써 고을의 사림(士林)들은 곧 선생의 장구지지(杖屨之地)인 소천(蘇川)에 사당을 세우라.'라고 하였다."라 하여, 숙종이 전원발을 위해 서원을 세워 제사지낼 것을 명했던 일을 전하고 있다.

숙종의 명으로 인근의 선비들이 소천서원을 세워 전원발의 제사를 지내고 있다는 것은 전원발의 〈신도비명 병서〉를 쓴 이만인과 〈가장〉을 쓴 15대손 전희일, 전희옥 등 많은 사람들의 글에서 전하고 있다.

그의 사후 숙종의 위와 같은 평가와 처분을 받기 훨씬 이전에 민간에서 전원발에 대해 높이 평가한 인물은 바로 퇴계(退溪) 이황(李滉)이었다. 이황은 그에 대해 "간세(間世)의 어진이"라고 평가한 뒤에 그 은혜에 보답해야 한다고 말하였다고 한다. 8세손 전찬(全賛)이 이황에게 배웠는데, 어쩌다 자신의 선조 전원발에게 말이 미치자 이때 이황이 말하기를, "이 어른〔此爺〕은 세상에 드문 명현으로 높이 보답하는 것이 마땅하다."라고 하였다고 전한다.

이황의 후손인 이만인도 전원발에 대한 〈신도비명 병서〉에서 "선생의 8세손으로 참봉이 된 찬(贊)은 우리 선조 퇴도 부자(退陶夫子)의 문하에서 배웠다. 말이 선생을 제

---

6. 숙종 때 : 정종로의 《입재집(立齋集)》 권34 〈축산부원군 국파 전공 묘갈명 병서〉에는 '英廟朝'로 되어있다.

사 지내는 일에 미치자 부자께서 말씀하시기를, '이 어른은 세상에 드문 명현으로 높이 보답하는 것이 마땅하다.'라고 하였다. 백여 년 뒤에는 고을 사람들이 소천서원을 세워서 향사(享祀)를 지내고 있다."라고 하였고, 이 일에 대해 15대손 전희일, 전희옥도 또한 〈가장〉에서 비슷한 내용을 전하고 있다. 여러 사람이 전하듯 이황은 이런 말을 하였을 뿐만 아니라 전원발이 살던 청원정에 대한 절구시 두 수를 지어 부쳐 보냈는데, 그 시는《퇴계선생문집》및《국파선생문집》에 수록되어 있다.

전원발에 대한 이황의 평가와 숙종의 하교에 힘입어 소천서원이 세워지고 청원정이 복원되는 등 전원발을 추모하는 일은 활발하게 진행되었다. 이후 조선 후기에 들어서는 정종로, 이원섭 등이 전원발의 생애 자료를 정리하여 최치원, 이색 등 중국에 가서 벼슬하였던 역사적 인물들과 비교하며 평가하는 것을 볼 수 있다.

정종로는 〈묘갈명 병서〉에서 "우리나라에서는 고운(孤雲) 최치원(崔致遠) 이래로 이 목은(李牧隱) 이외에 중국에 들어가 벼슬함으로써 공(功)을 베풀어 지금에 이르기까지 몸과 명예가 모두 완전한 사람은 오직 국파(菊坡)가 있을 뿐이다. 그러니 의당 백세토록 묘당에서 밥을 올리고, 묘소에도 또한 드러내어 기록함으로써 더욱 영구히 보존하고 지켜야 하리라."라고 하였는데,《교남지(嶠南誌)》권38의 용궁군의 비판(碑板)에 이 내용을 그대로 싣고 있다.

이천섭(李天燮)도 〈국파 전 선생 유사 기략〉에서 "높은 공훈과 맑은 풍도가 우뚝하여 백세토록 숭상하고, 완고한 사람을 청렴하게 하고, 겁이 많은 사람을 붙들어 세우며, 산이 높고 물이 긴 것처럼 덕이 높게 하여 빛나는 영혼을 밝히고 아름답게 하니, 그 후손들의 과거 합격과 벼슬이 이어져서 끊어지지 않았다."라고 하였다.

이상 전원발의 생애와 후대의 평가에 대해 살펴보았는데, 이 가운데에는 몇 가지 살펴보아야 할 대목이 있다. 첫째는 그가 교유한 인물들에 대한 것이다. 전원발에 대한 각종의 자료에서는 익재(益齋) 이제현(李齊賢), 난계(蘭溪) 김득배(金得培), 척약재(惕若齋) 김구용(金九容) 등과 더불어 도의지교 내지는 금석지교를 맺어 매우 즐겁게 지냈다고 한다. 이에 대한 이야기는 정종로와 이천섭(李天燮), 그리고 정필규(鄭必奎)의 글에 비교적 이른 시기에 자세히 언급되고 있음을 볼 수 있다.

정종로는 〈묘갈명 병서〉에서 "익재 이제현, 난계 김득배, 척약 김구용 등과 더불어 도의(道義)로 사귀었는데, 서로들 매우 기뻐하였다."라고 하였고, 이천섭의 〈국파 전 선생 유사 기략〉과 정필규의 〈축산부원군 국파 전 선생 행장〉에서도 모두 거의 같은 말을 하고 있음을 볼 수 있다.

정필규보다 1세기 뒤에 태어난 이만인도 그의 〈신도비명 병서〉에서 "더불어 시를 수창하고 경치를 감상하며 도의로 사귀었던 사람들로는 익재 이제현, 난계 김득배, 척약재 김구용이 있다."라고 하였고, 이밖에도 1919년에 〈청원정 중수기(淸遠亭重修記)〉를 지은 김소락(金紹洛)은 "삼현(三賢)과 도의로 교제를 맺었다."라고 하였는데, 삼현(三賢)은 바로 이제현, 김득배, 김구용을 말한다.

이들 모두는 이제현, 김득배, 김구용 세 사람이 도의로 교제를 맺어 날마다 시를 읊조리며 즐겁게 지냈다는 데에 동의하고 있다. 하지만 이제현과 김득배는 25세의 차이가 있고, 김구용과는 51세의 차이가 있으며, 김득배와 김구용만 해도 26세의 차이가 있으므로 이들이 특히 김구용과 도의지교 내지는 금석지교를 맺었다는 것은 현실적으로 불가능하다.

둘째는 생년에 대한 것이다. 전원발이 언제 태어났는지는 알 수 없다. 전원발의 생애 가운데 가장 이른 시기의 언급은 고려 문과에 합격한 때이다. 정종로는 〈묘갈명 병서〉에서 "당시에 중국(中國, 원나라)에서 우리나라의 현량문학을 선발하여 시험을 보게 하였는데, 충숙왕(忠肅王)이 공에게 응시하도록 하였더니 들어가서 과연 장원으로 급제하였다."라고 하였다. 이러한 사실은 숙종의 교지에서도 "전원발(全元發)은 현량문학으로 선발되었다."라고 한 바 있으며, 이만인의 〈국파선생문집 서〉, 그리고 전홍규(全弘奎)의 〈선조 국파 선생 유사(先祖菊坡先生遺事)〉에서도 "충숙왕 때 문과에 합격하였다."라고 하였는데,《국파선생문집》에 인용된《대동사강(大東史綱)》에서는 "충숙왕 2년(1315, 을묘년)에 원나라에서 우리나라의 현량문학을 선발하는 일이 있다고 하여 전원발이 원나라로 들어갔다."라고 더욱 구체적으로 연도까지 밝히고 있다.

그런데 합격한 때의 나이가 몇 살이었는지 밝혀져 있지 않아 그의 생년을 추정하기가 어렵다. 전원발과 금석지교를 맺었다는 이제현은 1301년(충렬왕27) 4월에 성균시에 1등으로 합격하고 이어서 5월에 과거에 합격하였으니, 이때 나이가 14살이고, 난계 김득배는 18세 때인 1330년(충숙왕17) 문과에 급제하였다. 전원발이 1315년 고려 문과에 합격한 뒤에 바로 중국의 제과에 응시하였다고 하였는데, 당시 과거급제 나이가 이제현, 김득배만 보아도 14살, 18살로 매우 이르다. 이때 전원발의 나이가 20세였다고 가정하여도 전원발은 1295년생이 되니 1287년생인 이제현보다 8년 이상 뒤에 태어난 것이 되므로 이제현과도 벗이 되기에는 나이 차이가 큰 것을 알 수 있다. 1330년 18살로 급제한 김득배는 1312년생이 되므로 전원발보다는 또 한참 후배인 것을 알 수 있다. 이들 세 사람은 벗이 되기에는 서로 상당히 나이 차이가 나는 관계였음을 알 수 있다.

전원발은 이제현이 백화사에서 지은 시에 차운하였을 뿐만 아니라, 이 시에 대해 발문까지도 남겼는데, 이 글에서 이제현이 전원발에게 "내가 일찍이 관공루 시를 지었는데, 그대는 보았는가?"라고 물으니, 전원발이 "아직 보지 못했습니다."라고 하고, 이제현이 관공루 시를 외우니, 전원발은 이를 듣고서 마음속에 새겨 놓고 그것이 묻히고 매몰되어 알려지지 않을까 두려웠다고 하였는데, 전원발은 이제현에 대해 공(公)이라 하고 이제현은 전원발에게 그대[子]라 한 것 등으로 보아 이제현이 전원발보다 나이가 많았던 것으로 판단된다.

　이를 통해 이들 세 사람은 벗으로 지내기에는 서로 상당한 나이 차이가 있었던 것으로 보이므로 친한 벗으로 서로를 대하였다기보다는 동향의 선후배로서 친한 관계를 유지하였던 것이라 추정할 수 있다.

　셋째는 전원발과 김구용의 관계이다.《여재촬요(輿載撮要)》에서는 "전원발(全元發)은 석벽에 '청원정(淸遠亭)'을 전각(篆刻)하였다."라고 하였지만, 이 내용은 김구용이 전원발의 구거지에 새긴 것을 잘못 전하고 있는 것이다. 앞서 살펴본 바와 같이 전원발과 이제현, 김구용은 각각의 나이 차이가 많아 도의지교, 금석지교를 맺어 벗으로 지내기에 어려웠을 것으로 생각되는데, 특히 김구용은 정당문학 백문보의 문인으로 권사복 · 이숭인(李崇仁) · 이무방(李茂芳) 등과 동문(同門)이라는 사실로 보아도 이제현은 물론 전원발과도 벗이라 하기 어려운 상황이므로 적어도 1~2세대 뒤의 사람으로 보는 것이 마땅할 듯하다.

　김구용의 문집인《척약재선생학음집(惕若齋先生學吟集)》권상에는 〈전소윤에게 보내다(酬全少尹)〉라는 시가 수록되어 있는데, 여기서 전소윤은 전원발의 손자로 소윤을 지낸 전강(全强)을 가리키는 것으로 추정된다. 그렇다면 김구용은 전원발이 아닌 전원발의 손자 전강과 벗으로 지냈던 것이 아닌가 한다.

죽계는 흘러 낙동강에 접하였는데	竹溪流接洛東江
청원정 앞에는 온갖 나무 누렇네	淸遠亭前萬樹黃
멀리서 국파의 중양절을 생각하니	遙想菊坡重九日
여러 자제가 다투어 축수 잔을 올리리	諸郞爭獻萬年觴

축산이 어찌 여강과 비슷하랴	竺山那得似驪江
가을물 넘실대고 국화는 노랗게 피었네	秋水滔滔菊綻黃
누대 위에 5월을 맞아 피리소리 들리고	樓上笙歌當吾月
섬섬옥수로 자하주 술잔을 올리네	纖纖玉手捧霞觴

　위의 시는 김구용이 전원발의 손자로 추정되는 전소윤에게 보낸 시로 첫수는 청원정에서 중양절을 맞아 자제들이 집안의 어른에게 다투어 술잔을 올리던 일을 떠올리며 지은 것이다. 둘째 수는 김구용이 여강 즉 여주에 있으면서 축산의 청원정에서 술잔을 올리는 일을 읊었다.

　김구용의 《척약재선생학음집》 권상에는 〈답 전소윤 여강루 시운 간(答全少尹驪江樓詩韻簡)〉이라는 시가 실려 있다. 이 시의 제목 뒤에는 한 칸 띄우고 간(簡)이 있는데, 전강에게 보낸 것으로 보인다. 김구용은 1373년 죽주로 귀양을 갔다가 어머니 고향인 여흥군에서 7년간 한가히 지낸 적이 있는데, 이 시는 이때 여주의 강가 누각에 걸려 있는 전강의 시를 보고 지은 것으로 생각된다.

　또, 《척약재선생학음집》 권상에는 전강에게 보내는 〈송 죽계 전소윤 간(送竹溪全少尹簡)〉이란 시가 수록되어 있는데, 김구용과 전강의 관계가 어떠했는지를 잘 보여주는 내용이다. 다소 길지만 전강과 헤어지는 슬픔을 너무도 절절히 읊었기에 소개해 본다.

유월 달의 괴로운 더위 속에	六月苦炎熱
누가 벗을 경성으로 가도록 했나	誰教赴京城
말을 타고 가는 길 멀기도 한데	鞍馬道塗遠
아! 그대 먼 길을 부지런히 간다	嗟君勤遠征

그런데 나는 무엇하는 사람인가	而我何爲者
산수의 맑음을 실컷 누리고 있네	飽得山水淸
공명을 초개처럼 우습게 여기고	功名草芥細
부귀는 뜬구름처럼 가볍게 보네	富貴浮雲輕
이미 정해진 명이 있음을 아니	已知固有命
떠돌며 우리 삶을 마치리라	徜徉終吾生
우리 그대가 떠나간 뒤에는	自從吾子去
시구를 누구와 더불어 평하며	詩句誰與評
우리 그대가 떠나간 뒤에는	自從吾子去
동이의 술을 누구와 마시며	樽酒誰與傾
우리 그대가 떠나간 뒤에는	自從吾子去
거문고와 비파를 누구와 타며	琴瑟誰與鏗
우리 그대가 떠나간 뒤에는	自從吾子去
바둑과 장기를 누구와 두랴	棋弈誰與爭
내 사는 초가집 대낮도 길고	茅茨白日永
내 있는 숲에는 산새만 운다	林木幽禽鳴
홀로 앉아 낮잠을 자노라니	獨坐但眠晝
임 그리는 꿈 자주 놀라 깨네	相思夢屢驚
모이고 흩어짐 원래 정함이 없으니	聚散元無定
술을 가지고 떠나는 그대 보낸다	携酒送君行
돌아올 날이 그 어느 날일까	歸來是何日
나의 마음 아프게는 하지 마오	莫令傷我情

긴 강의 물이 가득 차 흐르면   長江水平滿

가을 달에 누대도 밝아지리라   秋月當樓明

　위의 시에서도 소윤 다음에 한 칸 띄우고 간(簡)이라 하였지만, 앞의 시와 같이 전소
윤이라하였으니, 전강을 가리키는 것이 확실하다. 여기에서는 더욱이 '죽계 전소윤'이
라 하였으니, 전원발의 손자 전강에게 보낸 시가 틀림이 없는 것이다.

　이 시는 전강이 서울로 떠나가는 것을 송별하며 지은 것인데, 벗을 떠나보내는 슬픔
이 깊이 드러나 있다. 특히 11~18구의 여덟 구는 "우리 그대가 떠나간 뒤에는[自從吳
子去]"라는 말을 반복하며, 벗이 없으면 아무것도 할 수 없을 것이라 호소하였다. 그대
가 없으면 시구를 평하는 일, 술을 마시는 일, 거문고를 타는 일, 심지어 바둑 두는 일
도 할 수 없다고 하였다.

　이처럼 김구용은 시기적으로 보나 김구용의 문집에 실려 있는 시들로 보아 전원발
이 아닌 전원발의 손자 전강과 깊은 교우 관계를 유지하고 있었던 것으로 보인다. 아마
도 청원정 곁의 바위에 새긴 '청원정'이라 전서로 쓴 글씨도 김구용이 전강과의 교분
을 유지하면서 그곳에 방문하여 썼던 것이 아닌가 한다.

　넷째는 그의 만년 행적에 대한 것이다. 전원발의 생년에 대해서 뿐만 아니라 그의 몰
년에 대해서도 제대로 알려져 있는 것이 없는데 다만 그의 만년에 대한 기록은《대동
사강》이란 책에서 "공민왕 3년(1354, 갑오년)에 병부상서인 전원발이 원나라에서 돌
아왔다. 그는 원나라에 있을 때 준마(駿馬)와 금은(金銀)과 견백(絹白)의 공물을 없애
거나 줄였으므로, 왕이 이를 가상히 여겨 축산부원군에 봉했다."라고 한 바 있다.

　그런데 정종로는 〈묘갈명 병서〉에서 "공민왕이 즉위하기에 이르러서, 선생은 권세
있는 간신이 정사를 마음대로 행하는 것을 보고 축산 아래에 물러나 살았다."라고 하

24

였고, 이만인도 〈신도비명 병서〉에서 "충목왕과 공민왕 때에 선생은 시사가 걱정스럽게 변해가고 간신들이 날뛰니 세상에 뜻이 없어 서성천 동쪽 암대(嚴臺)가 그윽하고 깊은 곳에 청원정을 건축하고 날마다 그 안에서 거닐며 생애를 마쳤다."라고 하여, 공민왕의 즉위 초에 귀국한 전원발은 간신들의 전횡을 보고 벼슬을 그만둔 뒤에 고향 축산 아래에 청원정을 짓고 유유자적하며 노년을 보냈다고 하였다.

그러나 겨우 남아 전하는 몇몇 자료를 검토해 보면 1357년(공민왕6) 가을에는 명을 받고 조정으로 달려갔고, 이즈음 이제현의 사저(私邸)를 방문하였다. 그리고 집으로 돌아와서 이제현이 읊어준 시를 외워서 누대에 상판을 하고, 1358년(공민왕7)에 〈서이익재 관공루 시후(書李益齋觀空樓詩後)〉라는 글을 지었다. 전원발이 귀국한 이후 상당한 기간 동안 활발히 활동하였음을 알 수 있다.

그리고 그가 만년에 지은 시에 대해 김소락은 〈청원정 중수기〉에서 "유독 〈용궁 한거 김난계득배 기시 차기운(龍宮閑居金蘭溪得培寄詩次其韻)〉이란 작품이 《동문선》가운데에 보인다. 그 시에서 말 밖에 뜻을 부친 것은 말학(末學)이 감히 의론할 바가 못 된다. 그러나 대개 일찍이 그의 시대를 상고해 보면, 선생의 만절은 고려의 운이 끝나가는 때에 해당하며, 또한 난계가 화를 당한 날이 아니던가. 먼저 선생의 선견지명에 감복하였기 때문에 선생이 이렇게 화답한 것이 아니겠는가."라고 하여 전원발이 김득배에게 시를 주었던 당시의 시대적 배경과 시작 동기에 대해 설명하였는데, 김득배는 1362년에 김용(金鏞)의 모해를 받아 상주(尙州)에서 효수되었다.

그러므로 이 시는 1362년 이전에 지어진 것임을 알 수 있지만, 김소락의 언급처럼 전원발이 조정을 떠나 전원으로 온 것은 김득배가 화를 당한 즈음이 아닌가 생각된다. 따라서 〈신도비명〉에서 충목왕과 공민왕 즉위 초에 귀국하자마자 권신이 정사를 멋대로 하는 것을 보고 은퇴하여 청원정을 짓고 유유자적하였다고 하는 것은 시기적으로 맞지 않는다.

이상에서 보듯 일반적으로 전원발이 원나라에서 귀국하자마자 권신의 전횡을 보고 전원에 물러나 살았다고 하지만 그는 공민왕 6년에는 왕명으로 조정에 나아가고 이제현의 사저를 방문하였고, 공민왕 7년인 1358년에는 〈서 이익재 관공루 시후〉를 지었으니, 귀국한 뒤에 한동안은 활발한 활동을 하였던 것으로 보인다. 은퇴하여 전원에 물러나 살았던 것은 아마도 1362년 김득배가 김용의 모함을 받아 죽을 무렵이 아닌가 생각된다.

3. 편집과 간행

이 책은 겉표지에 '국파집(菊坡集)'이라 되어있고, 바로 이어 이만인이 쓴 〈국파선생문집 서(菊坡先生文集序)〉가 있다. 이어 권수제로 '국파선생문집(菊坡先生文集)'이라 되어있고, 김득배에게 준 시가 제목도 없이 수록되어 있다. 필자가 소장하고 있는《국파선생문집》에는 권수제 위에 누군가가 〈증 김난계 득배(贈金蘭溪得培)〉라는 제목을 붙여 놓았다. 이 책에는 '전(前) 장작랑(將作郞) 진성(眞城)' 이만인이 쓴 서문과 후손 전도현(全道鉉)이 쓴 발문이 있으나, 모두 작성 일시가 기록되어 있지 않아 이 책이 구체적으로 언제 편집, 간행되었는지는 알 수 없다. 다만 국립중앙도서관 소장의《국파선생문집》에는 맨 뒤에 수기로 "융희(隆熙) 4년 경술 서기 1910년 간행(刊行)"이라는 기록이 있으나, 문집에 1919년에 지어진 글이 있는 사실을 감안할 때 사실에 부합하지 않는다.

서문을 작성한 이만인은 문집의 양이 많고 적은 것이 문제가 되지 않고 전원발의 위대한 행적이 후생과 신학들에게 귀감이 될 것이라 하면서 이 책의 의미에 대해 다음과 같이 말하였다.

> 지금은 선생의 시대와 5백여 년의 거리가 있으니 의혹이 없겠는가. 명성과 광채가 오 랠수록 더욱 멀어져서 사적이 없어지고 드러나지 않게 됨에 이르러서는 또한 문헌을 찾을 수 없고 유집(遺集)이 세상에 행하지 않게 되었다. 유집이 선생에게 무슨 의미가 있으랴만 유집이 인멸됨으로 인하여 위대한 행적과 떳떳한 의범이 후생(後生)과 신학 (新學)의 이목을 열어줄 수 없게 되었으니, 이는 뒤를 잇는 사람들이 마땅히 두려워하 고 힘써 생각해야 할 바이다.

이 글을 지은 이만인은 조선 후기의 학자로 이황의 11세손이다. 어려서는 과거 준비 를 하였으나 1872년(고종 9)부터 이를 단념하고 오로지 학문에만 힘쓰다가 1877년 원 근의 선비들이 수학하기를 거듭 청하자 이를 받아들여 제생들에게 강학하였다. 이 해 에 선공감감역(繕工監監役)에 임명되었으나 부임하지 않았다. 1881년에는 영남만인 소(嶺南萬人疏)를 기초했으며, 1890년에는 인근의 선비들과 향음주례(鄕飮酒禮)를 시 행하는 등 의절을 강론하여 정하였다. 1892년에는 예천의 오천사(浯川榭)에서《대학》 을 강의하였고, 1893년에는 영주향교에서《소학》을 강하였다.

이만인은 이 서문에서 자신을 "전 장작랑 진성 이만인(前將作郎眞城李晩寅)"이라 하였고, 전원발의 〈신도비명 병서〉에서는 "통사랑(通仕郎) 전(前) 선공감 가감역(繕工 監假監役)"이라 자신을 밝히고 있다. 이 글을 언제 썼는지 밝히지는 않았지만, 위의 약 력에서 보듯 그가 선공감감역에 임명되었던 해가 1877년이므로, 이 글이 1877년에 작 성되었음을 알 수 있다. 그는 서문에서 이 책이 만들어진 과정과 이 책의 의미에 대해 다음과 같이 말하였다.

이에 이손(耳孫) 전형구(全衡九)와 전상락(全相洛) 등이 모두 세월이 오래되어 불타버리고 조각조각 끊어진 나머지를 수습하여 겨우 시 2수와 발(跋) 1편을 얻었고, 유사(遺事)와 장갈(狀碣) 및 읍지(邑誌), 야사(野史), 시장(詩章)의 문자로서 선생에 대해 지은 것에 부록을 붙여서 한 책으로 편집하고 제목을 '국파선생집(菊坡先生集)'이라 하였다.

이만인이 서문에서 전원발의 이손인 전형구와 전상락이 전원발의 시문을 모았는데, 겨우 시 2수와 발 1편을 얻고, 기타 전원발에 관한 것은 유사(遺事)와 장갈(狀碣) 및 읍지(邑誌), 야사(野史), 시장(詩章)의 문자에서 모아 '국파선생집'이라는 이름을 붙여 간행한다고 하였다.

이 책을 편집했다는 전상구와 전상락은 모두 생애가 자세히 전하지 않는데, 다만 전상락은 전원발의 먼 후손으로 할아버지는 전우현(全禹鉉)이고, 아버지는 전귀영(全貴永), 어머니는 전주 이씨라는 사실만 겨우 확인이 된다. 후손 전도현도 이 책의 발(跋)을 써서 이 책의 편집 과정을 밝혔는데, 그는 〈발〉에서 다음과 같이 말하였다.

남몰래 두려운 것은 저 오늘 얻은 바와 아울러 또 전하지 않는다면, 선생의 자취를 어디에서 찾아서 그 방불(彷佛)한 것을 볼 것인가. 또 후세에 오래 전해지도록 도모하지 않는 것은 용납할 수 없는 일이며, 또 알고도 전하지 않는 죄는 어질지 않음에 있다고 생각한다. 그러므로 이에 감히 선현의 수창(酬唱) 및 여러 어른의 행장(行狀)이나 묘갈(墓碣)과 기문(記文), 그리고 나라의 역사와 야사(野史) 가운데 고거(攷據)할 만한 것을 부록으로 붙여서 편집하여 한 권으로 만든다.

전도현도 이 글에서 작성한 연도를 밝히지 않아 언제 이 글을 썼는지 알 수 없다. 편집 과정도 상세히 밝히지 않고, "선현의 수창 및 어른들의 행장이나 묘갈과 기문, 그리고 나라의 역사와 야사"에서 전원발과 관련이 있는 것을 발췌하여 책을 만들었다고 하였다.

따라서 서발을 통하여서는 이 책이 만들어진 편집 과정에 대해 대략 알 수 있지만, 언제 간행이 되었는지 자세히 알기 어렵다. 사정이 이런 가운데 다행히 이 책에 수록된 글 가운데에는 작성 연대 등을 밝힌 것이 다수 있어 이 책이 만들어진 과정을 이해하는 데에 도움을 주고 있다. 청원정과 소천서원이 건립되면서 인근의 사림과 주고받은 통문, 그리고 봉안문, 제향문, 그리고 상량문 등이 그러한 것들이다.

이 책에 수록된 글 가운데 연도가 드러난 것으로 가장 이른 것은 상주 사림이 용궁의 교원에 보낸 통문으로 임신년(1692)에 작성되었다. 이 글은 용궁 사림이 보낸 통문을 받고 답신을 한 것이므로, 용궁의 사림이 도내 사림에게 보낸 통문도 1692년에 작성된 것으로 보아야 하겠다. 이들은 모두 1692년 소천서원의 건립에 맞춰 주고받은 것이다. 다만 이 뒤에 있는 통문은 서원을 건립한 뒤에 전원발을 이곳에 봉안할 때 도내 사림에게 보낸 통문으로 신사년(1701)에 작성한 것이다. 진사 김해(金楷)가 지은 〈소천서원 묘우 상량문〉도 1701년 11월 15일에 지은 것이다.

서원을 세우면서 상량문을 짓고, 완공된 뒤 이유장(李惟樟, 1625~1701)이 봉안문을 지었는데, 이것 역시 《국파선생문집》에 수록되어 있다. 이처럼 서원 건립 사업이 끝난 뒤에는 전원발의 생애를 정리하여 기록하는 일에 힘썼다. 생애를 기록한 자료는 정종로의 〈묘갈명 병서〉가 가장 이른 것이라 할 수 있는데, 그는 이 글에서 생애 자료가 필요했던 당시의 사정을 다음과 같이 말하고 있다.

숙묘조[7]에 이르러 "…… 소천(蘇川)에 사당을 세우라."라고 한 것이 이미 백 년이나 되었다. 그런데 유독 그 묘소에는 아직 묘표도 없었으므로 선생의 여러 후손이 바야흐로 모여서 묘갈을 세우기로 도모하였는데, 그 14세손 되는 전명채(全明采) 씨가 읍지(邑

---

7. 숙묘조(肅廟朝) : 정종로(鄭宗魯)의 《입재집(立齋集)》 권34 〈축산부원군 국파 전공 묘갈명 병서〉에는 '英廟朝'라 되어 있으므로 '영묘조(英廟朝)'로 수정하였다.

誌)와 서원(書院) 기록 및 족보의 서문 등 여러 믿을 수 있는 글들을 채록하여 나에게 보여주며 명을 지어달라고 요청하였다.

숙종이 성화천을 소천이라 개명하고 서원을 세우라 한 뒤 지방 유림의 공의로 전원 발의 학문과 덕행을 추모하기 위해 정사(精舍)를 설립하여 위패를 모셨는데, 백 년이 지나도록 묘소에 묘표도 없다고 하며 14대손인 전명채(全明采)가 읍지와 서원 기록 및 족보의 서문 등 여러 믿을 수 있는 글들을 채록하여 주며 묘갈명을 작성해 달라고 부탁을 하였다는 것이다.

이처럼 숙종의 명이 있고 난 뒤 백 년이 지나 정종로가 묘갈명을 지은 것을 시작으로 여러 종의 많은 전기자료가 지어졌는데, 오랜 세월 여러 사람의 필력이 더해졌다. 글을 지은 인물과 이 글들이 지어진 시기를 보면《국파선생문집》이 얼마나 어려운 과정을 거쳐 만들어졌는지 이해할 수 있다.

정종로의 〈묘갈명 병서〉 뒤에는 "통훈대부(通訓大夫) 전행(前行) 사헌부(司憲府) 지평(持平) 진양(晉陽) 정종로는 찬(撰)하노라."라고 하여 글쓴이를 밝혔고, "통훈대부 전행 홍문관 교리 의성 김굉(金㙆)은 서(書)하노라."라고 하여 글씨를 쓴 사람을 밝혔으나, 정확한 연대는 드러나 있지 않다.

다만 정종로와 김굉(金㙆, 1739~1816)은 태어나기는 1살 차이가 나지만 돌아간 해는 같다. 정종로는 만년에 유일(遺逸)로 천거되어 광릉 참봉 · 의금부도사 · 사포서 별제 · 강령 현감 · 함창 현감 등을 역임한 뒤 사헌부 지평에 이르렀고, 김굉은 1777년에 문과에 합격하여 지평 · 정언 · 부수찬 · 동부승지 · 한성부윤 · 예조 참판 등을 지냈다.

그런데 이 글은 정종로가 사헌부 지평을 지낸 뒤, 그리고 김굉이 홍문관 교리를 지낸 뒤에 쓴 것이다. 정종로가 사헌부 지평에 임명된 것은 1796년이고, 김굉은 1804년에 교리를 지냈으므로, 이 글은 1804년 이후에 쓴 것임을 알 수 있다.

이후의 이천섭은 그의 〈국파 전 선생 유사 기략〉이 '계해년(1803) 4월일'에 기록된 것임을 밝혔고, 정필규는 자신이 지은 〈축산부원군 국파 전 선생 행장〉이 '기축년(1829) 8월 상완(上浣)'에 지은 것임을 밝혀서 그 글들이 지어진 연대를 정확하게 알수 있다.

위의 유사와 행장을 지은 두 사람은 모두 당대의 이름난 학자들이면서 용궁 사람들이었다. 이천섭의 본관은 여주이고, 자는 중장(仲章)이다. 아버지는 이중화(李重和)다. 영조 50년(1774)에 45세의 나이로 갑오 증광시에 생원 3등으로 합격하였다. 특히 거주지는 용궁으로 전원발의 고향 사람이다.

정필규는 자가 명응(明應)이고, 호는 노암(魯庵)으로, 본관은 청주(淸州)이다. 출신지는 경상북도 예천 용궁이다. 김종덕(金宗德)과 김강한(金江漢)의 문하에서 수학하였으며, 1789년(정조13) 식년시 생원 3등 50위로 합격하였다. 1814년(순조14) 혜릉 참봉에 제수되었지만 나아가지 않고 평생 학문과 교육에만 전념했다.

생애 자료 가운데 비교적 늦게 지어진 것이 〈가장〉과 〈유사〉인데, 〈가장〉은 15대손 전희일·전희옥 등이 지었고, 〈선조 국파 선생 유사〉는 전홍규가 경술년(1910) 2월 상한(上澣)에 지었다.

이상과 같이 전기자료가 지어지고 난 뒤에 작성된 것으로 책에 실린 글 가운데 연도를 알 수 있는 것을 들자면, 〈청원정 중수 상량문〉은 통정대부 전 공주 군수 풍산후인 류교영(柳喬榮)이 지었는데, 이 글에도 지은 연도가 드러나 있지 않다. 그런데 류교영은 조선 말에 활동하던 관원으로 1893년 의금부 도사, 1897년 2월 장기 군수, 1900년 3월 청하 군수, 1901년 10월 인제 군수, 1902년 공주 군수 등을 지냈는데, 그가 〈청원정 중수 상량문〉을 지은 시기는 공주 군수를 지냈던 때이니 이 글을 지은 때는 1902년 무렴이 될 것이다. 《국파선생문집》에 수록된 글 가운데 가장 뒤늦은 것은 〈청원정 중수기〉인데, 이 글은 "도유협흡(屠維協洽) 단양일(端陽日)에 문소후인(聞韶後人) 김소락은 삼가 기문을 짓는다."라는 데에서 알 수 있는 바와 같이 1919년에 지은 것임을 알 수 있다.

이 책에 수록된 전원발의 유작 이외에는 소천서원과 청원정에 대한 글을 각종 문헌에서 찾아 수록하고, 특히 1692년 소천서원이 건립될 당시에 지어진 통문, 그리고 봉안문, 제향문, 상량문 등과 후손들이 당대에 글 잘하는 사람들에게 부탁하여 생애를 기술한 전기자료들이 지어지기 시작한 1800년대 초부터 1919년에 이르기까지 오랜 세월 만들어진 원고를 모아 이 책을 완성하였음을 알 수 있다.

그리고 그 글들을 부탁한 사람과 지은 사람을 보면, 〈선조 전원발선생 유사〉는 후손 전홍규(全弘奎)가 직접 지었고, 〈가장〉은 15대손 희일(熙一) · 희옥(熙玉)이 직접 지었지만, 〈전원발 전선생 유사 기략〉은 본손인 전덕채(全德采) · 전달채(全達采) · 전석채(全錫采)와 고을 사람인 이동섭(李東燮) · 정필규(鄭必奎) 등이 이천섭(李天燮)에게 지어달라고 요청하였다. 〈묘갈명〉은 14세손 전명채(全明采)가 읍지와 서원 기록 및 족보 서문 등 여러 믿을 수 있는 글들을 채록하여 보여주며 정종로에게 명을 지어달라고 요청하였고, 〈행장〉은 가암공(可菴公) 전익구(全翼耈)의 5대손인 전희일(全熙一)과 어주공(漁洲公) 전오륜(全伍倫)의 현손인 전희옥(全熙玉)의 부탁으로 정필규가 지었고, 〈신도비명〉은 후손 전한영(全漢永)의 부탁으로 이만인이 지었고, 〈청원정 중수기〉는 전옥현(全玉鉉) · 전병태(全昞泰) · 전병윤(全炳胤)이 벗인 김소락에게 부탁하여 지었다.

이를 통하여 이 책은 전원발의 유작을 수집하고, 후인의 관련 있는 글들을 수집하는 과정이 매우 어려웠음을 알 수 있다. 이러한 점으로 미루어 이 책은 오랫동안 준비 기간을 거쳐서 여러 사람의 수고에 힘입어 간행된 것을 알 수 있는데, 최종적인 편집 없이 원고가 모이는 대로 엮어서 간행한 것으로 보인다. 이 책은 1692년 소천서원이 건

립된 이후 14세손 전명채가 정종로에게 〈묘갈명〉을 지어달라고 한 이후 1919년 김소
락에게 〈청원정 중수기〉를 지어달라고 하기까지 수 세기에 걸쳐 꾸준히 준비하여 만
들어진 책이라 할 수 있다.

4. 체재와 내용

이 책은 크게 두 부분으로 되어있다. 앞부분은 전원발의 시문집이고, 뒷부분은 관련 자
료를 덧붙인 부록이다. 이 책의 제목이 작자의 시문을 수록한 일반 문집처럼《국파선
생문집》으로 되어있으나, 저자의 저작은 많지 않고 인물과 관련된 내용을 수집하여 엮
는 실기의 전형적인 형태를 띠고 있다.

이 책은 불분권 1책 24장으로 이루어져 있다.

간략한 서지 사항을 보면 12행 24자의 석인본으로 간행되었으며, 크기는 21×15㎝
이다. 이 책은 겉표지에 '국파집(菊坡集)'이라 되어있고, 바로 이만인이 쓴 〈국파선생
문집 서〉가 있다. 이어 권수제로 '국파선생문집'이라 되어있고 이어서 전원발의 시 2
수, 발 1편이 수록되어 있다.

첫 번째 시는 김득배에게 준 시인데, 제목이 빠져 있다. 이 시는《동문선》권19에 〈용
궁한거 김난계 득배 기시 차기운〉이라는 제목으로 전하는데, 작자가 '김원발(金元發)'
이라 잘못되어있다. 또한《여지도서(輿地圖書)》에도 이 시가 김득배의 것으로 잘못 기
록되어 있다.

두 번째 시는 익재 이제현이 천덕산 백화사에서 지은 시를 차운한 〈차 이익재 중사
제백화산 천덕사 관공루 운(次李益齋仲思題白華山天德寺觀空樓韻)〉이다. 그런데 이
글에서 말하는 '백화산(白華山) 천덕사(天德寺)'는 아마도 '천덕산 백화사'를 잘못 표

기한 것으로 보인다. 전원발이 직접 쓴 〈서 이익재 관공루 시후〉에도 백화사를 천덕산에 창건한 것으로 되어있고,《신증동국여지승람》,《여지도서》등에는 백화사가 천덕산에 있다고 하였다.

《익재난고》권3에도 원래의 제목이 〈기제 백화선원 관공루 차운(寄題白花禪院觀空樓次韻)〉으로 되어있다. 백화선원은 백화사라는 절이고, 이 절은 천덕산에 있는 것임을 알 수 있다.《여재촬요》권6에는 천덕산이 용궁현의 동쪽 7리에 있다고 하였고,《여지도서》에는 "현의 동쪽 7리에 있는데, 순흥의 소백산에서부터 온다.〔在縣東七里, 自順興小白山來.〕"라고 되어있다.

이 시의 아래에는 제목 없이 이제현의 원시를 부록으로 덧붙였는데, 이 시는《익재난고》권3에 〈기제 백화선원 관공루 차운〉이라는 제목으로 수록되어 있다. 그런데 여기에 수록된 시는《익재난고》의 시와 비교할 때 글자의 출입이 상당히 많은 편이다.《익재난고》의 '宮', '練', '護', '要信', '卽', '聽得', '諳得理', '何須去對主人'이, 이 책에는 '坊', '帶', '貯', '須着', '比', '一聽', '如有契', '便堪千里笑開'로 되어있다.

이 시가 지어진 관공루는 경상도 용궁현의 천덕사 백화사에 있던 누대로 동서의 누대 가운데 서쪽 누대 이름이다. 이제현이 이 절에 대해 읊은 시가 있고, 이제현의 시에 전원발이 쓴 발문이 있다.《신증동국여지승람》,《여지도서》등에는 전원발이 권사복과 같이 이제현의 시를 차운한 것으로 실려 있다.

이제현의 이 시 뒤에는 권사복의 시가 〈차 국파 천덕사 관공루 운〉이란 제목으로 덧붙여져 있다. 이 시는 이 책을 편집할 때 전원발의 시를 차운한 것이라 하여 이처럼 제목을 삼았다. 권사복의 이 시는《신증동국여지승람》,《여지도서》등에 보이는데 모두 백화사에서 지은 이제현의 시를 차운한 것으로 되어있다. 전원발의 시도 이제현의 시를 차운한 것이라 하였으므로, 이 시는 여기의 제목과 같이 전원발의 시를 차운한 것이 아니라, 이제현의 시를 차운한 것으로 보는 것이 옳을 것이다.

그리고《신증동국여지승람》,《여지도서》등에는 권사복의 시 뒤에 염흥방의 시가 한 수 더 있다. 만약 권사복의 시를 전원발과 관련 있다고 하여 수록하였다면, 염흥방의 시도 수록하는 것이 옳을 것이다.

이들 시 뒤에는 전원발의 〈서 이익재 관공루 시후〉라는 발문이 있다. 이 발문은 이제 현이 백화사의 관공루에 대해 지은 시를 보고 그 뒤에 쓴 것이다. 발문의 맨 뒤에는 이 글을 지은 시기가 '무술삼월(戊戌三月)'이라 표기하고 있는데, 이 해는 공민왕 7년으로 1358년이다.

전원발의 저작은 이것이 전부이고, 이 뒤에는 모두 전원발 혹은 전원발과 관련 있는 대상에 대해 다른 사람이 지은 시문을 모은 것이다. 여기에는 청원정에 대해 읊은 이황 의 시 2수를 비롯하여 송파(松坡) 조휘(趙徽), 백석(白石) 강제(姜霽), 창석(蒼石) 이준 (李埈), 죽산(竹山) 박사제(朴思齊), 사담(沙潭) 김홍민(金弘敏), 오월당(梧月堂) 이유 함(李惟諴), 학동(鶴洞) 정유번(鄭維藩), 귀주(龜洲) 김세호(金世鎬), 칠탄(七灘) 김세 흠(金世欽), 그리고 권겸(權㻩)의 시가 실려 있다.

청원정과 소천서원을 읊은 시들 뒤에는 전원발의 8세손으로서 이황의 문하에 들어 가 공부하였던 사우당(四友堂) 전찬(全纘)이 백화사 관공루에서 이제현의 시에 차운 한 시의 시판을 보고 쓴 〈관공루 시판 후지(觀空樓詩板後識)〉가 있고, 이어서 이황이 청원정에 대해 쓴 시를 차운한 11세손 전오륜(全伍倫)의 시 두 수가 수록되어 있다.

이를 이어 숙종의 전교문을 비롯하여《신증동국여지승람》,《인물지》,《축산읍지》, 《대동운부군옥》,《문헌비고》,《대동사강》등에서 전원발 관련 내용을 발췌하여 놓았다.

이 뒤에는 예천 사림들이 전원발을 기리기 위해 여러 활동을 하면서 남긴 글들이 수 록되어 있는데, 여기에는 〈용궁 사림 통도내 문(龍宮士林通道內文)〉, 〈상주 사림 통용궁교원 문(尙州士林通龍宮校院文)〉, 〈봉안시 통도내 사림 문(奉安時通道內士林文)〉, 〈소천서원 봉안문〉, 〈상향 축문〉, 〈소천서원 묘우 상량문〉 등이 수록되어 있다. 진사 김해(金楷)가 임신년(1692) 11월 15일에 쓴 〈소천서원 묘우 상량문〉도 이 뒤에 실려 있다.

15대손 전희일·전희옥이 쓴 〈가장(家狀)〉, 계해년(1803)에 이천섭(李天燮)이 쓴 〈전원발 전선생 유사 기략〉, 정종로가 지은 〈묘갈명 병서〉, 기축년(1829)에 정필규(鄭必奎)가 지은 〈축산부원군 전원발 전 선생 행장〉, 이 책의 서문을 쓴 이만인(李晚寅)의 〈신도비명 병서〉가 있다.

이에 이어 류교영(柳喬榮)이 쓴 〈청원정 중수 상량문〉, 1919년에 지은 김소락(金紹洛)의 〈청원정 중수기〉, 경술년(1910)에 후손 전홍규(全弘奎)가 지은 〈선조 전원발 선생 유사〉가 있고, 이 뒤에 후손 전도현(全道鉉)이 쓴 발문이 있다.

전원발의 유작은 얼마 되지 않으나, 그 수준은 상당히 높은 것으로 보인다. 전원발의 시 2수 가운데 김득배에게 준 것은 짧은 오언 절구에 지나지 않으나, 세속의 부귀에 연연하지 않고 자연으로 돌아가 살고자 하는 그의 뜻이 잘 드러나 있다. 그리고 이제현의 시에 차운한 시도 자연을 벗 삼아 지내며 안빈낙도하는 전원발의 모습을 스스로 잘 그렸다. 비록 두 수에 지나지 않지만 이제현의 시를 비롯하여 이제현의 시에 차운하였던 권사복·염흥방 등 당대의 이름난 문인들과 어깨를 나란히 하였음을 보여주는 것들이다.

문장은 짤막한 한 편 밖에 남아 있지 않으나, 〈서 이익재 관공루 시후〉라는 글은 전원발의 문장이 어느 정도의 수준에 이르렀는가를 단적으로 보여주는 것이다. 이 글의 첫 문장인 "땅은 사람이 아니면 그 아름다움을 드러낼 방법이 없고, 사람은 시가 아니면 그 빛을 발휘할 방법이 없다.〔地非人無以顯其美, 人非詩無以發其輝.〕"는 그의 글솜씨가 보통이 아니고, 그의 생각이 매우 깊었음을 확인시켜 준다.

뿐만 아니라 전원발과 관련 있는 대상에 대해 쓴 글들도 수준이 높고 전원발에 대해 존경하는 마음이 잘 드러나도록 글을 지었는데, 특히 두세 편의 상량문이나 중수기 등이 그 대표적인 것이라 하겠다.

그리고 김소락은 〈청원정 중수기〉에서 〈용궁 한거 김난계 득배 기시 차기운〉에 대한 해설을 하였다. 그는 "'강이 너르니 큰 물고기 맘껏 놀고〔江濶修鱗縱〕'라고 한 것은 또한 어찌 권간을 지적하고 배척하는 뜻이 아니겠는가. 그의 시에서 '숲이 우거지니 지친 새가 돌아오네.〔林深倦鳥歸〕'라고 한 것은 또한 시를 읊조리며 전원으로 돌아가는 뜻이 아니겠는가. 그의 시에서 '전원으로 돌아가는 것이 나의 뜻이니, 일찍 위태로운 기미를 안건 아니라네.〔歸田乃吾志, 非是早知幾.〕'라고 한 것은 어찌 속으로 실로 더럽혀질 것 같아서 겉으로 그 자취를 없앤 것 아니겠는가."라고 하면서, 시 작품 한 구절 한 구절의 뜻과 의미에 대해 자세히 풀이하여 그의 시가 작품성이 높음을 보여주고 있다.

이상에서 살핀 바와 같이 그는 시문에 뛰어났을 뿐만 아니라, 서예에도 뛰어나 작품으로 〈법주사 자정국존 보명 탑비(法住寺慈淨國尊普明塔碑)〕[8]가 지금까지 남아 전한다.

이 책에 수록된 것으로 전원발 관련하여 여러 사람이 지은 글로 진사 김해가 지은 〈소천서원 묘우 상량문〉을 비롯하여 류교영이 쓴 〈청원정 중수 상량문〉, 그리고 1919년에 지은 김소락의 〈청원정 중수기〉 등이 있는데, 모두 그 지역의 선비들이 쓴 글로 매우 수준 높은 글이라고 평가하지 않을 수 없다.

그리고 6편에 걸쳐서 있는 그의 생애 자료는 유사·가장·묘갈명·유사기략·행장·신도비명 등인데, 여러 종류의 문장을 후손이나 당대에 유명 인사들이 글을 지었다. 이들은 모두 자료가 충분하지 않은 가운데 전원발의 뛰어난 업적과 생애를 부각시켜 후대 사람들에게 그의 삶을 이해하도록 하는 데에 크게 기여하였다고 하겠다. 다만, 한정적인 자료를 바탕으로 글을 짓다 보니 그 내용이 대동소이하다는 점은 한계로 지

---

8. 법주사 자정국존 보명 탑비(法住寺慈淨國尊普明塔碑) : 충청북도 보은 속리산 법주사 내에 있다.

적할 수 있다.

《국파선생문집》은 여러 자료 가운데에서 전원발, 청원정, 소천서원 관련 글들을 수
습하여 엮은 것인데, 지금에 와서 보면 빠진 자료들이 많다. 그 가운데에는 중복된 것
도 적지 않으나, 누락된 것 가운데 상당히 중요한 자료도 포함되어 있어 빠진 것을 보
태어 넣는 증보 작업이 필요하다. 이에 번역본에서는 한국고전번역원의 DB에서 제공
하는 것을 중심으로 증보하였다.

청원정과 관련된 자료로 이 책에서 누락된 것으로는 우선 청원정 근처 바위에 전서
로 '청원정'이라는 글씨를 쓴 김구용의 〈수 전소윤(酬全少尹)〉이라는 시를 빼놓을 수
없다. 이 시는 김구용의 《척약재선생학음집》 권상에 〈수 전소윤〉이란 제목으로 두 수
가 실려 있다. 《여지도서》 경상도 청원정 조에는 두 수 가운데 첫 번째 작품이 이제현
의 작품으로 되어있으나, 《익재난고》나 《동문선》 등에 보이지 않는다. 무엇을 근거로
하였는지는 모르지만, 《여지도서》에서는 이제현의 작품으로 수록하고 있음을 우선 밝
혀 둔다. 《여지도서》에 실린 시에는 '죽계(竹溪)'가 '축계(竺溪)'로 되어있다.

이밖에도 청원정을 읊은 작품으로는 김팔원(金八元)의 《지산집(芝山集)》 권2 〈차 청
원정 고인 운(次淸遠亭古人韻)〉, 고상안(高尙顔)의 《태촌선생문집(泰村先生文集)》 권1
〈도 청원정 요윤사연(到淸遠亭邀尹士淵)〉, 권상일(權相一)의 《청대선생문집(淸臺先生
文集)》 권3 〈범수지우산회전처위곡[凡水之遇山回轉處爲曲]〉, 정영방(鄭榮邦)의 《석문
선생문집》 권1 〈차 이계명 무호십영(次李季明蕪湖十景)〉, 《석문선생문집(石門先生文
集)》 권1의 〈차 이계명 환 무호잡영(次李季明煥蕪湖雜詠)〉, 문경동(文敬仝)의 《창계선
생문집(滄溪先生文集)》 권3 〈청원정의 시에 차운하다(次淸遠亭韻)〉, 《창계선생문집》
권3 〈제청원정 2수(題淸遠亭 二首)〉, 박성(朴惺)의 《대암선생집(大菴先生集)》 권1 〈차
청원정 주인 운(次淸遠亭主人韻)〉, 《대암선생집》 권1 〈차 청원정 주인 운(次淸遠亭主

人韻)〉,《대암선생집(大菴先生集)》권1〈재차 청원정 주인 운(再次淸遠亭主人韻)〉, 조익(趙翊)의《가휴선생문집(可畦先生文集)》권2〈제우설주청원정 박비원선부일율 취중주차(諸友設酒淸遠亭朴棐元先賦一律醉中走次)〉,《가휴선생문집》권2〈차 청원정 구운 증비원(次淸遠亭舊韻贈棐元)〉, 이명오(李明伍)의《박옹시초(泊翁詩鈔)》권5〈청원정추일(淸遠亭秋日)〉, 이수형(李壽瀅)의《효산문집(曉山文集)》권1〈청원정 아연(淸遠亭雅讌)〉 등이 있고, 영연당을 읊은 것으로 이황의〈영연당(暎蓮堂)〉, 최연(崔演)의〈차 안상사 청원정 연당운 이수(次安上舍淸遠亭蓮塘韻 二首)〉, 정탁의《약포집 속집(藥圃集續集)》권1〈차 영연당 운(次暎蓮堂韻)〉 등이 있는데, 수록되지 않았으므로 수록의 필요성이 있다.

청원정은 예천에 있는 것 말고 충청도 청주 부근에 있는 것이 또 있어, 서거정(徐居正)이〈청원정기(淸遠亭記)〉를 짓기도 하였으므로 두 곳을 구별할 필요가 있다. 이 가운데 고상안, 권상일, 문경동, 정영방, 박성, 김팔원 등은 모두 예천 혹은 근처의 인물들이므로 논란의 여지 없이 이들이 읊은 청원정이 예천의 청원정이라 할 수 있고 이수형은 함안, 박성은 대구사람이고, 김팔원은 안동사람이며, 조익도 정구의 문인일 뿐만 아니라 그의 이 작품이〈영남록(嶺南錄)〉에 기록되어 있으므로, 이들의 작품은 모두 예천의 청원정에서 지은 것으로 보인다. 다만 이명오의 경우는 출신이 불분명하여 조금 조심스러운 측면이 있기는 하지만 청원정 작품이 일본에 사행으로 가면서 지은〈신미해행록(辛未海行錄)〉에 있으므로 청원정을 지나다 지은 것이 아닌가 한다. 이황, 정탁은 영연당에서 읊은 것이고, 최연은 강릉 사람이고, 청원정의 연당에서 지은 시라 하여 가능성이 있다.

또한《교남지》,《신증동국여지승람》,《여지도서》,《연려실기술》,《오주연문장전산고》등의 책에도 전원발, 청원정, 소천서원 등에 대해 문집에 기록되지 않은 내용이 더 있는 것을 확인할 수 있었다. 이들도 추가로 증보하는 것이 필요할 것이다.

《국파선생문집》은 전원발의 시문을 모으고, 그의 활동에 대해 유림이 남긴 글, 그와 관련된 유물과 유적에 대해 쓴 시문, 그리고 그의 생애를 정리한 글이다. 따라서 전원발의 문학적 수준과 삶의 발자취를 이해하는 데에 이 책은 반드시 참고 자료가 될 것이다. 고려 후기 문인으로서 이제현, 김득배 등과 교유하던 모습, 그리고 청원정을 짓고 세상에서 물러나 유유자적하던 생활, 그리고 원나라에 들어가 과거에 합격한 뒤 벼슬하고 병부상서에 올랐던 일, 황제에게 건의하여 고려의 세납을 줄여 백성의 고통을 덜어준 공로 등을 이해하는 데에 큰 도움을 줄 것이다.

5. 마무리

이상에서《국파선생문집》의 저자 전원발과 그의 유작 및 관련 자료, 그리고 이 책에 추가로 더해진 증보 등에 대해 살펴보았다. 전원발의 생애는 많은 자료에서 거의 대동소이한 내용을 보여주고 있다. 이 가운데 많은 자료에서 전원발이 이제현, 김득배, 김구용과 도의지교 혹은 금석지교를 맺어 시를 수창하며 노년을 즐겼다는 내용을 담고 있으나, 이들 세 사람은 모두 서로 나이 차이가 상당하여 벗이 되기에는 문제가 있어 보인다.

이제현은 벗이라 하기에는 나이가 많아 동향의 선후배로서 좋은 관계를 유지하였던 것으로 보이고, 김구용은 전원발의 손자 전강과 벗으로 지내며 전원발의 유적지인 청원정 곁의 바위에 '청원정'이라는 글씨를 전서로 새겼던 것으로 보인다.

이 책에 수록된 것 가운데 숙종이 '성화천'을 '소천'이라 개명하도록 하고, 서원을 지어 전원발을 기리라고 한 뒤로 이 서원을 짓거나 완공한 뒤에 관련된 행사 등을 하며 지은 상량문, 봉안문 등이 있고, 이를 이어 후손들이 당대의 사람에게 청한 글들을 보면, 1693년 소천서원이 이룩된 이후 1919년에 이르기까지 수 세기에 걸쳐 완성된 것임을 알 수 있다. 이 책의 발문을 쓴 전도현이 발문 뒤에 "후손 도현(道鉉)은 읍혈(泣血)하며 삼가 기록한다."라고 한 것이 공연한 상투어가 아님을 실감케 한다.

《국파선생문집》

국역

국파선생문집 서문
菊坡先生文集序

옛사람의 일을 평론하는 선비들은 대부분 드러남과 드러나지 않음을 가지고 이전 시대의 현인을 평가하는데, 이는 정말로 잘못된 것이다. 문장(文章)과 덕업(德業), 훈벌(勳閥)과 풍절(風節)이 우뚝이 당대에 높이 드러났지만, 묻혀서 사라진 사람이 얼마나 많은가. 세대가 점점 멀어지면[1] 드러나지 않게 되고, 사는 곳이 외지고 궁벽한 곳이면 드러나지 않게 되고, 역사를 기록한 책이 없어지면 드러나지 않게 되고, 자손들이 미미해지면 드러나지 않게 되니, 드러나지 않은 것을 가지고 일률적으로 평가해서야 되겠는가.

고려의 국운이 끝나가는 때에 명현들이 배출되어, 우리 조정의 5백 년 문명이 빛나는 시대의 터전을 마련하였는데, 그때 곧 국파 선생(菊坡先生) 전공(全公)이 있어 비로소 문장으로 세상에 나아가 일찍이 본국의 과거시험에 합격하였다. 이어서 중국 조정에서 현량문학(賢良文學)[2]을 뽑는 시험에 응시하여 합격하고, 벼슬이 병부 상서(兵部尙書) 겸(兼) 집현전 태학사(集賢殿太學士)에 이르렀다. 우리나라 사람으로서 대국(大國)에서 이끌어 주는 세력이 없고, 대대로 이어지는 조상의 음덕이 없이 이처럼 융성하게 빛나고 맑게 드러났으니, 어찌 덕업으로 인한 결과가 아니고서야 이와 같을 수 있겠는가. 당시에 원(元)나라 사람들이 작은 나라를 가혹하게 수탈하여 '대동저축(大東杼柚)'[3]이라는 탄식이 있었는데, 선생이 힘써 황제에게 말하여 공물로 바치는 비단과

---

1. 점점 멀어지면 : 원문의 '■'는 '夐'의 이형자로 보아 '夐'으로 수정하여 번역하였다. 이하 동일하다.

2. 현량문학(賢良文學) : 현량(賢良)은 한 문제 때부터 시작된 과거 제도로, 책문을 통해 직언과 극간(極諫)을 잘하는 사람을 뽑았는데, 현량문학 혹은 현량방정(賢良方正)이라고도 한다.

3. 대동저축(大東杼柚) : 저축은 북과 도투마리이다. 《시경》〈소아(小雅) 대동(大東)〉의 "대동 지방이나 소동 지방에는, 북과 도

말을 특별히 줄였으니, 훈벌이 역시 이와 같았다. 자취를 거두어 동쪽으로 돌아올 적에 마침 권간(權奸)이 나라를 제멋대로 주무르고 있어 나라를 제대로 다스릴 수 없었으므로 마침내 기미를 살펴 마음을 정리하고 청원정(淸遠亭)[4]에서 세상을 떠날 때까지 실컷 노닐었으니, 풍절이 역시 이와 같았다. 사군자(士君子)가 이 가운데 하나만 가지고 있어도 백 세를 풍미하고 천추에 이름을 떨칠 수 있는데, 하물며 이 네 가지를 겸하여 소유한 경우랴.

지금은 선생이 살던 시대에서 5백여 년이나 흘렀으니, 명성과 광채가 더욱 오래될수록 더욱 멀어지는 것은 이상하게 여길 것이 없지만, 사적이 사라지고 묻혀버려 징험할 문헌이 없고 유집(遺集)이 세상에 전하지 않게 되었다. 유집이 선생에게 무슨 큰 영향을 미치겠는가만, 유집이 전하지 않아 위대한 행적과 떳떳한 의범(儀範)이 후생(後生)과 신학(新學)의 눈과 귀를 열어줄 수 없게 되었으니, 이는 후세 사람들이 마땅히 두려워하고 힘써 생각해야 할 일이다.

이에 이손(耳孫, 현손의 증손) 전형구(全衡九)와 전상락(全相洛)[5] 등이 모두 세월이 오래되어 불타버리고 조각조각 끊어진[6] 나머지를 수습해 모아 겨우 시 2수와 발(跋) 1

투마리가 텅 비었네.(大東小東, 杼柚其空.)"에서 나온 말로, 백성들이 가난함을 의미한다. 여기의 대동은 우리나라를 가리키는 말이 아니지만, 우리나라 백성들이 가난해졌다는 것을 나타내기 위해 가져온 말이다.

4. 청원정(淸遠亭) : 경상북도 예천군 용궁면 외무길 30-21(무이리)에 있는 정자로, 전원발이 만년에 건립하여 노닐던 곳이다. 《교남지(嶠南誌)》 권38 용궁군(龍宮郡)에 "청원정은 성화천 동쪽 강언덕에 있는데, 전원발이 옛날에 살던 곳이다. '청원정'이라는 세 글자가 석벽에 새겨져 있다. 뒤에 금유(琴柔)가 이어서 그곳에 살았다.(淸遠亭, 在省火川東岸, 全元發舊居, 篆刻淸遠亭三字於石壁, 後琴柔繼居之.)"라고 하였다.

5. 전상락(全相洛) : 본관은 축산(竺山)이다. 조부는 전우현(全禹鉉), 부친은 전귀영(全貴永)이고, 어머니는 전주 이씨이다.

6. 조각조각 끊어진 : 원문의 '단란(斷爛)'은 '단란조보(斷爛朝報)'에서 비롯된 말이다. 단란은 조각조각 끊어져서 불완전하다는 뜻이고, 조보는 조정에서 매일 공포하는 공고문(公告文)을 말한다. '단란조보'라는 말은 송나라 왕안석이 《춘추》를 폄하하면서 일컬었다고 전해지는데, 《춘추》가 조정에서 공포하는 조보처럼 조각조각 끊어진 곳이 많은 불완전한 책이라는 뜻이다. 《宋史》〈王安石傳〉

편을 얻었고, 유사(遺事)와 행장(行狀), 비갈(碑碣), 읍지(邑誌), 야사(野史), 시와 문장 등 선생에 대해 지은 글을 부록으로 붙여서 한 책으로 편집하고 제목을 '국파선생집(菊坡先生集)'이라 하였다. 말세의 사람들이 눈이 높아져서 혹은 충동한우(充棟汗牛)[7]의 집안에 미치지 못하는 것을 병통으로 여기지만, 선생의 시종(始終)이 여기에 담겨 있으니, 선생이 드러나고 묻히는 운수에 조금의 보탬이 없지는 않을 것이다. 문집을 출판하여 오래도록 전하고자 나에게 서문을 요청하니, 진실로 졸렬하고 아둔한 내가 감히 응할 수 있는 일이 아니다. 가령 지을 만한 점이 있다 하더라도 '강이 너르니 큰 물고기 맘껏 놀고, 숲이 우거지니 지친 새가 돌아오네.〔江闊脩鱗縱, 林深倦鳥歸.〕'라는 구절에서 선생을 볼 수 있으니, 어찌 서문을 기다릴 필요가 있겠는가.

전(前) 장작랑(將作郎) 진성(眞城) 이만인(李晚寅)[8]은 삼가 서문을 짓노라.

---

7. 충동한우(充棟汗牛) : 한우충동(汗牛充棟)을 바꾸어 쓴 말이다. 한우충동은 당(唐)나라 때의 저명한 문장가 유종원(柳宗元)이 〈육문통선생묘표(陸文通先生墓表)〉라는 글 가운데 쓴 말인데, 책을 실은 수레를 끄느라 소가 땀을 흘리고, 쌓아 놓은 책이 집의 대들보에까지 가득 찼다는 뜻으로 책이 많음을 표현한 것이다.

8. 이만인(李晚寅) : 1834~1897. 조선 후기의 학자로, 초명은 만호(晚濩)이다. 자는 군택(君宅), 호는 용산(龍山), 본관은 진보(眞寶)이다. 퇴계(退溪) 이황(李滉)의 11세손이다. 1881년에 올린 영남만인소(嶺南萬人疏)를 기초했으며, 1890년에는 주변의 선비들과 향음주례(鄕飮酒禮)를 시행하거나 의절을 강론하였다. 1892년에는 예천의 오천사(浯川榭)에서 《대학》, 1893년에는 영주향교에서 《소학》을 강하였다. 이후 1894년의 동학농민운동, 1895년의 을미사변(乙未事變) 등을 목도하고 세가(世家)의 후손으로서의 책임을 통감하고 두문불출하였다고 한다.

국파선생문집

書菊坡先生文集

난계 김득배에게 주다[9]
贈金蘭溪得培

강이 너르니 큰 물고기 맘껏 놀고	江闊脩鱗縱
숲이 우거지니 지친 새가 돌아온다네	林深倦鳥歸
전원으로 돌아가는 것이 나의 뜻이니	歸田乃吳志
일찍 위태로운 기미를 안건 아니라네[10]	非是早知幾

---

9. 난계 김득배(金得培)에게 주다 : 원문에는 제목이 빠져 있다. 일부 책에서는 〈난계(蘭溪) 김득배(金得培)에게 주다(贈金蘭溪得培)〉라는 제목을 추가한 것을 볼 수 있는데, 이에 따라 여기에서도 제목을 추가하였다. 《여지도서(輿地圖書)》에는 이 시가 김득배의 작품으로 잘못 기록되어있다. 김득배(金得培, 1312~1362)는 고려 말의 문인으로, 자는 국자(國滋), 호는 난계(蘭溪), 본관은 상산(商山)이다. 시호는 문충(文忠)이다. 1330년(충숙왕17)에 문과에 급제하여 정당문학(政堂文學)을 지냈다. 김용(金鏞)의 모해를 받아 상주(尙州)에서 효수되었다. 당시 포은(圃隱) 정몽주(鄭夢周)가 시신을 거두어 장사 지내고 제문을 지었는데, 《동문선》권109에 실려 있다.

10. 일찍……아니라네 : 원문에는 이 시의 뒤에 "見東文選"이라는 주석이 있다. 이 시는 《동문선(東文選)》권19에 〈용궁에 한거할 때 난계 김득배가 시를 보내왔으므로 그 시를 차운하여(龍宮閑居 金蘭溪得培寄詩 次其韻)〉라는 제목으로 실려 있는데, 작자가 '김원발(金元發)'이라 잘못되어있다.

익재 이중사[11]가 백화산 천덕사[12] 관공루[13]에서 지은 시에 차운하다
次李益齋仲思題白華山天德寺觀空樓韻

봄날 옛 절에서 놀며 힘써 휘어잡고 올라가니	春遊古寺費登攀
십 리에 걸쳐 청송이 수백 겹의 산에 우거졌네	十里青松百疊山
속세의 더러움이 맑은 경계 더럽힐까 걱정스럽고	俗累恐爲淸境累
스님의 한가함은 흰 구름의 한가함을 부여받았네	僧閑付與白雲閑
마루 기둥 밖 달 주변은 한밤에 맑고 맑은데	宵清月傍軒楹外
궤안 사이의 꽃가지에 느지막하게 바람이 부네	風晚花枝几案間
담담함 속의 무궁한 진미를 그 누가 알까	誰會淡中眞味永
차 한잔 마시며 이야기하다 한 번 활짝 웃네	一甌茶話一開顏

---

11. 이중사(李仲思) : 1287~1367. 고려 말기의 문신·학자 이제현(李齊賢)을 말한다. 자는 중사, 호는 역옹(櫟翁)·익재(益齋), 본관은 경주(慶州)이다. 벼슬은 문하시중에 이르렀으며, 충선왕(忠宣王)을 수행하여 원(元)나라에 가서 명사들과 교유하면서 외교 활동을 펼쳐 고려 왕실의 안정에 기여했다. 저서로 《역옹패설》, 《익재난고》가 있다.

12. 백화산(白華山) 천덕사(天德寺) : 천덕산 백화사의 오류로 보인다. 전원발의 〈이익재(李益齋)의 관공루(觀空樓) 시의 뒤에 쓰다(書李益齋觀空樓詩後)〉에도 백화사를 천덕산에 건립한 것으로 되어있고, 《신증동국여지승람》, 《여지도서》 등에는 백화사가 천덕산에 있다고 하였다. 《익재난고》 권3에도 원래의 제목이 〈백화선원 관공루의 시에 차운하여 짓다(寄題白花禪院觀空樓次韻)〉로 되어있다. 백화선원은 백화사라는 절이고, 이 절은 천덕산에 있음을 알 수 있다.

13. 관공루(觀空樓) : 경상도 용궁현의 천덕산 백화사에 있던 누대이다. 동서의 누대 가운데 서쪽 누대 이름이다. 이제현이 이 절에 대해 읊은 시가 있고, 이제현의 시에 전원발이 발문을 썼다.

원운을 붙이다[14]
附原韻

익재(益齋) 이제현(李齊賢)

경치 좋은 곳 유람할 때 대부분 높이 오르니	勝遊多是費躋攀
절이 낮은 산에 있어 가장 사랑스럽다네	最愛蓮宮住淺山
한줄기 물은 비단 펼친 듯 멀리 뻗어 있고	一水練鋪延廣遠
두 산봉우리는 옷깃 여민 듯 그윽하네	兩巒襟合護幽閑
부처를 벗어나고 마음을 벗어나 구하지 말고	莫求佛外兼心外
인간 세상이 꿈결 같음을 믿어야 하네	要信人間卽夢間
누대의 이름을 듣고 이치를 알았으니	聽得樓名諳得理
어찌 가서 주인 얼굴을 마주할 필요 있으랴	何須去對主人顏

---

14. 원운(原韻)을 붙이다 : 이 시는 《익재난고》 권3에 〈백화선원(百花禪院) 관공루(觀空樓)의 시에 차운하여 짓다(寄題白花禪院觀空樓次韻)〉라는 제목으로 실려 있다.

국파의 천덕산 백화사 관공루 시에 차운하다[15]
次菊坡天德寺觀空樓韻

권사복(權思復)[16]

이름난 절에 대해 듣고서 가보지 못했는데	聞有名藍未一攀
시를 보고 방금 산수가 좋다는 걸 알았네	見詩方覺好湖山
골짜기 문 닫아걸지 않아도 속세에서 오기 어렵고	洞門無鑰俗難到
누대 위에서는 발을 걷고 스님 한가히 지내네	樓上捲簾僧自閑
천고의 연하는 성공과 실패 너머에 있고	千古烟霞興敗外
여섯 시각에 종과 북은 산에서 울리네	六時鍾鼓翠微間
늙은 사람이 선사가 명을 거절할 수 없어	老人不拒禪師命
거칠고 서툰 시를 쓰자니 부끄럽네	寫出荒蕪有愧顏

---

15. 국파(菊坡)의……차운하다 : 이 시는 이 책을 편집할 때 국파의 시를 차운한 것이라 하여 이처럼 제목을 삼았다. 하지만 국 파의 시도 이제현의 시를 차운한 것이므로, 이 시는 제목과 같이 국파의 시를 차운한 것이 아니라, 이제현의 시를 차운한 것으로 보는 것이 옳을 것이다.

16. 권사복(權思復) : 고려 공민왕(恭愍王) 때의 문신으로, 본관은 안동(安東)이다. 정당문학(政堂文學) 백문보(白文寶)의 문인 으로, 김구용(金九容)·이숭인(李崇仁)·이무방(李茂芳) 등과 동문(同門)이다. 《동문선》에 〈장수역벽상유제(長守驛壁上有 題)〉, 〈사우인혜다(謝友人惠茶)〉, 〈병인삼월병후제(丙寅三月病後題)〉 등의 작품이 실려 있다. 공민왕이 친필로 영호루(映湖 樓)의 현판을 써서 그에게 하사하였다.

국파의 천덕산 백화사 관공루 시에 차운하다[17] (국역본 증보)

又

염흥방(廉興邦)[18]

누대 높아서 은하를 손으로 만질 수 있는데	樓迥星河手可攀
탄공(坦公)[19]의 산엔 소나무와 삼나무가 눈에 가득하네	松杉滿目坦公山
용이 설법 듣고 나오니 구름이 막 흩어지고	龍聞法出雲初散
새가 불경 외울 적에 오니 소리 더욱 한가롭네	鳥誦經來聲更閑
몸을 옮겨 도솔천(兜率天) 위에 기대고	徙倚一身兜率上
삼세(三世)[20]의 가부(跏趺)[21]가 찰나라네	跏趺三世刹那間
관공(觀空)[22]의 의미 아는 사람 없는데	無人解得觀空意
분명하게 이야기하는 것도 부끄러운 일이네	爲說分明亦強顏

---

17. 국파의 천덕산 백화사 관공루 시에 차운하다(又) : 《신증동국여지승람》과 《여지도서》 등에 권사복과 같이 이제현의 시를 차운한 것으로 실려 있다. 권사복의 시를 싣는다면 염흥방의 시도 실려야 할 것으로 판단되어 이 시를 증보한다.

18. 염흥방(廉興邦) : ?~1388. 고려 후기의 문신·권신(權臣)이다. 자는 중창(仲昌), 호는 동정(東亭), 본관은 서원(瑞原)이다. 1357년(공민왕6) 과거에 장원급제하여 좌대언(左代言)이 되었다. 1375년(우왕1) 권신(權臣) 이인임(李仁任)의 뜻에 거슬려 정몽주(鄭夢周) 등과 함께 유배되었다가 풀려나 서성군(瑞城君)에 봉해지고 삼사좌사(三司左使)가 되었다. 평소 매관매직을 자행하고 토지와 노비를 강탈하여 양민을 괴롭히다가 결국에는 처형되었다.

19. 탄공(坦公) : 고려 중기의 승려 묵암(默庵) 탄연(坦然)을 말한다. 탄연은 속성이 손씨(孫氏)이고, 호는 묵암이다. 선교(禪敎)의 중흥에 이바지하였으며 시문에 능하였다. 국사(國師)에 추증되고 대감(大鑑)이라는 시호를 받았다. 서예에도 조예가 깊었다. 춘천(春川)의 〈청평사문수원중수비(淸平寺文殊院重修碑)〉와 예천(禮泉)의 〈복룡사비(伏龍寺碑)〉, 〈승가사중수비(僧伽寺重修碑)〉 등을 썼다.

20. 삼세(三世) : 전세·현세·내세를 말한다.

21. 가부(跏趺) : 두 다리를 포개어 도사려 앉는 좌법이니 곧 중의 앉음새를 말한다.

22. 관공(觀空) : 《반야심경》의 "색은 공과 다르지 않고 공은 색과 다르지 않다. 색이 곧 공이고, 공이 곧 색이다.[色不異空, 空不異色, 色卽是空, 空卽是色.]"에서 유래하였다. 색은 존재하는 모든 실상을 말하고, 공(空)은 존재하지 않는 공허한 것을 말하는데, 관공은 곧 만유의 실상을 공허하게 보는 경지를 말한다.

천덕사 관공루 시에 차운하다[23] (국역본 증보)
次天德社觀空樓詩韻

권근(權近)[24]

자주(自註) : 천덕사(天德社)에 두 개의 누각이 있는데, 동쪽 누각이 정당루(政堂樓)이다. 우리 외조부(外祖父) 복재(復齋) 문절공(文節公)[25]이 정당(政堂)이 되셨을 때 와서 올랐던 곳이기 때문에 그렇게 이름을 붙였다. 서쪽 누각은 관공루이다.

청명의 선경은 아득해 오르기 어려운데	青冥仙境渺難攀
오직 인간 세상에 이 산이 있어 기쁘네	唯喜人寰有此山
섬돌 돌아 흐르는 물소리에 나그네 꿈을 깨고	繞砌泉聲驚客夢
누대에 가득한 구름은 한가한 스님의 짝이네	滿樓雲態伴僧閑
아득한 공의 이치 삼생 속에서 같고	悠悠空理三生裏
요란한 헛된 명성 한 번 취한 것과 같네	擾擾浮名一醉間
오늘 올라와 감탄할 일이 많으니	今日登臨多感歎
벽 가운데에서 외조부 얼굴 뵙는 듯하네	壁中如對祖翁顏

---

23. 천덕사(天德社)……차운하다 : 이 시는 《양촌집》 권7 〈남행록(南行錄)〉에 실려 있다.

24. 권근(權近) : 1352~1409. 자는 가원(可遠), 호는 양촌(陽村), 본관은 안동(安東)이다. 성리학자이면서 문장에도 뛰어났으며, 왕명으로 하륜 등과 함께 《동국사략》을 편찬하였다. 저서로 《양촌집》, 《오경천견록》 등이 있다.

25. 문절공(文節公) : 한종유(韓宗愈, 1287~1354)를 말한다. 자는 사고(師古), 호는 복재(復齋), 본관은 청주(清州)이다. 시호는 문절(文節)이다. 1343년에 한양군(漢陽君)에 봉해지고 찬성사로 임명되었다. 1344년에 조칙으로 충목왕을 모시고 귀국해 정사를 보필하게 되어 좌정승에 임명되었다. 충정왕이 왕위에 오른 뒤 권신들이 정치를 멋대로 처리하자 부원군(府院君)으로 향리에 물러앉아 도성에 나타나지 않았다.

이 익재의 관공루 시의 뒤에 쓰다[26]
書李益齋觀空樓詩後

땅은 사람이 아니면 그 아름다움을 드러낼 방법이 없고, 사람은 시가 아니면 그 빛을 발휘할 방법이 없다. 그러므로 비록 아름다운 시내와 숲이 있더라도 보통 사람과 속세의 선비들이 잘못 아름다운 곳을 밟으면 시내가 부끄러워하고 숲도 수치스러워한다. 하늘이 아끼고 땅이 숨겨서 쓸쓸한 상태로 알려지지 않았지만, 만약 문장 학사(文章學士)를 만나서 한 글자라도 칭찬을 받게 되면, 구름과 연기가 빛이 바뀌고 수목도 무성해져, 형상이 없던 형상이 여기에서 보이고 값이 없던 값이 이로부터 높아질 것이다.

묵암(默庵) 탄공(坦公)[27]은 석문(釋門)의 영수(領袖)로서 오래된 원력(願力)을 올라타고 천덕산에 백화사를 창건하였다. 그리고 동서의 두 누대를 세워 그 이름을 빛내고 크게 하고자 상국(相國) 이중사(李仲思, 이제현(李齊賢))에게 기문(記文)과 시를 지어 달라고 요청하였다. 기문은 목판에 새겼지만 시는 아직 쓰지 못했는데, 묵암 스님이 이내 서거하여 이로 말미암아 그 진본을 잃어버렸다. 내가 정유년(1357) 가을에 명을 받아 조정으로 달려갔을 때, 하루는 상국의 사저(私邸)로 나아갔다. 공이 술을 마련해 놓고 조용히 있을 때 산중(山中)의 이야기를 언급하면서[28] "내가 예전에 관공루 시를 지었는데, 그대는 보았는가?"라고 하였다.

내가 말하기를, "아직 보지 못했습니다."라고 하니, 공이 인하여 이 시를 외웠다. 나는 듣고 마음속에 새겨 놓고, 그것이 묻히고 매몰되어 알려지지 않을까 두려웠다. 돌아

---

26. 이 익재(李益齋)의……쓰다 : 이 글은 정원호(鄭源鎬)가 지은 《교남지》 권38 용궁군(龍宮郡) 사찰(寺刹)조 등에도 실려 있다.

27. 탄공(坦公) : 주19 참조.

28. 이야기가……미침에 : 원문에는 '因於及山中'으로 되어있는데, 《여지도서》에 의거하여 '語及山中'으로 수정하여 번역하였다.

오자마자 곧바로 써서 목판에 새겨 먼 후대에까지 전하게 하였으니, 이 누대의 가치를 더욱 높였을 뿐만 아니라 탄공의 소원도 이루게 되었다. 때는 무술년(1358) 3월 모일(某日)이다.

금자영록대부(金紫榮祿大夫)[29] 병부 상서(兵部尙書) 겸(兼) 집현전 태학사로 치사(致仕)한 전원발(全元發)이 발문을 쓰다.

---

29. 금자영록대부(金紫榮祿大夫) : 금자(金紫)는 "금인자수(金印紫綏)"를 가리키는 말로 고관현직(高官顯爵)임을 나타내는 것이며, 영록대부(榮祿大夫)는 원나라 때는 종일품의 문관(文官)이나 산관(散官)의 품계이다.《元史》〈百官七·文散官〉

부록

附錄

청원정 시를 지어 부치다[30]
寄題淸遠亭

퇴계(退溪) 이황(李滉)

그윽한 거처에 작은 연못 만들었다 들었으니	聞道幽居作小塘
꽃 중의 군자가 천연의 향기를 풍기네	花中君子發天香
사랑스럽구나, 식물의 맑은 기운 이와 같아	可憐植物淸如許
고상한 사람 마주하여 맑은 인품 비추니	曾對高人映霽光

맑은 인품과 큰 뜻은 백세의 풍도이니	光霽高懷百世風
맑고 속이 빈 아름다운 연꽃[31]이 연못 속에 있네	淸通佳植一塘中

---

30. 청원정(淸遠亭)……부치다 : 이 시는 《퇴계선생문집》 권4에 실려 있는데, 《퇴계선생문집고증》 권3에는 〈청원정에 지어 부
치다(寄題淸遠亭)〉라는 제목 아래 "정자는 용궁의 성화천(省火川) 동쪽 언덕에 있는데 곧 전원발(全元發)이 옛날에 살던 곳
이었지만, 지금은 감사 금유(琴柔)가 주인이 되었다. 연지(蓮池)의 뛰어난 경치가 있는데, 염계(濂溪)의 〈애련설〉의 '향청익
원(香淸益遠)'의 뜻을 취하였다.(亭在龍宮省火川東岸, 卽全元發舊居, 琴監司柔爲主. 有蓮池之勝, 取濂溪愛蓮說香淸益遠
之意.)"라는 주석이 있다.

31. 맑고……연꽃 : 염계(濂溪) 주돈이(周敦頤)의 〈애련설(愛蓮說)〉에 "나는 홀로 연꽃이 진흙에서 나왔으되 진흙에 물들지 않
고, 맑은 잔물결에 씻어도 요염하지 않으며, 줄기 속은 텅 비어 있고 겉은 곧으며, 덩굴도 뻗지 않고 가지도 나지 않고, 향기
는 멀리서 더욱 맑으며, 우뚝하게 깨끗이 서 있어, 멀리서 바라볼 수만 있고 가까이 가서 함부로 대할 수 없음을 사랑하노
라.(予獨愛蓮之出於淤泥而不染, 濯淸漣而不夭, 中通外直, 不蔓不枝, 香遠益淸, 亭亭淨植, 可遠觀而不可褻翫焉.)"라고 하

《국파선생문집》 국역   55

마음 씻고 눈 씻고서 바라보는 곳에   洗心洗眼看來處

당시 무극옹(無極翁)³²의 모습 완연하네   宛見當時無極翁

        였는데, 원문의 '溝通'은 주돈이가 연꽃을 형용한 "中通外直", "香遠益淸"이란 말에서 유래하였다.

32. 무극옹(無極翁) : 〈태극도설(太極圖說)〉을 저술한 주돈이(周敦頤)의 별칭이다. 주돈이가 그의 〈태극도설〉에서 "무극은 곧 태극이다.(無極而太極)"라고 하였기 때문에 주돈이의 별칭으로 사용한 것이다.

청원정에 올라 시를 지어 감회를 부치다
登淸遠亭 題詩寓感

송파(松坡) 조휘(趙徽)[33]

산에 기대어 바위 위에 정자 지었으니	依山壓石一亭開
천 길 맑은 물이 십 리를 감돌아 흐르네	千尺澄流十里廻
백 년의 신선 자취 흐르는 물 따라가고	仙跡百年隨逝水
세 글자 붉게 새긴 곳에 푸른 이끼 끼었네	丹書三字老蒼苔
서늘한 기운이 더위 가시게 할 때 바람이 대나무에 불고	輕涼送熱風移竹
맑은 흥취로 시 재촉할 때 달빛이 잔에 잠겨 있네	淸興催詩月浴盃
고상하게 지낸 반평생 동안 속세의 짝이 없으니	高臥半生無俗伴
흰 갈매기만이 때때로 달빛 떨치며 온다네	白鷗時拂鏡光來

---

33. 조휘(趙徽) : 1543~?. 자는 자미(子美), 호는 송파(松坡). 본관은 풍양(豊壤)이다. 상주(尙州)에서 살았다. 1567년(명종22)에
    장원으로 생원시에 합격하였고, 1568년(선조1)에 문과에 급제하였다. 예조 좌랑을 지내고, 홍문관 교리에 증직되었다.

청원정에 올라 시를 지어 감회를 부치다[34]
又

백석(白石) 강제(姜霽)[35]

천지개벽할 때부터 시내 하나 동쪽으로 흐르는데	一川東注自天開
수많은 푸른 봉우리가 들을 둘러싸고 있네	萬點靑巒擁野廻
천 길 깎아지른 절벽에는 옛날 전서가 남아 있고	千尺斷崖留古篆
백 년 전 남은 자취는 푸른 이끼에 덮여 있네	百年遺跡沒蒼苔
문 앞에는 도연명(陶淵明)의 버드나무 다섯 그루를 심고[36]	門前種伍淵明柳
달 아래에서는 이태백(李太白)의 잔처럼 셋을 이루었네[37]	月下成三李白盃
이 사이의 산수에 대해서는 그대도 좋아할 것이나	山水此間君有癖
때때로 나도 또한 거문고를 안고 온다네	時時吳亦抱琴來

---

34. 청원정에 올라 시를 지어 감회를 부치다(又) : 원문에는 제목이 없는데 일반적인 용례에 의기히여 '又'라는 제목을 붙였다. 이하 동일하다.

35. 강제(姜霽) : 1526~1582. 자는 명원(明遠), 호는 백석(白石), 본관은 진주(晉州)이다. 구봉령(具鳳齡)의 아들 구선윤(具善胤)의 장인이다. 1561년에 식년 문과에 을로로 급제하였다. 영덕 현감, 이조 정랑 등을 역임하였으며, 이후 관직을 버리고 문경에 백석정을 짓고 후진 계몽에 전력하다 그 정사(亭舍)를 사위인 구선윤에게 전하였다.

36. 도연명(陶淵明)의……심고 : 도연명(365~427)은 중국 동진(東晉)의 시인으로, 자는 연명이고 이름은 잠(潛)이며, 호는 오류선생(五柳先生)이다. 405년에 팽택현(彭澤縣)의 현령이 되었으나, 80여 일 뒤에 〈귀거래사〉를 남기고 관직에서 물러나 귀향하였다. 자연을 노래한 시가 많으며, 당나라 이후 육조(六朝) 최고의 시인이라 불린다. 시 외의 산문 작품에 〈오류선생전〉, 〈도화원기〉 따위가 있다. 그는 버드나무를 좋아하여 집에 버드나무 다섯 그루를 심어 놓고, 오류선생(五柳先生)이라 자호하였다.

37. 달……이루었네 : 이백(李白)의 〈월하독작(月下獨酌)〉 시에 "꽃 아래에서 한 병의 술을, 친한 사람도 없이 홀로 마시네. 술잔을 들어 밝은 달을 맞이하니, 나와 달과 그림자가 세 사람을 이루었네.(花下一壺酒, 獨酌無相親. 擧杯邀明月, 對影成三人.)"라는 명구(名句)가 나온다. 《李太白集 卷22》

청원정에 올라 시를 지어 감회를 부치다[38]
又

창석(蒼石) 이준(李埈)[39]

문서 더미 속에서 눈뜨는 것조차 싫으니	簿領叢中眼厭開
수운향(水雲鄕)[40]으로 고개 자주 돌아가네	水雲鄕裏首頻廻
일찍이 우뚝한 바위에 올라 붉은 글씨 찾았고	曾攀秀石尋丹篆
스스로 찬 물결을 움켜다가 푸른 이끼 씻었네	自掬寒波洗碧苔
손 뒤집듯 바뀌는 세태를 익숙하게 보았고	世態慣看翻覆手
얕고 깊은 술잔에 이별에 회포를 다 쏟네	別懷須盡淺深盃
바위굴에 살며 평생의 빚을 갚지 못했으니	岩棲未償平生債
혹시 경치 좋은 곳 자주 왕래하는 일은 허락될지	倘許名區數往來

---

38. 청원정에 올라 시를 지어 감회를 부치다(又) : 한국고전번역원 한국고전종합DB의 《창석집(蒼石集)》에는 이 시가 빠져 있다.

39. 이준(李埈) : 1560~1635. 자는 숙평(叔平), 호는 창석(蒼石). 본관은 흥양(興陽)이다. 류성룡(柳成龍)의 문인으로, 1582년(선조15) 생원시를 거쳐 1591년(선조24) 문과에 급제하였고, 첨지중추부사와 대사간을 역임하였다. 저서로 《창석집》이 있다.

40. 수운향(水雲鄕) : 물이 흐르고 구름이 떠도는 풍경(風景)이 맑고 그윽한 곳이다. 전하여 은자(隱者)가 사는 곳. 곧 은자가 사는 청유(淸幽)한 지역을 가리킨다.

청원정에 올라 시를 지어 감회를 부치다
又

박사제(朴思齊)[41]

조그만 정자 말쑥하게 바위에 기대어 지었는데	小亭瀟灑倚巖開
성대한 일 이웃한 지 세월은 얼마나 지났던가	盛事相隣歲幾廻
물가의 깎아지른 절벽 병풍은 그린 그림 같고	沙上斷崖屛作畫
물 가운데의 반석은 이끼가 비단처럼 끼었네	水中盤石錦爲苔
바람 부는 오동 그림자에 자리에는 서늘한 기운 돌고	風移梧影涼生席
달이 비치는 소나무 그림자에 술잔에는 찬 기운 드네	月透松陰冷入盃
만일 양서(瀼西)에 집 빌릴 계책을 이루려 한다면[42]	如遂瀼西賃屋計
시냇가 꽃이 지지 않을 때 꼭 돌아와야 한다네	溪花未落定還來

---

41. 박사제(朴思齊) : 원본에는 호를 기록하는 위치에 이름을 나누어 놓아 호처럼 보이지만 박사제(朴思齊)라는 인물의 이름을 성과 나누어 놓은 것이다. 박사제(1555~1619)의 자는 경현(景賢), 호는 매계(梅溪), 본관은 죽산(竹山)이다. 삼가(三嘉)에 거주하였고, 정인홍의 문인이다. 1589년(선조22)에 증광 문과에 병과로 급제하여 승지, 형조 참의를 지냈다. 임진왜란이 일어나자 노흠(盧欽)·권양(權養)·권제(權齊) 등과 의병을 일으켜 삼가의 윤탁(尹鐸)과 함께 곽재우(郭再祐)의 군사와 합류하여 강우 지역 여러 고을의 방위와 수복에 힘써 공을 세웠다.

42. 만일……한다면 : 두보(杜甫)는 사천성(四川省) 기주(夔州)에 있는 양수(瀼水)의 산천을 좋아하여 그곳의 동쪽과 서쪽으로 세 번이나 거처를 옮겨 가며 살았다고 한다.《杜少陵詩集 卷20 自瀼西荊扉且移居東屯茅屋》두보는 또 〈모춘제양서신임초옥(暮春題瀼西新賃草屋)〉이라는 시를 지어 "석양 무렵 강한에서 슬퍼하고, 한밤중엔 눈물이 침상에 가득하네.〔落日悲江漢, 中宵淚滿牀.〕"라고 읊은 바 있다.《杜少陵詩集 卷18》

청원정에 올라 시를 지어 감회를 부치다
又

사담(沙潭) 김홍민(金弘敏)[43]

우연히 정자에 이르렀다가 눈이 문득 커졌는데	偶到亭中眼忽開
날은 저물건만 굳게 앉아서 돌아갈 줄 모르네	日晡堅坐不知廻
두 물줄기에 임한 정자에는 물고기가 뻐끔거리고	閣臨二水魚吹席
천년 묵은 바위에는 글자가 이끼에 덮여 있네	石老千年字受苔
달 뜬 밤에 옛 거문고 연주 아주 좋고	正好古琴彈夜月
맑은 흥취에 깊은 술잔 기울여도 상관없네	不妨淸興瀉深盃
한 쌍의 흰 새만이 진실로 나와 함께하니	一雙白鳥眞吳與
물가 포구에는 원래 속세의 객이 오지 않네	沙浦元無俗客來

---

43. 김홍민(金弘敏) : 1540~1594. 자는 임보(任父)·임보(任甫), 호는 사담(沙潭), 본관은 상주(尙州)이다. 삼사(三司)를 거쳐 전
   한(典翰) 등을 역임하였다. 임진왜란 때 의병을 모아 상주(尙州)에서 적의 통로를 막아 적군이 통행로를 우회하게 하는 공
   을 세웠다.

청원정에 올라 시를 지어 감회를 부치다
又

이유함(李惟誠)[44]

구름 걷히고 바람 조용한 골짜기에 집 지으니	雲捲風恬洞宇開
조그만 정자 산뜻하고 물은 감돌아 흐르네	小亭瀟灑水縈廻
몽롱한 산색은 비단처럼 붉고	朧矓山色紅如錦
어여쁜 물빛은 이끼처럼 푸르네	澂瀾波光碧似苔
소강절(邵康節)은 오동나무에 걸린 달 읊었고[45]	康節吟中梧一月
도연명(陶淵明)은 갈건(葛巾)으로 석 잔 술 걸렀네[46]	淵明巾下酒三盃
그윽하고 경치 좋은 곳에 속세의 자취 없으니	幽貞勝地無塵跡
다만 물가의 새만이 갔다가 또 돌아오네	只有沙禽去又來

---

44. 이유함(李惟誠) : 1557∼1609. 자는 여실(汝實). 호는 오월당(梧月堂), 본관은 성주(星州)이다. 최영경(崔永慶)과 하항(河沆)에게 수학하였다. 저서로 《삼오실기》가 있다.

45. 소강절(邵康節)은……읊었고 : 소강절은 송나라의 학자 소옹(邵雍, 1011∼1077)이다. 시호는 강절이고, 자는 요부(堯夫)이다. 역리(易理)를 응용하여 수리(數理)로써 천지 만물의 생성 변화를 관찰하고 설명한 《황극경세서(皇極經世書)》를 저술하였다. 이 구절은 소옹의 〈월도오동상음(月到梧桐上吟)〉이라는 시를 말한 것인데, 시는 다음과 같다. "달이 오동의 위에 뜨고, 바람은 버드나무 가에 불어오네. 집은 깊고 사람도 또한 고요하니, 이 경치를 누구와 함께 이야기할까.〔月到梧桐上, 風來楊柳邊. 院深人復静, 此景共誰言.〕"

46. 도연명(陶淵明)은……걸렀네 : 도연명은 진(晉)나라 때 처사(處士)인 도잠(陶潛)으로, 연명은 그의 자이다. 도잠이 술을 너무 좋아하여 매양 술이 익을 때가 되면 더 이상 참지 못하고 머리에 쓰고 있던 갈건(葛巾)을 벗어 술을 걸러 마신 뒤에 다시 썼다는 고사가 있다. 《宋書 卷93 隱逸列傳 陶潛》

청원정에 올라 시를 지어 감회를 부치다
又

학동(鶴洞) 정유번(鄭維藩)[47]

투명하게 비치는 연못이 거울처럼 열렸는데	澄澈池塘一鑑開
선천(先天)의 그림자 모습이 지금에야 돌아왔네	先天影像至今廻
그윽한 거처에 해가 저물어 누런 국화 남았는데	幽居晼晚餘黃菊
옛 전서(篆書)는 쓸쓸히 반쯤 푸른 이끼에 덮였네	古篆荒涼半綠苔
만 리의 저녁 구름에 돛단배 보이고	萬里暮雲生遠帆
연못의 가을 물이 깊은 술잔에 비쳐오네	一泓秋水入深盃
고상한 사람 떠나도 연꽃은 여전히 남아	高人已去蓮猶在
완연히 맑은 풍모를 띠고 있네	宛帶光風霽月來

---

47. 정유번(鄭維藩) : 원문의 '蕃'은 '藩'의 오류이다. 정유번(1562~?)의 자는 덕보(德甫), 호는 학동(鶴洞), 본관은 영일(迎日)이다. 1601년(선조34) 식년시에서 진사 2등에 합격하였고, 1605년(선조38) 별시 을과에 급제하였다. 사헌부 장령, 해미 현감, 임천 군수 등을 지냈다.

소천서원[48]에 짓다
題蘇川書院

귀주(龜洲) 김세호(金世鎬)[49]

중국의 훈업이 우리나라에 전해졌는데	中朝勳業大東傳
벼슬살이의 풍파에서 신선 세계로 용퇴했네	宦海風波勇退仙
지팡이 끌고 쉬던 당시 거처에는	杖屨當年棲息地
푸른 이끼 바위에 수놓고 풀이 자욱하네	蒼苔繡石草如烟

---

48. 소천서원(蘇川書院) : 경상북도 예천군 용궁면에 있는 서원이다. 1692년(숙종18)에 지방 유림의 공의로 전원발(全元發)의 학문과 덕행을 추모하기 위해 정사(精舍)를 설립하여 위패를 봉안하였다. 1868년(고종5) 대원군의 서원철폐령으로 훼철되었다가 1968년 지방 유림에 의하여 복원되었다.

49. 김세호(金世鎬) : 1652~1722. 자는 경백(京伯)이며, 호는 귀주(龜洲), 본관은 의성(義城)이다. 1690년(숙종16) 문과에 급제하였다. 원문의 '龜州'는 오류이다.

청원정에 짓다
題淸遠亭

칠탄(七灘) 김세흠(金世欽)[50]

외루산(畏壘山)[51]에서 온 경상(庚桑)[52]을 사모하여	由來畏壘慕庚桑
봄가을로 제사 지내며 오래도록 존경하고 본받네	俎豆春秋尔式長
오직 어진 후손의 정성이 다하지 않아	惟是賢孫誠未盡
옛날의 규범 따라 이 정자를 지었다네	昔年規範肯玆堂

50. 김세흠(金世欽) : 1649~1721. 자는 천약(天若), 호는 칠탄(七灘), 본관은 의성(義城)이다. 1673년 진사시에 합격하고, 1687년 명경과에 합격하였다. 1689년에 승정원 주서를 시작으로, 사헌부 지평, 홍문관 부수찬 등을 역임하였다. 1707년에 교리로 임금이 부름을 받았으나, 이해 10월 수찬으로서 이잠(李潛)의 죽음을 안타까워하는 상소를 올렸다가 관직을 삭탈당하고 전라도 흥양(興陽)으로 유배되었고, 1712년에 풀려났다.

51. 외루산(畏壘山) : 원문의 '畏壘'은 오류이다. 외루산은 춘추시대 노(魯)나라 지역의 산 이름이다. 경상초(庚桑楚)가 노담(老聃)의 도를 터득하고 북쪽 외루산으로 가서 은거하였던 데서 인용한 것으로, 흔히 풍속이 순박한 시골을 가리킨다.《莊子庚桑楚》

52. 경상(庚桑) : 노자(老子)의 제자였던 경상초(庚桑楚)를 말하는데, 전하여 도가(道家)를 의미한다.《장자》〈경상초〉에 "노담의 제자 중에 경상초라는 자가 있었는데, 그는 노자의 도를 일부분만 터득하고는 북쪽의 외루(畏壘)라는 산에 가서 살았다. 그 하인 가운데 분명하여 지혜로운 자는 쫓아 버리고, 그 첩 가운데 의기양양하게 어진 자는 멀리하였다. 그리고 순박한 사람하고만 같이 살고 부지런히 힘써 일하는 하인들만 부리고 살았는데, 이렇게 산 지 3년 만에 외루 지방에 큰 풍년이 들었다.〔老聃之役, 有庚桑楚者, 偏得老聃之道, 以北居畏壘之山. 其臣之畫然知者去之, 其妾之挈然仁者遠之, 擁腫之與居, 鞅掌之爲使 居三年, 畏壘大穰〕"라고 하였다.

청원정에 짓다
又

권겸(權瑊)[53]

청원정 앞에 살아 있는 그림 있는데	淸遠亭前活畫圖
고상한 사람 불우해지니 달도 함께 외롭네	高人潦倒月同孤
산은 사불산(四佛山)[54]에서 갈라져 기이한 형세를 이루고	山分四佛成奇勢
물은 삼탄(三灘)[55]과 합하여 큰 호수가 되었네	水合三灘作大湖
도연명(陶淵明)은 버드나무[56] 그늘 속에 시와 벗 삼았고	陶柳陰中詩興[57]友
완화계(浣花溪)[58] 가에는 술을 서로 불렀네	浣花溪上酒相呼
험한 길을 바삐 가는 동남쪽의 나그네는	恩恩崎路東南客
공명이 한쪽과 같은 줄 알지 못하네[59]	不識功名等一區

---

53. 권겸(權瑊) : 원문의 瑈은 瑊의 오류로 보인다. 권겸의 본관은 안동(安東)이다. 1519년(중종14) 별시에 급제하여 김해 부사·성균관 사성을 지냈다.

54. 사불산(四佛山) : 조선시대에는 상주목에 속했으며, 현재는 경북 문경시 산북면에 소재한 산이다. 일명 공덕산(功德山)이라고도 한다.

55. 삼탄(三灘) : 예천군에 있는 지명이다. 《대동지지(大東地志)》 권9 경상도 상주에는 "용궁의 삼탄 하류가 송라탄(松羅灘)이다.(龍宮之三灘下流爲松羅灘)"라고 하였다.

56. 도연명(陶淵明)의 버드나무 : 주36 참조.

57. 여(與) : 원문의 '興'은 '與'의 오류로 보인다.

58. 완화(浣花) : '浣花'는 '浣花'의 오류이다. 완화계(浣花溪)는 옛날 월(越)나라에 있던 시내 이름이다. 서시(西施)가 이곳에서 빨래하다가 궁중으로 뽑혀 들어가 월왕(越王) 구천(句踐)의 총애를 받았다고 한다.

59. 공명(功名)이……못하네 : 북송(北宋)의 장뢰(張耒, 1054~1114)가 지은 상요(商瑤)의 묘지명에서 "천하가 잘 다스려지면 선비가 공명을 얻지 못하고 재주가 한쪽으로 막혀 있으면 죽을 때까지 명성을 얻지 못한다.(天下平治, 士無功名, 才否一區, 之死無聲.)"라고 하였다. 《柯山集 卷49 商屯田墓誌銘》

관공루 시판에 대한 후지
觀空樓詩板後識

선조 국파 선생의 시(詩)와 발문(跋文)이 천덕산에 있는 절〔天德寺〕의 관공루의 목판에 새겨져 있었는데, 절이 허물어지게 되자 증조부께서 시판을 가져다 죽림당(竹林堂)에 걸었다. 내가 어렸을 적에 시판 아래에서 놀며 그 시를 읊조리고 그 필적을 우러러보았는데, 황홀하기가 마치 몸소 슬하에서 노닐고 해타(咳唾)를 면전에서 보는 것과 같았다. 만력(萬曆) 임진년(1592)에 시판과 죽림당이 모두 병화(兵火)에 불타버려서, 시와 발문이 전하지 않아 필적을 다시는 볼 수 없는 것을 늘 한스러워하였다.

임인년(1602) 겨울에 속리산에 잠깐 놀러 갔다가 우연히 산호전(珊瑚殿)의 서쪽 푸른 벽 가운데에서 선생이 쓴 비문이 있는 것을 보고, 어루만지며 살펴보았다. 스스로 필적을 다시 보게 된 것을 다행이라고 여겼으나, 다만 시와 발을 보지 못함을 한스럽게 여겼다. 금년(1611) 3월 정미일에 서계철(徐繼哲)·서상안(徐尙顔)이 종제(從弟) 전혼(全緷)의 집에 와서 족보를 보여주었는데, 시와 발문이 모두 책의 끝에 기록되어 있었다. 서공은 곧 선생의 외손이었기 때문에 병란(兵亂) 중에 스님〔山人〕이 전한 것을 얻어 보관했던 것이다.

아! 서씨들이 스님에게 얻은 것도 다행이고, 내가 서공에게 얻은 것도 다행이다. 다행 중의 다행이니, 누가 그렇게 만든 것인가. 삼백 년 동안 전해오는 것이 하늘의 뜻이 아니면 무엇이랴. 또 붓으로 쓴 것〔墨本〕이 좀 먹을 염려가 있어서 공인(工人)에게 목판에 새기라 하고 천덕산에 있는 절에 주었는데, 누대는 비록 터만 남았지만, 절은 아직 남아 있다. 나는 선생의 후예로서 그 시를 읽으니 추모의 감회가 반드시 마음속에서 일어났다. 절의 스님에게 잘 지켜서 잃어버리지 말도록 하는 것이 마땅하다.

신해년(1611) 여름 4월 모일(某日)에 8대손 전찬(全纘)이 기록하고 전행(全緈)이 쓴다.

퇴계 선생의 〈기제청원정〉 시에 삼가 차운하다
敬次退溪先生寄題淸遠亭韻

11세손 어주(漁洲) 전오륜(全五倫)[60]

선조의 남은 터에 조그만 연못 하나	先祖遺墟一小塘
예전에 들으니 옛날에 연꽃 향기 풍겼다지	嘗聞蓮蕚舊時香
세대가 멀어져 지금 사라졌다고 말하지 마오	莫云世逖今埋沒
맑은 풍모가 천추에 흘러 비추니	流照千秋霽月光
잔손이 십 년 동안 남기신 풍모 우러르니	孱孫十載仰遺風
맑은 향기가 수석 속에 배어 있음을 생각하네	想見淸芬水石中
더구나 작은 연못 속에 의취가 많으니	况復小塘多少趣
당시에 연꽃을 좋아하던 노인[61]과 똑같네	一般當日愛蓮翁

〔서원을 건립하기 4년 전[62] 무인년(1698) 7월 5일에 짓다.〕

---

60. 전오륜(全五倫) : 1631~1720. 자는 천서(天敍), 호는 어주(漁洲), 본관은 용궁(龍宮)이다. 전원발의 11세손으로, 30세 때인 1660년(현종1)에 증광시(增廣試)에 합격하여 진사가 되었다. 효성이 지극하여 어머니를 잘 봉양하였는데, 조정에 알려져 첨지중추부사에 제수되었다. 현감 이지석(李志奭)은 노래자(老萊子)의 효행에 비겨 내무당(萊舞堂)이라는 세 글자를 그의 집에 걸고 시와 서기(序記)를 지었다. 저서로 《인심도심변》, 《내외교수편》, 《사단칠정》 등이 있다.

61. 연꽃을 좋아하던 노인 : 송나라 때의 학자 주돈이(周敦頤, 1017~1073)를 말한다. 그의 자는 무숙(茂叔)이고, 호는 염계(濂溪)이다. 당대(唐代)의 경전 주석의 경향에서 벗어나 불교와 도교의 이치를 응용한 유교 철학을 창시하였다. 저서로 《태극도설》, 《통서》 등이 있다. 군자를 닮은 연꽃을 좋아하여 〈애련설〉을 지었다.

62. 서원을……전 : 여기의 서원은 소천서원을 말하는 것으로 보이는데, 일반적으로 이 서원은 1692년에 세워졌다고 한다. 그런데 여기에서는 서원이 세워지기 4년 전이 1698년이라 하였으니, 연대가 조금 차이가 있다.

전 소윤(全少尹)에게 화답하다[63] (국역본 증보)[64]
酬全少尹

김구용(金九容)[65]

죽계는 흘러 낙동강에 접하였는데	竹溪流接洛東江
청원정 앞에는 온갖 나무 누렇네	清遠亭前萬樹黃
멀리서 국파의 중양절을 생각하니	遙想菊坡重九日
여러 자제가 다투어 축수 잔을 올리리	諸郎爭獻萬年觴
축산[66]이 어찌 여강과 비슷하랴	竺山那得似驪江
가을물 넘실대고 국화는 노랗게 피었네	秋水滔滔菊綻黃
누대 위에 오월을 맞아 피리 소리 들리고	樓上笙歌當吾月
섬섬옥수로 자하주(紫霞酒) 술잔을 올리네	纖纖玉手捧霞觴

---

63. 전 소윤(全少尹)에게 화답하다 : 이 시는 김구용의 《척약재선생학음집(惕若齋先生學吟集)》 권상에 〈수전소윤(酬全少尹)〉이란 제목으로 두 수가 실려 있다. 《여지도서》 경상도 청원정 조에는 두 수 가운데 첫 번째 작품이 이제현(李齊賢)의 작품으로 되어있으나, 《익재난고》나 《동문선》 등에 보이지는 않는다. 무엇을 근거로 하였는지는 모르지만, 《여지도서》에서는 이제현의 작품으로 수록하고 있음을 우선 밝혀 둔다. 《여지도서》에 실린 시에는 '죽계(竹溪)'가 '축계(竺溪)'로 되어있다. 전 소윤(全少尹)은 전원발의 손자로 소윤을 지낸 전강(全强)을 가리키는 것으로 보인다.
64. 국역본 증보 : 이하 숙종이 교지를 내림[肅廟朝下教] 앞까지의 시는 국역본의 증보이다. 청원정 시는 청주의 청원정 시와 구별하여 싣고자 노력하였다. 청주의 청원정은 서거정(徐居正)의 〈청원정기(淸遠亭記)〉에 의하면, 권씨 집안의 대대로 전해오던 별장으로 서거정과 친한 권혼(權混)의 부탁을 받고 기(記)를 짓게 되었으며, 이름도 '청원정'이라 다시 지었다고 한다.
65. 김구용(金九容) : 1338~1384. 자는 경지(敬之), 호는 척약재, 본관은 안동(安東)이다. 좌사의대부, 판전교시사 등을 지냈다. 1384년(우왕10) 행례사(行禮使)가 되어 요동(遼東)에 들어갔다가 사교(私交)를 했다는 죄목으로 붙잡혀 그곳에서 유배 중에 사망하였다.
66. 축산(竺山) : 경상북도 예천군에 있는 산이다. 《여지도서》의 경상도 용궁현 조에는 "축산은 객관의 북쪽 1리에 있다. 순흥의 소백산으로부터 뻗어 내려와 용궁의 진산이 되었다.[竺山, 在客館北一里, 自順興小白山來, 爲鎮山.]"라고 하였다.

청원정의 시에 차운하다[67] (국역본 증보)
次淸遠亭韻

문경동(文敬仝)[68]

푸른 물이 흰 바위 가에 이리저리 흐르는데	碧水縱橫白石邊
우뚝한 정자 그림자가 거울 같은 물에 비치네	危亭影落鏡中天
시를 읊조리며 시인의 흥취를 실컷 얻었고	吟哦剩得騷家趣
올라 조망하니 해마[69]가 이끄는 듯하네	登眺都然害馬牽
경치를 그리는 일 왕발(王勃)에 뒤처지는 것 싫고[70]	寫景却嫌王勃後
기이한 것 찾는 일은 자장(子長)보다 앞서길 바라네[71]	探奇肯望子長前
글 짓는 일 선배들에게 부끄러울 뿐만이 아니라	不惟翰墨慚先輩

---

67. 청원정(淸遠亭)의 시에 차운하다 : 이 시는 《창계선생문집(滄溪先生文集)》 권3에 실려 있다.
68. 문경동(文敬仝) : 1457∼1521. 자는 흠지(欽之), 호는 창계(滄溪), 본관은 감천(甘泉)이다. 경상도 영천군(榮川郡) 초곡(草谷) [현재의 영주시 조암동 일대]에 거주하였다. 1486년(성종17) 생원·진사 양시에 합격하고, 1495년(연산군1) 증광 문과에 병과로 급제하였다. 1512년 예천 군수가 되어 임기를 채운 뒤 벼슬을 그만두고 고향에서 지내다 1521년 청풍 군수가 되었으나 곧 임지에서 죽었다.
69. 해마(害馬) : 말을 해치는 짐승 따위를 이르는데, 후대에는 사람의 본성을 해롭게 하는 물욕을 가리키게 되었다. 《장자(莊子)》 서무귀(徐无鬼)에 "천하를 다스리는 자는 또한 어찌 말을 기르는 것과 다르겠는가. 말을 기르는 자는 말을 해치는 것[害馬]을 제거할 뿐이다." 하였다.
70. 왕발(王勃)에……싫고 : 왕발은 당나라 초기의 시인이자 문장가이다. 〈등왕각서(滕王閣序)〉가 유명한데, "지는 놀은 짝 잃은 따오기와 나란히 떠 있고, 가을 강물은 끝없는 하늘과 한 색이로다.[落霞與孤鶩齊飛, 秋水共長天一色.]"라는 명구를 지었다. 본문에서는 왕발이 이미 등왕각에 대해 뛰어난 글을 남겼으니 그의 뒤에 글을 짓는 것이 꺼려진다는 뜻이다.
71. 자장(子長)보다 앞서길 바라네 : 자장은 《사기》를 지은 사마천(司馬遷)의 자이다. 사마천이 천하를 다니며 기이한 자료와 경치를 찾아 《사기》와 같은 명저를 남겼으니, 그의 뒤에 글을 지으면 빛이 나기 어려워 그보다 먼저 글을 지었으면 한다는 말이다.

제일 정치를 잘한다는 이름 영천(潁川)마저 저버렸네[72]　　　第一治名負潁川

---

72. 영천(潁川)마저 저버렸네 : 영천은 한 선제(漢宣帝) 때 영천 태수(潁川太守)로 나가서 천하제일의 정사를 펼친 황패(黃霸)를
　　 말한다. 그가 많은 선정(善政)을 베풀어서 영천이 잘 다스려지자, 봉황(鳳凰) 등 서조(瑞鳥)가 영천에 많이 날아들었다는 고
　　 사가 전한다. 《한서》 권89 〈황패전(黃霸傳)〉 이 구절의 뜻은 황패처럼 정치를 제일 잘한다는 기대도 저버리게 되었다는 뜻
　　 이다.

청원정에 대해 짓다 2수[73] (국역본 증보)
題淸遠亭 二首

문경동(文敬同)

정자는 자라 머리 같은 가장 기이한 곳에 있고	亭在鼇頭最絶奇
사람은 한가하여 번잡한 것을 벗어날 수 있네	人閒煩熱可能披
오리 머리처럼 푸른 시내에는 맑은 그림자 잠겼고	一溪鴨綠涵淸影
푸른 소라 같이 늘어선 산봉우리는 멀리 아름답네	列岫螺靑惹遠眉
바람과 달이 그대의 마음을 상쾌하게 하고	風月爽君方寸地
연하(煙霞)가 나를 흔들어 몇 편의 시를 짓네	煙霞撩我數篇詩
쓸쓸한 저녁 햇살 드리운 곳 모두 찾다가	蕭騷暮景探垂盡
다시 차가운 달이 떠오르는 것 맞이하네	更迓冰輪碾上時
서류 장부 속에서 세월만 깊어 가는데	簿領蓑閒歲月深
몇 가닥 성근 귀밑머리는 하얗게 세었네	數莖疎鬢雪侵尋
속세에서 벼슬살이에 얽매인 일 스스로 싫고	自嫌皁蓋紅塵累
흰 바위틈의 맑은 샘 같은 마음 잠시 시험하네	暫試淸泉白石心
맑은 기운 맘에 가득하니 항해(沆瀣)[74] 생겨나고	爽氣滿懷生沆瀣
한가한 구름 그림자 걷히니 어둠이 깨지네	閒雲捲影破冥沈

---

73. 청원정(淸遠亭)에……2수 : 이 시는 《창계선생문집》 권3에 실려 있다.
74. 항해(沆瀣) : 한밤중의 물기운이 엉긴 맑은 이슬을 말하는데, 신선의 음료수를 뜻하는 말로 쓰인다.

이곳에 오름에 보답으로 산수의 경치 뛰어나니   登臨報答湖山勝
술동이 앞에서 맘껏 읊조리던 일 저버리지 마오   莫負樽前漫浪吟

영연당[75] (국역본 증보)
映蓮堂

이황(李滉)

수재(秀才) 전찬(全纘)[76]이 자기 집 정자의 시에 대한 화운시를 지어 달라고 간청하기에 지금 절구 한 수를 지어 그 뜻에 답한다.

들자하니 그대 집이 신령스러운 곳을 차지하여	聞說君家占地靈
푸른 시내와 파란 산봉우리가 정자를 둘렀다지	碧溪靑嶂繞園亭
늙고 병든 몸이라 가서 볼 길이 없어 스스로 탄식하니	自嗟老病無由見
화운시를 짓는 것으로 우선 멈추네	將和題詩卻且停

---

75. 영연당(映蓮堂) : 이 시는 《퇴계선생문집》 권5 속내집(續內集)에 실려 있다. 류도원(柳道源)의 《퇴계선생문집고증》 권3에 "영연당은 생각건대 4권의 청원정이 아마도 그곳인 듯하다.(映蓮堂, 案四卷淸遠亭, 恐卽其地.)"라는 주석이 있다.

76. 전찬(全纘) : 1546~1612. 자는 경선(景先)이며, 호는 사우당(四友堂)·창암(蒼巖), 본관은 용궁(龍宮)이다. 전원발의 8세손으로 용궁에 거주하였으며 퇴계(退溪) 이황(李滉)의 문인이다.

안 상사의 청원정 연당시에 차운하다 2수[77] (국역본 증보)
次安上舍淸遠亭蓮塘韻 二首

최연(崔演)[78]

그윽한 거처의 맑고 샘솟는 반 이랑의 못	淸活幽居半畝塘
못 가운데에는 열 길의 연꽃이 향기롭네	塘中十丈藕花香
꼿꼿하게 진흙 위에 옥처럼 서 있으며	亭亭玉立淤泥上
진흙에 물들지 않고 달빛 아래 떠 있네	不染淤泥泛月光

광풍제월과 같은 모습 의연하니	依然霽月與光風
꽃 중의 군자가 옥 거울 같은 못에 피었네	君子花開玉鏡中
손에 〈애련설〉 들고 세 번 반복해 읽으니	手把愛蓮說三復
지금 연꽃을 사랑하는 사람은 주인이라네	至今愛者主人翁

---

77. 안 상사(安上舍)의……2수 : 이 시는 《간재선생문집(艮齋先生文集)》 권4에 실려 있다.

78. 최연(崔演) : 1503~1549. 자는 연지(演之), 호는 간재(艮齋), 본관은 강릉(江陵)이다. 1519년에 사마시에 합격하였고, 1525년 식년 문과에 을과로 급제하였다. 예문관 검열. 이조 참판 등을 지냈다. 1548년(명종3) 지중추부사 겸 지의금부사(知中樞府事兼知義禁府事)를 거쳐, 이듬해 동지사(冬至使)로 명나라에 가던 중 평양에서 병사하였다.

청원정의 옛사람 시에 차운하다[79] (국역본 증보)
次清遠亭古人韻

김팔원(金八元)[80]

봄빛 밝고 고와 강에는 푸른 빛 감돌고   春光明媚綠生江

먼 곳의 산봉우리 아득한데 저녁놀 누렇네   遠峀微茫暮靄黃

경치 좋은 곳에서 다시 성대한 음악 들으니   勝地更看絲竹盛

난정(蘭亭)[81]에서만 반드시 술을 마시는 것은 아니네   蘭亭不必强流觴

---

79. 청원정(淸遠亭)의……차운하다 : 이 시는 《지산집(芝山集)》 권2에 실려 있다.

80. 김팔원(金八元) : 1524~1589. 자는 순거(舜擧) · 수경(秀卿), 호는 지산(芝山), 본관은 강릉(江陵)이다. 퇴계(退溪) 이황(李滉)과 신재(愼齋) 주세붕(周世鵬)의 문인이다. 1555년 사마시에 합격한 뒤 같은 해에 식년 문과에 급제하였다. 1562년 학록(學錄)에 임명된 뒤 예조 좌랑, 용궁 현감 등을 지냈다. 저서로 《지산집》이 있다.

81. 난정(蘭亭) : 중국 절강성 회계현 산음(山陰) 지방에 있던 정자로, 왕희지(王羲之)가 지은 〈난정서(蘭亭序)〉가 유명하다. 동진(東晉) 때에 명사들이 그곳에서 모임을 열어 술을 마시며 시를 짓고 놀았던 장소이다.

영연당 시에 차운하다[82] (국역본 증보)

次暎蓮堂韻

아래엔 연꽃 핀 못이, 위에는 당이 있으니	下有蓮池上有堂
이곳의 진실한 흥취는 한량없이 크네	此間眞趣浩無量
연꽃은 오월에 천연의 향기를 뿜어내고	芙蕖伍月天香蔼
침석에서는 삼경에 나그네가 깊이 잠자네	枕席三更客夢長
매화에 해 비치니 수척한 그림자 보이고	日照梅兄供瘦影
대나무에 바람 스쳐 소장(韶章)[84]을 연주하네	風敲竹弟奏韶章
당시에도 이미 묘함을 말하기 어려웠을 텐데	當時已有難言妙
누가 맑은 글을 빛나게 지어 상량을 도왔나	誰煥淸文助上樑
푸른 뿌리 붉은 줄기가 온 집을 가렸으니	翠葆紅幢蔭一堂
천고의 염옹(濂翁, 주돈이(周敦頤))을 다시 생각하네	濂翁千古便思量
난간에 임하여 향내를 있는 대로 맡으며	臨軒喫了香如許
환한 달을 바라보니 생각 더욱 깊어지네	和月看來意更長

---

82. 영연당(暎蓮堂) 시에 차운하다 : 이 시는 《약포집 속집(藥圃集續集)》 권1에 실려 있다. 제목에 "영연당은 축산의 가야(佳野)에 있다.〔堂在竺山佳野〕"라는 주석이 있다.

83. 정탁(鄭琢) : 1526~1605. 자는 자정(子精), 호는 약포(藥圃), 본관은 청주(淸州)이다. 예천 출신으로, 1558년(명종13)에 문과에 급제하였다. 우의정과 좌의정을 지냈고, 임진왜란 때 임금을 수행해서 서원부원군(西原府院君)에 봉해졌다. 저서로 《약포집》, 《용만견문록》 등이 있다.

84. 소장(韶章) : 순임금의 음악을 말한다. 대나무에 부딪혀 나는 소리가 순임금의 음악과 같다는 것이다.

빗속의 농염한 모습 살아 있는 그림 같고 　　　　　雨裏艶濃如活畫

서리 맞아 초췌하니 소장(騷章)[85]에 들 만하네 　　　霜前憔悴入騷章

누구에게 부탁하여 용면(龍眠)[86]의 솜씨를 빌어다가 　憑誰借得龍眠手

나의 보잘것없는 집[87]의 벽과 들보를 그리게 하랴 　移向鳩巢畫壁樑

---

85. 소장(騷章) : 굴원(屈原)의 《이소경(離騷經)》을 가리킨다. 연꽃이 시들어 초췌한 모습이 굴원이 《이소경》에서 읊을 만하다는
　　뜻이다.

86. 용면(龍眠) : 송(宋)나라 때의 화가 이공린(李公麟)을 말한다. 그의 호가 용면산인(龍眠山人)이다. 용면산은 안휘(安徽) 동성
　　(桐城)의 서북쪽에 있는데, 이공린이 거기에서 만년을 보냈다고 한다. 그가 그린 산장도(山莊圖)는 세상의 보물로 일컬어졌으
　　며 특히 인물의 묘사에 뛰어나 고개지(顧愷之)와 장승요(張僧繇)에 버금간다는 평가를 받았다. 《宋史 卷444 李公麟列傳》

87. 나의 보잘것없는 집 : 이곳의 멋진 경치를 만든 솜씨를 빌어다가 자신의 보잘것없는 집을 그리도록 했으면 좋겠다는 뜻을
　　피력한 것이다. 구소(鳩巢)는 비둘기 집이란 뜻이지만, 자신의 집에 대한 겸사로 쓰인 것이다.

청원정 주인의 시에 차운하다[88] (국역본 증보)
次淸遠亭主人韻

박성(朴惺)[89]

병석에서 일어나 청원정을 찾으니   病起尋淸遠

오동나무 꽃이 이미 향기가 다하였네   桐花已減香

강산은 저녁 경치를 제공하는데   江山供暮景

상쾌한 흥이 잔을 당기자니 길어지네   飄洒引盃長

---

88. 청원정(淸遠亭)······차운하다 : 이 시는 《대암집(大菴集)》 권1에 실려 있다.

89. 박성(朴惺) : 1549〜1606. 자는 덕응(德凝), 호는 대암(大菴), 본관은 밀양(密陽)이다. 배신(裵紳)에게 수학하고, 정구(鄭逑)를 사사하였다. 1592년(선조25)에 임진왜란이 일어나자 초유사(招諭使) 김성일(金誠一)의 참모로 종사했고, 정유재란 때 조목(趙穆)과 상의해 의병을 일으키고 체찰사(體察使) 이원익(李元翼)의 막하로 들어갔다. 그 뒤 청송(靑松) 주왕산성(周王山城)의 대장으로 활약하였고, 뒤에는 주왕산 아래 은거하였다.

청원정 주인의 시에 차운하다[90] (국역본 증보)
次清遠亭主人韻

박성(朴惺)

나그네 회포 늘 이곳을 향해 열려 있으니	羈懷長向此中開
하루에 열 번 백번인들 어찌 사양하리오	一日寧辭十百回
사방의 산에 구름 걷혀 밝은 정상이 드러나고	雲捲四山晴露髻
단(壇)이 떠 있는 물결에는 이끼 없어 환하구나	壇浮千頃瑩無苔
몸이 한가하여 문득 그윽한 맛을 느끼는데	身閑頓覺幽貞味
경치도 좋은데 때때로 시골 노인의 잔에 취하네	境勝時醺野老盃
밝은 달 뜨는 밤 경치 다시 보고 싶다면	更擬空明看夜景
한가한 때를 기다려 달과 함께 다시 오리라	等閑要與月同來

---

90. 청원정(淸遠亭)……차운하다 : 이 시는 《대암집》 권1에 실려 있다.

청원정 주인의 시에 다시 차운하다[91] (국역본 증보)
再次淸遠亭主人韵

박성(朴惺)

험한 세상 어느 곳에서 회포를 잘 풀 수 있으랴	風塵何處好懷開
견디기 어렵네, 근심 속에 중양절 맞음을	不耐愁腸日九回
남은 터에는 대가 있어 푸른 물에 임했고	遺址有臺臨綠水
옛 낚시터에는 자리도 없이 푸른 이끼 덮였네	舊磯無席藉蒼苔
술상 가운데 진눈깨비 들이치니 폐 속까지 차갑고	盤中霏雪涼生肺
수풀 아래에서 탁주를 기울여 시원하게 마시네	林底傾醪爽入盃
기심(機心)을 모두 씻어버리자 물아가 다름없으니	濯盡機心同物我
저 갈매기와 백로는 멋대로 왔다가 다시 가네	任他鷗鷺去還來

---

91. 청원정(淸遠亭)……차운하다 : 이 시는 《대암집》 권1에 실려 있다.

청원정에 이르러 윤사연(尹士淵)을 맞이하다[92] (국역본 증보)

到淸遠亭 邀尹士淵

좋을시고, 봄날의 강가에는	好是春江上
수양버들 푸른 물결에 비치네	垂楊映碧波
서로 한 동이 술을 들고 와서	相攜一樽酒
마주 보며 마시니 흥이 어떠한가	對酌興如何

---

92. 청원정(淸遠亭)에……맞이하다 : 이 시는 《태촌집(泰村集)》 권1에 실려 있다. 제목에 "국파(菊坡) 전원발(全元發)의 정자이다.〔全菊坡諱元發亭〕"라는 주석이 있다. 윤사연은 윤종의(尹宗儀, 1805~1886)를 말한다. 자는 사연, 호는 연재(淵齋), 본관은 파평(坡平)이다. 1852년에 음직으로 종부시 주부가 되었고 이후 김포 군수, 대흥 군수, 공조 참의, 호조 참판 등을 지냈다. 저서로 《상서도전변해》, 《벽위신편》, 《방례고증》, 《고사통휘》 등이 있다.

93. 고상안(高尙顔) : 1553~1623. 자는 사물(思勿), 호는 태촌(泰村), 본관은 개성(開城)이다. 1573년에 진사가 되었고, 1576년에 문과에 급제하였다. 함창 현감, 풍기 군수 등을 지냈다. 임진왜란이 일어나자, 고향인 상주 함창에서 의병 대장으로 추대되어 큰 공을 세웠다.

82   菊坡先生文集

벗들이 청원정에 술자리를 마련하였는데 박비원(朴棐元)이 먼저 율시 한 수를 읊기에 술에 취하여 급히 써서 차운하다[94] (국역본 증보)

諸友設酒淸遠亭 朴棐元先賦一律 醉中走次

조익(趙翊)[95]

난리를 겪고 난 마음을 어찌 모두 말하랴	經亂餘懷豈盡陳
남북의 소식이 끊어져 길이 탄식하네	長嗟南北阻音塵
십 년간의 종적이 바람 속의 버들가지 같아	十年蹤跡風中絮
이틀 동안 항아리 속의 술을 마시네	兩日杯樽瓮裏春
숲은 서리를 맞아 단풍이 비단보다 고운데	林帶晚霜楓勝錦
강이 가랑비 속에 일렁이니 물결은 은과 같네	江飜疎雨浪成銀
눈에 들어오는 연하는 모두 새로운 모습인데	煙霞入眼皆新態
읊조리는 사이 흥이 새로운 것 크게 깨닫네	斗覺吟邊興有新

---

94. 벗들이……차운하다 : 이 시는 《가휴집(可畦集)》 권2의 〈영남록(嶺南錄)〉에 수록되어있는데, "신축년(1601) 가을 시강원 필선으로서 나아가 이 체찰사(李體察使)의 종사관으로 있을 때 지은 것이다.〔辛丑秋, 以侍講院弼善, 出爲李體察使從事官.〕"라는 설명이 있다.

95. 조익(趙翊) : 1556~1613. 자는 비중(棐仲), 호는 가휴(可畦), 본관은 풍양(豊壤)이다. 정구(鄭逑)의 문인이다. 1582년(선조 15) 생원시를 거쳐 1588년 알성 문과에 병과로 급제하였다. 세자시강원 필선, 병조 좌랑, 광주 목사 등을 지냈다. 임진왜란 때에는 호남에서 의병을 일으키기도 하였다.

청원정의 옛 시에 차운하여 박비원(朴斐元)에게 주다 (국역본 증보)
次淸遠亭舊韻 贈斐元

한 번 높은 누대에 오르니 눈이 번쩍 뜨여	一上高亭眼忽開
힘든 여정에도 며칠 동안 나그네 갈 길 잊었네	嚴程數日客忘廻
서걱서걱 서리 내려 국화 피기를 재촉하고	微霜淅淅催金菊
방울방울 이슬비는 비단 같은 이끼를 씻네	小雨斑斑洗錦苔
바람은 물소리 끌어다 뜨거운 귀를 씻어주고	風引水聲淸熱耳
달은 오동 그림자를 옮겨 술잔에 담아 주네	月移梧影蘸深杯
세모에 잘 놀면서 함께 늙기를 기약하니	優游歲晚期同老
공명은 우연히 온 것[96]을 붙잡은 것뿐이라네	已把功名付儻來

---

96. 우연히 온 것 : 원문의 '당래(儻來)'는 '우연히 오다'라는 뜻이다. 《장자》〈선성(善性)〉에 "헌면이 몸에 있는 것은 본래 성명이
아니고, 외물(外物)이 우연히 와서 붙어 있는 것이다.(軒冕在身, 非性命也, 物之儻來寄也.)"라는 말에서 유래하였다.

이계명(李季明) 환(煥)의 〈무호잡영〉에 차운하다. 호는 호우이다[97] (국역본 증보)
次李季明 煥 蕪湖雜詠 號湖憂

정영방(鄭榮邦)[98]

높은 나무가 강의 물굽이에 솟아 있고   喬木臨江曲

거친 들은 아득히 펼쳐져 있네   荒原極目平

번화한 데서 놀던 꿈을 깨니   繁華驚一夢

바람과 달 모두 쌍으로 맑다네   風月只雙淸

-위의 시는 청원정을 읊은 것이다.-

---

97. 이계명(李季明)……호우(湖憂)이다 : 이 시는 《석문집(石門集)》 권1에 실려 있다. 이계명은 이환(李煥, 1582~1661)을 말한다. 자는 계명(季明), 호는 호우(湖憂), 본관은 여주(驪州)이다.

98. 정영방(鄭榮邦) : 1577~1650. 자는 경보(慶輔), 호는 석문(石門), 본관은 동래(東萊)이다. 경상도 용궁현 포내리[경북 예천군 풍양면 우망리]에서 태어났다. 정경세(鄭經世)의 문인으로, 1605년(선조38) 진사시에 합격했으나 관직에 나아가지 않고 산림처사로 살았다. 1636년에 영양(英陽)의 입암(立巖)으로 이주하여 서석지(瑞石池), 경정(敬亭), 주일재(主一齋), 운서헌(雲棲軒), 유종정(遺種亭) 등을 짓고 영양 인근에 사는 이시명(李時明), 조전(趙佺), 조임(趙任)과 교류하였다. 1650년 안동 송천으로 돌아와 읍취정(揖翠亭)을 지었다.

이계명(李季明)의 〈무호십경〉에 차운하다[99] (국역본 증보)
次李季明蕪湖十景

정영방(鄭榮邦)

청원정 앞으로 흐르는 물은	淸遠亭前水
물굽이 고리처럼 머리까지 돌려고 하네	彎環欲轉頭
가로누워 잠을 자며 큰길에 임하였기에	橫眠當大路
건너는 데 이로운[100] 가벼운 배로 바꾼다네	利涉替輕舟
나그네 여행길 돌아감에 끝이 없고	行旅歸無盡
물결은 끊어질지언정 머물지 않네	滔波截不留
주하사(柱下史)[101]가 아닐런가	得非柱下史
때때로 푸른 소를 탄 모습[102] 보이네	時見駕靑牛

〔위의 시는 소천도의 다리를 읊은 것이다〕

---

99. 이계명(李季明)의 무호십경(蕪湖十景)에 차운하다 : 이 시는 《석문집》 권1에 실려 있다.

100. 건너는 데 이로운 : 《주역》〈고괘(蠱卦)〉에 "크게 선하여 형통하니 큰 내를 건너는 것이 이롭다.〔元亨, 利涉大川.〕"라고 하였는데, 정전(程傳)에 "고괘의 큰 뜻은 세상의 어려움을 구제하는 데에 있다. 그래서 큰 내를 건너는 것이 이롭다고 한 것이다.〔蠱之大者, 濟時之艱難險阻也, 故曰利涉大川.〕"라고 하였다.

101. 주하사(柱下史) : 전각의 기둥 아래에서 문서를 관장하는 관원이라는 뜻인데, 주(周)나라 때 이 관직을 맡았던 노자(老子)의 별칭으로 흔히 쓰인다.

102. 푸른……모습 : 노자(老子)가 서쪽으로 떠나갈 때 관령(關令) 윤희(尹喜)가 멀리 바라보니 자색(紫色) 기운이 떠있었는데, 과연 얼마 뒤에 노자가 푸른색 소(靑牛)를 타고 관문을 지나가더라는 전설이 있다. 《列仙傳 上》

물이 산을 만나 돌아가는 곳을 곡(曲)이라 한다. 청대(淸臺)의 물은 북쪽의 우암(愚巖)에서 남쪽의 소호(穌湖)까지 이른다. 곡을 이룬 곳이 아홉 곳인데, 곡마다 모두 층층의 바위와 푸른 절벽이 있다. 위와 아래의 거리는 10리쯤인데 한 번 바라보면 모두 볼 수 있다.……제9곡은 소호곡(穌湖曲)으로 청원정 곁에 있다. 바위 사이에 김 척약재(金惕若齋, 김구용(金九容))가 쓴 '청원정'이란 세 글자가 있다. 동쪽에는 무이촌(武夷村)이 있고, 남쪽 몇 리쯤에는 낙동강이 있다. 곡을 따라 시를 지으면서 그 좋은 경치를 기록할 뿐 감히 회옹(晦翁)[103]의 〈무이구곡시(武夷九曲詩)〉[104]를 흉내 내는 것은 아니다.[105] (국역본 증보)

권상일(權相一)[106]

구곡이 끝나갈 즈음에는 산도 다하였으니	九曲將終山亦窮
무이촌(武夷村)이 강 언덕 동쪽에 있네	武夷村在岸邊東
연원이 되는 물은 평평한 들과 가까이 있고	淵源水接平郊近
청원정은 남았지만 오래된 벽은 비었네	清遠亭留古壁空

---

103. 회옹(晦翁) : 중국 송나라의 유학자 주희(朱熹, 1130∼1200)를 말한다. 자는 원회(元晦)·중회(仲晦), 호는 회암(晦庵)·회옹·운곡산인(雲谷山人)·둔옹(遯翁)이다. 도학(道學)과 이학(理學)을 합친 이른바 송학(宋學)을 집대성하였다. '주자(朱子)'라고 높여 부르며, 그의 학문을 주자학이라고 한다. 저서로 《시전》, 《사서집주》, 《근사록》, 《자치통감강목》 등이 있다.

104. 무이구곡시(武夷九曲詩) : 무이구곡은 중국 복건성(福建省)에 있는 무이산(武夷山)의 아홉 굽이의 골짜기를 말한다. 송(宋)나라 주희(朱熹)가 이곳에 무이정사(武夷精舍)를 짓고 문인들과 강학(講學)을 하면서 구곡 하나하나에 대해 노래를 지어 이 시를 완성하였다. 〈무이도가〉라고도 한다.

105. 물이……아니다 : 이 시는 《청대집(淸臺集)》 권3에 실려 있다.

106. 권상일(權相一) : 1679∼1759. 자는 태중(台仲), 호는 청대(淸臺), 본관은 안동(安東)이다. 상주 근암리(경북 문경시 산북면 서중리)에서 태어났다. 1710년(숙종36)에 과에 급제하였다. 승문원 부정자, 예조 좌랑, 병조 좌랑, 우부승지, 대사헌 등을 지냈다.

청원정의 가을날[107] (국역본 증보)
清遠亭秋日

이명오(李明五)[108]

지나는 길에 꽃다운 놀이를 하게 되었는데	芳遊屬過境
못가의 정자는 푸른 안개 속에 가려졌네	池閣隱蒼烟
가을 새는 모여서 재잘재잘하는데	秋鳥聚還語
새벽 벌레 소리 맑아 잠 이루지 못하네	曉蟲淸不眠
향이 사위어 연기가 점차 가늘어지고	香殘燃欲細
술병이 쌓이니 술 좋아하는 줄 알겠네	壺重挈知偏
광경이 반쯤은 쓸쓸해졌으니	光景半蕭颯
어찌 능히 몇십 년을 기약하랴	那能幾十年
한가히 해지는 모습 바라보노라니	閑望窮斜照
희미하게 밝던 것마저 저녁 안개에 가려졌네	微晴翳數烟
버들가지 같은 마음 이별에 녹아내리고	柳魂銷遠別
산 빛깔에 새로 든 잠조차 깨네	山色破新眠

---

107. 청원정(淸遠亭)의 가을날 : 이 시는 《박옹시초(泊翁試抄)》 권5에 수록되어있는데, 제목에 "신미년의 해행록(海行錄)이다. 신장(贐章, 먼 길 가는 사람에게 주는 시나 문장) 여러 칙을 덧붙였다.〔辛未海行錄, 附贐章數則〕."라는 주석이 있다.

108. 이명오(李明五) : ?~1836. 자는 사위(士緯), 호는 박옹(泊翁), 본관은 전주(全州)이다. 사마시에 합격하였으나 아버지가 경인옥사에 연루되자 이를 원통히 여겨 관직에 뜻을 두지 않았다. 순조 때에 아버지가 신원(伸冤)되자 음관(蔭官)으로 세상에 나가 종사관(從事官)이 되어 일본에 왕래하였고, 벼슬은 3품에 이르렀다. 저서로 《박옹시초》가 있다.

새로운 술에 풍류놀이도 다해가고   病酒風流盡
꽃을 좋아하는 병만이 유독 심하네   耽花性癖偏
머리카락이 하얗게 센 뒤로부터는   自從頭白後
다시는 나이를 묻지 않는다네   不復問行年

빨갛게 핀 연꽃을 보기 위해서   爲見紅蕖發
한가한 사람 움직임이 안개와 같네   閒人動似烟
시원한 바람이 무엇과 더 좋은가   涼風誰與善
이슬비 내려서 절로 잠들게 하네   細雨自敎眠
텅 빈 곳에서 매미 소리만 들리고   虛境蟬聲繞
지는 햇살에 나무 그림자만 보이네   斜暉樹影偏
앞에 놀았던 일 슬프기 그지없는데   前遊多悵惘
지금 또다시 옛날 일 떠올리네   今復憶前年

청원정에서의 잔치[109] (국역본 증보)
淸遠亭雅讌

이수형(李壽瀅)[110]

평생 산에 살기 좋아하는 것 습관이 되었는데	平生結習愛山居
석실(石室) 앞에서 가을날 소서(素書)[111]를 읽네	石室前秋讀素書
늙어서 신선이 되지 못한 것이 잘못이고	老不成仙身是累
젊어서 학문을 하느라 생업에는 소홀하였네	少能求學業還疎
머리를 긁적이니 세월은 마의(磨蟻)[112]와 다투는데	搔頭歲月爭磨蟻
강호에서 맘껏 즐기며 물고기는 전혀 잊어버렸네	極目江湖渾忘魚
사해에 봉상(蓬桑)[113]으로 떠돈 것 지금 몇 해이던가	四海蓬桑今幾載
외로운 배 댄 곳이 또한 나의 집이라네	孤蓬泊處亦吾廬

---

109. 청원정(淸遠亭)에서의 잔치 : 이 시는 《효산문집(曉山文集)》 권1에 실려 있다.

110. 이수형(李壽瀅) : 자는 사징(士澄), 호는 효산(曉山), 본관은 재령(載寧)이다. 1864년 증광시 생원시에 합격하였다. 1871년 (고종8) 서원철폐령으로 함안군의 도림서원(道林書院)이 훼철되자 이에 항거하다가 모함을 받고 무주(茂州)로 귀양을 갔 다가 1년 뒤 풀려났다. 1896년(고종33)에 순릉 참봉(順陵參奉)으로 부임하였다가 몇 달 후 귀향하였다.

111. 소서(素書) : 장자방(張子房, 장량(張良))이 이교(圯橋)에서 황석공(黃石公)에게 받았다는 책이다. 황석공은 이 책을 읽으면 제왕의 스승이 될 수 있다고 하면서 장자방에게 주었다고 한다.

112. 마의(磨蟻) : '맷돌에 붙어 기어가는 개미'라는 말인데, 해와 달이 천구(天球) 상에서 운행하는 것을 비유하는 말로 쓰인다. 《진서》 권11 〈천문지 상(天文志上)〉에 "하늘은 맷돌질하는 것처럼 수평으로 돌아가되 왼쪽으로 운행하고, 해와 달은 오른 쪽으로 운행하지만, 하늘을 따라 왼쪽으로 돈다.……개미가 맷돌 위를 기어가는 것에 비유하자면 맷돌은 왼쪽으로 돌고 개미는 오른쪽으로 가는데 맷돌은 빠르고 개미는 느리기 때문에 개미도 맷돌을 따라 왼쪽으로 돌게 되는 것과 같다.(天 旁轉如推磨而左行, 日月右行, 隨天左轉……譬之於蟻行磨石之上, 磨左旋而蟻右去, 磨疾而蟻遲, 故不得不隨磨以左迴 焉.)"라고 한 데서 유래하였다.

113. 봉상(蓬桑) : 쑥대로 만든 화살과 뽕나무로 만든 활로, 전하여 천하를 두루 유람하고자 하는 것을 뜻하는 말로 쓰인다. 옛 날에 사내아이가 태어나면 뽕나무 활에 쑥대 화살을 메겨서 천지 사방에 쏨으로써, 장차 천하에 원대한 일을 할 것을 기 대하였던 고사에서 유래한 말이다. 《禮記 內則》

숙종 때에 내린 교지
肅廟朝下敎

다음과 같이 전(傳)하노라.

"고려의 명신 축산(竺山)[114] 전원발(全元發)은 현량문학으로 선발되어 원나라 조정에 들어가 변방 고려가 겪는 고통인 금은(金銀)과 견마(絹馬)의 공물에 대해 여러 차례 진언(陳言)하여 우리 백성들의 목숨을 살려내었다. 지금까지 우리나라가 부강하고 백성이 편안한 것은 누구 덕분인가. 이는 나 한 사람의 느낌일 뿐만이 아니라, 실로 우리 신하와 백성이 모두 함께 잊지 못하는 바이다. 그래서 당시에 물러나 쉬었던 성화천(省火川)[115]을 소천(蘇川)이라 고쳐 부르노라."

---

114. 축산(竺山) : 주66 참조.

115. 성화천(省火川) : 경상북도 예천군에 있는 하천이다. 《여지도서(輿地圖書)》의 경상도 용궁현 조에는 "성화천은 현의 서쪽 6리에 있다. 근원이 상주 산양천(山陽川)에서 나와 본현의 사천(沙川)으로 흘러 들어간다.[省火川, 在縣西六里, 源出尙州 山陽川, 流入于本縣沙川.]"라고 하였다.

《여지승람》[116]
輿地勝覽

청원정(淸遠亭)은 전원발이 옛날 살던 곳이다. 성화천(省火川)의 동쪽 언덕에 있는데,
전자(篆字)로 '淸遠亭'이란 세 글자를 바위 벽에 새겼다.

---

116. 《여지승람(輿地勝覽)》: 《동국여지승람(東國輿地勝覽)》을 말한다. 조선 성종의 명(命)에 따라 노사신(盧思愼) 등이 편찬한
    우리나라의 지리서이다.

《인물지》
人物誌

고려의 전원발은 응양군(鷹揚軍) 민부 전서(民部典書) 전진(全璡)의 아들이고, 판도 총랑(版圖摠郎) 전대년(全大年)의 손자이며, 전법부 총랑(典法部摠郎) 전충경(全忠敬)의 증손이다. 원나라 조정에 들어가 금자영록대부(金紫榮祿大夫) 병부 상서(兵部尙書) 겸(兼) 집현전 태학사(集賢殿太學士)가 되었고, 본조(本朝, 고려)에서는 축산부원군(竺山府院君)에 봉해졌다. 호는 국파(菊坡)이다. 아들 전한(全僩)은 사복시 정(司僕寺正)이고, 손자 전강(全强), 전근(全謹), 전경(全敬) 등은 모두 과거시험에 장원급제하여 청현직을 두루 역임하였다.

《축산읍지》[117]
竺山邑誌

청원정은 현의 서쪽 성화천(省火川)의 동쪽 언덕에 있는데, 이곳은 전원발(全元發)이
옛날에 살던 곳이다. 문순공(文純公) 이황(李滉)이 기제시(寄題詩) 2수를 지었다.

---

117. 《축산읍지(竺山邑誌)》: 축산(용궁)의 읍지는 정조 연간 편찬된 《용궁읍지》와 1875년(고종12) 편찬된 《용궁현읍지》, 1891
    년 용궁현에서 편찬한 《용궁현읍지》, 1895년 용궁현에서 편찬되어 일제강점기에 필사된 《용궁현읍지》, 《용궁군신증읍
    지》 등이 있는데, 여기에 말한 것은 이 가운데 어느 책을 말하는지 미상이다.

《대동운옥》[118]
大東韻玉

전원발은 용궁현(龍宮縣) 사람이다. 과거에 합격한 뒤에 원나라 조정에 들어가 병부 상서 겸 집현전 태학사가 되었다. 만년에 벼슬을 그만두고 현의 서쪽에 물러나 거주하였다. 여기에 청원정(淸遠亭)이 있으니, 곧 그가 옛날 살던 곳이다. 지금도 바위 위에 전자(篆字)로 새긴 세 글자가 있다.

---

118. 《대동운옥(大東韻玉)》: 《대동운부군옥(大東韻府群玉)》을 약칭이다. 《대동운부군옥》은 조선 선조 때에 권문해(權文海)가 중국 원나라 음시부(陰時夫)의 《운부군옥(韻府群玉)》을 본떠서 편찬한 백과사전이다. 우리나라의 중요한 사실(史實)·인물·지리·예술 따위를 운(韻)의 차례에 따라 배열하였다.

《문헌비고》[119]
文獻備考

공민왕 때에 축산부원군(竺山府院君)에 전원발(全元發)이 치사(致仕)했다.

---

119. 《문헌비고(文獻備考)》: 《동국문헌비고》의 약칭이다. 조선의 문물제도를 분류·정리한 것으로 100권에 이르는 방대한 책
이다. 영조의 명으로 1769년(영조45) 편찬에 착수하였고, 1770년에 완성되었다.

《대동사강》[120]
大東史綱

충숙왕 2년(1315) 을묘년에 원나라로부터 우리나라의 현량문학을 선발하는 일이 있다고 하여 전원발(全元發)이 이에 응하여 원나라로 들어갔다. 공민왕 3년(1354) 갑오년에 병부 상서인 전원발이 원나라에서 돌아왔다. 그는 원나라에 있을 때 준마(駿馬)와 금은(金銀)과 견백(絹帛)의 공물을 없애거나 줄였으므로, 왕이 이를 가상히 여겨 축산부원군(竺山府院君)에 봉했다.

---

120. 《대동사강(大東史綱)》: 김광(金洸)이 편찬하고 오진영(吳震泳)이 교정한 우리나라 역사서이다.

《신증동국여지승람》권25 경상도 용궁현 (국역본 증보)
《新增東國輿地勝覽》卷25 慶尙道 龍宮縣

[군명(郡名)]

축산(竺山)은 객관의 북쪽에 있는데, 진산(鎭山)이다.

[산천(山川)]

성화천은 현의 서쪽 6리에 있다.

[누정(樓亭)]

청원정(淸遠亭)은 전원발이 옛날 살던 곳이다. 성화천(省火川)의 동쪽 언덕에 있는데, 전서(篆書)로 '청원정(淸遠亭)'이라는 세 글자를 석벽 위에 새겼다. 뒤에 금유(琴柔)[121] 가 이어서 살았다.

[불우(佛宇)]

백화사는 천덕산에 있다. 절에 두 개의 누각이 있는데 서쪽에 있는 것을 '관공루'라 하고, 동쪽에 있는 것을 '정당루(政堂樓)'라 한다.

　○ 이제현의 〈관공루기〉[122]는 다음과 같다. "묵암(默菴) 탄사(坦師, 탄연(坦然))가 용궁군의 천덕산에 정사(精舍)를 지었는데, 두 개의 누각이 있다. 서쪽에 있는 것을 관공

---

121. 금유(琴柔) : 호는 청원정(淸遠亭), 본관은 봉화(奉化)이다. 1396년(태조5) 문과에 급제하였다. 대사간, 대사성, 전라도 관찰사, 이조 판서 등을 지냈다. 저서로 남지(南智) 등과 함께 저술한 《영남지리지》가 있다.

122. 관공루기(觀空樓記) : 이 글은 이제현의 《익재난고》 권6과 《동문선》 69권에 〈백화선원정당루기〉라는 제목으로 실려 있다.

루라고 하였는데, 그 문도 가운데 늙어서 호를 운수(雲叟)라고 하는 이가 기문을 지었다. 동쪽에 있는 것을 정당루라고 하였는데, 정당 한 재상(韓宰相, 한종유(韓宗愈))이 일찍이 남쪽 지방으로 와서 놀 때 그 위에 올라갔기 때문에 이름 붙인 것이다.[123] 정당이 돌아간 뒤에, 탄사가 다른 사람에게 부탁하여 나에게 글을 구하며, 글을 써준다면 누각으로서는 영광이라고 하였다. 시간이 지나 탄사가 이어서 이르렀을 때 내가 뵙고 묻기를, '보리달마(菩提達摩)[124]는 탑을 만들고 절을 일으키는 것을 인위적으로 복을 만드는 일이라 여기며 혼자 깨달아 아는 것을 참된 공덕으로 여겨 비록 천자의 존귀함에 용납되지 않더라도 애석하게 생각하지 않았습니다. 스님은 달마를 스승으로 섬겨서 이에 토목에 노심초사하여 옥실(屋室)을 장대하게 짓고 현달(顯達)한 관원의 이름을 빌어 돌아다니며 구경하기에 좋도록 꾸미려 하니, 그럴 만한 까닭이 있습니까?'라고 하였다. 탄사가 말하기를, '이제 어떤 사람이 장차 천 리 길을 가고자 하는데, 게으르되 그를 인솔한 사람이 없다면 중도에서 더 이상 나아가지 못할 것이고, 몽매하되 도를 깨우쳐줄 사람이 없다면 지름길로 말미암더라도 도달하지 못할 것입니다. 내가 요즘 세상에서 우리 불도(佛徒)들이 도를 배우는 것을 보건대, 옛날 사람의 찌꺼기를 얻어서 거만하게 멋대로 하며 명예와 이익에 취하니, 중도에서 게으름을 피우는 자에 가깝지 않겠습니까. 혹 산림(山林)에서 추위에 떨고 굶주리면서 도를 닦아 깨닫는 데에 뜻을

---

123. 묵암(默菴)······것이다 : 권근의 《양촌집》 권7 〈남행록(南行錄)〉의 〈천덕사 관공루의 시에 차운하다(次天德社觀空樓詩韵)〉라는 시에는 다음과 같은 자주(自註)가 있다. "사(社)에 두 개의 누각이 있는데 동쪽 것은 정당루(政堂樓)이니, 우리 외조(外祖) 복재(復齋) 문절공(文節公) 한종유(韓宗愈)가 정당(政堂)이 되었을 때 와서 올랐던 곳이기 때문에 이름한 것이고, 서쪽 것이 관공루이니, 이것이다.〔自註, 社有二樓. 東曰政堂樓. 吾外祖復齋文節公爲政堂時, 所来登也, 故名之. 西則觀空樓是也.〕"

124. 보리달마(菩提達摩) : 서천(西天)의 제28조(祖)로서 양(梁)나라 무제(武帝) 때, 남인도(南印度)의 향지국(香至國)으로부터 중국으로 건너와 중국 선종(禪宗)의 개조(開祖)가 되었다. 숭산(嵩山)의 소림사(少林寺)에 들어가서 면벽(面壁)하고 좌선(坐禪)하였으므로, 벽관바라문(壁觀婆羅門)으로 일컬어지기도 한다.

정했다 해도, 견문이 적어서 듣고도 의혹하며 올바른 도를 취할 바가 없다면, 지름길로 말미암더라도 도달하지 못하는 몽매한 자와 거의 비슷하지 않겠습니까. 내가 이 때문에 발분(發憤)하여 절[社]을 짓고, 우리 불도들을 규합하여 명예와 이익에 취하는 것을 버리며, 산림에서 얼고 주리는 것을 면하게 하고자 합니다. 그 게으른 자는 이끌고 그 몽매한 자에게 도를 알게 한다면 우리 스승의 이른바 독조상지(獨照常知)의 이치를 반드시 깨달아 알고 의심이 저절로 풀릴 것입니다. 내가 장차 우리 스승의 도를 크게 하려는 것이요, 인위적으로 복을 만드는 일로 삼으려는 것은 아닙니다. 대개 휘로(暉老)와 배 상국(裴相國),[125] 만공(滿公)과 백 소부(白少傅)[126] 사이에 서로 주고받은 문답은 총림(叢林)[127]에서 성대한 일로 전하니, 어찌 일찍이 현달한 관원에게 부탁하는 일을 피하겠습니까. 우리 누각의 이름을 한공(韓公, 한종유(韓宗愈))에게 얻었으니, 세상은 예와 지금으로 다름이 있으나 그 이치는 한가지입니다.'라고 하였다. 내가 듣고 사과하면서 그 말을 써서 기문 짓는다. 그 산천의 좋은 경치와 모양이나 형세의 마땅한 것과 경시(經始)[128] 낙성(落成)의 세월은 운수가 이미 말하였으므로 본문에서는 다시 적지 않는다."라고 하였다.

○ 앞 사람[129]의 시에, "경치 좋은 곳 유람할 때 대부분 높이 오르니, 절이 낮은 산에 있어 가장 사랑스럽다네. 한줄기 물은 비단 펼친 듯 멀리 뻗어 있고, 두 산봉우리는 옷

---

125. 휘로(暉老)와 배 상국(裴相國) : 휘로는 당나라 때의 스님이고, 배상국은 당 헌종의 정승이었던 배도(裴度)를 말한다.

126. 만공(滿公)과 백 소부(白少傅) : 만공은 여만(如滿)이란 스님을 가리키며, 백 소부는 여만과 함께 향산사(香山社)를 결성하고 향산거사(香山居士)라는 호를 쓴 백거이(白居易)를 말한다.

127. 총림(叢林) : 불교 용어로 승려들이 참선하는 선원(禪院), 불경을 가르치는 강원(講院), 계율을 가르치는 율원(律院) 등을 모두 갖춘 사찰을 가리키는 말이다.

128. 경시(經始) : 건물을 짓는다는 뜻이다. 《시경》〈대아(大雅) 영대(靈臺)〉에 "영대를 세우려고 경영하심에, 뭇 백성들이 달려 들어 하루도 안 되어 이루었네.(經始靈臺, 經之營之. 庶民攻之, 不日成之.)"라는 말이 있다.

129. 앞 사람 : 〈관공루기〉를 지은 이제현(李齊賢)을 말한다.

깃 여민 듯 그윽하네. 부처를 벗어나고 마음을 벗어나 구하지 말고, 인간 세상이 꿈결 같음을 믿어야 하네. 누대의 이름을 듣고 이치를 알았으니, 어찌 가서 주인 얼굴을 마주할 필요 있으랴."라고 하였다.

○ 권사복(權思復)의 시에, "이름난 절에 대해 듣고서 가보지 못했는데, 시를 보고 방금 산수가 좋다는 걸 알았네. 골짜기 문 닫아걸지 않아도 속세에서 오기 어렵고, 누대 위에서는 발을 걷고 스님 한가히 지내네. 천고의 연하는 성공과 실패 너머에 있고, 여섯 시각에 종과 북은 산에서 울리네. 늙은 사람이 선사가 명을 거절할 수 없어, 거칠고 서툰 시를 쓰자니 부끄럽네."라고 하였다.

○ 염흥방(廉興邦)의 시에, "누대 높아서 은하를 손으로 만질 수 있는데, 탄공(坦公)의 산엔 소나무와 삼나무가 눈에 가득하네. 용이 설법 듣고 나오니 구름이 막 흩어지고, 새가 불경 외울 적에 오니 소리 더욱 한가롭네. 몸을 옮겨 도솔천(兜率天) 위에 기대고, 삼세(三世)의 가부(跏趺)가 찰나라네. 관공(觀空)의 의미 아는 사람 없는데, 분명하게 이야기하는 것도 부끄러운 일이네."라고 하였다.

[인물(人物)]

전원발은 응양군(鷹揚軍) 민부 전서(民部典書) 전진(全璡)의 아들이고, 판도 총랑(版圖摠郎) 전대년(全大年)의 손자이고, 전법 총랑(典法摠郎) 전충경(全忠儆)의 증손이다. 원나라 조정에 들어가 영록대부(榮祿大夫) 병부 상서(兵部尙書) 집현전 태학사(集賢殿大學士)가 되었다. 본국 고려에서 축산부원군(竺山府院君)에 봉했다. 호는 국파(菊坡)이다. 아들 전한(全僩)은 사복시 판사(司僕寺判事)를 지냈고, 손자 전강(全强), 전근(全謹), 전경(全敬) 등은 문과에 급제하였고, 청현직을 두루 역임하였다.

《월곡집》¹³⁰ 권10 〈호좌일기〉 ^(국역본 증보)
≪月谷集≫ 卷10 〈湖左日記〉

해가 뜨기 전에 일어나 수정봉(水晶峯)에 올라갔다.……봉우리 밑으로 내려와 산호전
(珊瑚殿) 터에 올라갔다. 그 남쪽에 벼랑을 파서 석비(石碑)¹³¹를 박아 넣었는데, 지정
(至正) 임오년(1342)에 새긴 것으로 이숙기(李叔琪)¹³²가 글을 짓고 전원발(全元發)이
글씨를 썼다.

---

130. 《월곡집(月谷集)》 : 오원(吳瑗, 1700~1740)의 시문집이다. 일기 형식의 기행문이 많은데, 1720년 경주 지역을 다녀온 후
지은 〈금성소기(金城小記)〉 및 곡운의 김창흡(金昌翕)을 방문한 〈곡운행기(谷雲行記)〉를 비롯하여 많은 여행일기를 남겼
는데, 〈호좌일기〉도 그 가운데 하나이다.
131. 석비(石碑) : 법주사에 있는 고려 말의 승려 자정국존(慈淨國尊, 1240~1327)에 대해 기록한 〈법주사자정국존보명탑비〉
를 말한다.
132. 이숙기(李叔琪) : 고려의 문신으로, 밀직사 좌부대언 판선공시사 진현관제학을 지냈다. 지금 속리산(俗離山) 법주사(法住
寺)에 남아 있는 〈법주사자정국존보명탑비〉의 비문을 지었다.

《퇴계선생문집고증》[133] 권3 제4권 시 (국역본 증보)
《退溪先生文集攷證》卷3 第4卷 詩

〈청원정에 지어 부치다〔寄題淸遠亭〕〉: 정자는 용궁의 성화천(省火川) 동쪽 언덕에 있으니, 곧 전원발이 옛날 살던 곳이다. 감사 금유(琴柔)가 주인이 되었다. 연지(蓮池)의 경치가 아름다운데 염계(濂溪)가 지은 〈애련설(愛蓮說)〉의 '향기가 맑고 멀리서 더욱 짙다.〔香淸益遠〕'는 뜻을 취하였다.

---

133. 《퇴계선생문집고증(退溪先生文集攷證)》: 류도원(柳道源, 1721~1791)이 《퇴계선생문집》에 주석을 붙여 편찬한 책이다. 이만운(李萬運)의 서(序)와 김흥락(金興洛)의 지(識)가 있다.

《송월재집》[134] 권5 〈유속리산기〉 (국역본 증보)
《松月齋集》卷5 遊俗離山記

저녁에 속리산의 법주사 동쪽 아랫방에서 묵었다.……본사(법주사) 서쪽 바위의 부처
비석은 암석을 파서 끼워 넣어 비석이 바위의 중간에 있으니, 바위가 마치 처마처럼 덮
어주어 비에 씻기는 것을 피할 수 있다. 비석은 마치 옥처럼 환히 빛나는데 곧 자정국
사(慈淨國師)[135]의 비이다. 좌부대언(左副代言) 이숙기(李叔琪)가 임금의 명을 받들어
찬하였고, 직보문각(直寶文閣) 신하 전원발(全元發)이 임금의 명을 받들어 썼다. 지정
(至正) 2년 임오(1342) 9월 모일에 세웠다.

---

134. 송월재집(松月齋集) : 이시선(李時善, 1625∼1715)의 시와 산문을 엮어 1763년에 간행한 시문집이다. 1763년(영조39) 이
     시선의 손자 이인산(李仁山) · 이인실(李仁實) · 이인구(李仁求) 등의 주선으로 이광정(李光庭)의 편집을 거쳐 간행되었다.
135. 자정국사(慈淨國師) : 자정국존(慈淨國尊)을 말한다. 자정국존은 고려 후기의 승려 자안(子安)의 시호이다. 속성은 김씨(金
     氏)이고, 일선군(一善郡) 출신이다. 1324년(충숙왕11)에 동화사(桐華寺)에서 국존(國尊)에 책봉되었다. 만년에 다시 법주
     사에 돌아와서 머물다가 입적하였는데 그때 나이가 87세였다.

《연려실기술》[136] 별집 권4 (국역본 증보)
《燃藜室記述》別集 卷4

소천서원(蘇川書院) : 신사년(1701)[137]에 세웠다. 전원발의 호는 국파(菊坡)로, 고려조
에서 병부 상서를 지냈고 축산부원군에 봉해졌다.

---

136. 《연려실기술(燃藜室記述)》: 이긍익(李肯翊, 1736~1806)이 조선시대의 정치·사회·문화를 기사본말체(紀事本末體)로
    서술한 역사서이다.
137. 신사년(1701) : 일반적으로 말하는 건립 연도인 1698년과는 차이가 있다.

《오주연문장전산고》[138] 인사편 치도류 과거 (국역본 증보)
《伍洲衍文長箋散稿》人事篇 治道類 科擧

전원발(全元發) : 호는 국파(菊坡)이다. 문과에 급제하였고, 또 제과(制科)에 3등으로 급제하였다. 벼슬은 한림학사(翰林學士)에 이르렀다. 수성(壽城) 사람[139]으로 빈우광(賓于光)[140] 다음에 있다.

---

138. 《오주연문장전산고(五洲衍文長箋散稿)》: 이규경(李圭景, 1788〜1863)이 조선과 청나라의 여러 책의 내용을 정리하여 편찬한 백과사전이다. 총 1,417항목에 달하는 방대한 내용으로 구성하고, 모든 항목을 변증설로 처리해 고증학적인 방법으로 자신의 학문적 입장을 밝히고 있다. 여기에는 역사·경학·천문·지리·불교·도교·서학·풍수·예제·재이(災異)·문학·음악·병법·풍습·서화·광물·초목·어충(魚蟲)·의학·농업·화폐 등에 관한 내용 등이 망라되어있다.

139. 수성(壽城) 사람 : 수성은 지금의 대구시 수성구 지역이다. 전원발은 이곳 출신이 아니지만, 중국의 제과에 합격한 고려 사람으로서는 시기적으로 빈우광의 다음이 아니어서 이렇게 말한 것으로 보인다.

140. 빈우광(賓于光) : 고려 후기 수성 빈씨의 시조이다. 호는 송헌(松軒)이다. 고려에 귀화하여 판도판서(版圖判書) 이실(李實)의 딸과 혼인하였다. 중국의 남송 말엽에 한림학사를 역임하였는데, 남송이 망하자 비각(秘閣)에 수장(收藏)되어 있던 각종 귀중한 서적 1만 7천 권을 가지고 고려로 귀화하였다고 한다.

《여지도서(輿地圖書)》[141] 경상도 용궁현 (국역본 증보)
《輿地圖書》慶尙道 龍宮縣

[단묘(壇廟)]

소천서원(蘇川書院)은 현의 서쪽 5에 있다. 강희(康熙) 임신년(1692)에 창건하였고, 한 분을 봉안(奉安)하였는데 아직 사액이 되지 않았다. 봉안된 분은 축산부원군(竺山府院君) 전원발(全元發)이다.

[누정(樓亭)]

청원정(淸遠亭)은 전원발이 옛날 살던 곳인데 성화천의 동쪽 언덕에 있다. 전서(篆書)로 '청원정'이란 세 글자를 석벽에 새겨 놓았는데, 뒤에 금유(琴柔)가 이어서 그곳에 살았다.

○〔신증(新增)〕익재 이제현의 시에 "축계(竺溪)는 흘러 낙동강에 접하였는데, 청원정 앞에는 온갖 나무 누렇네. 멀리서 국파의 중양절을 생각하니, 여러 자제가 다투어 축수 잔을 올리리."라고 하였다.

○ 문순공 이황이 지어서 부친 시에 "그윽한 거처에 작은 연못 만들었다 들었으니, 꽃 중의 군자가 천연의 향기를 풍기네. 사랑스럽구나, 식물의 맑은 기운 이와 같아, 고상한 사람 마주하여[142] 맑은 인품 비추니.〔聞道幽居作小塘, 花中君子發天香. 可憐植物淸如許, 曾對高人映霽光.〕", "맑은 인품과 큰 뜻은 백세의 풍도이니, 맑고 속이 빈 아름

---

141. 《여지도서(輿地圖書)》: 1757년~1765년에 각 읍에서 편찬한 읍지를 모아 성책(成冊)한 전국 읍지(邑誌)이다. 295개의 읍지와 17개의 영지(營誌: 監營誌, 兵營誌, 水營誌, 統營誌 등) 및 1개의 진지(鎭誌) 등 총 313개의 지지가 실려 있다.

142. 마주하여 : 원문에는 '帶'로 되어있는데, 《퇴계선생문집》 권4 〈기제청원정 2수(寄題淸遠亭 二首)〉에 의거하여 '對'로 수정하여 번역하였다.

다운[143] 연꽃이 연못 속에 있네. 마음 씻고 눈 씻고서 바라보는 곳에, 당시 무극옹(無極翁)의 모습 완연하네.”라고 하였다. 정자는 지금 없다.

[사찰(寺刹)]

백화사(白華寺) : 천덕산에 있다. 절에 두 개의 누각이 있는데 서쪽에 있는 것을 ‘관공루’라 하고, 동쪽에 있는 것을 ‘정당루(政堂樓)’라 한다.

○ 이제현의 〈관공루기〉는 다음과 같다. “묵암(默菴) 탄사(坦師, 탄연(坦然))가 용궁군의 천덕산에 정사(精舍)를 지었는데, 두 개의 누각이 있다. 서쪽에 있는 것을 관공루라고 하였는데, 그 문도 가운데 늙어서 호를 운수(雲叟)라고 하는 이가 기문을 지었다. 동쪽에 있는 것을 정당루라고 하였는데, 정당 한 재상(韓宰相, 한종유(韓宗愈))이 일찍이 남쪽 지방으로 와서 놀 때 그 위에 올라갔기 때문에 이름 붙인 것이다. 정당이 돌아간 뒤에, 탄사가 다른 사람에게 부탁하여 나에게 글을 구하며, 글을 써준다면 누각으로서는 영광이라고 하였다. 시간이 지나 탄사가 이어서 이르렀을 때 내가 뵙고 묻기를, ‘보리달마(菩提達摩)는 탑을 만들고 절을 일으키는 것을 인위적으로 복을 만드는 일이라 여기고, 혼자 깨달아 아는 것을 참된 공덕으로 여겨 비록 천자의 존귀함에 용납되지 않더라도 애석하게 생각하지 않았습니다. 스님은 달마를 스승으로 섬겨서 이에 토목에 노심초사하여 옥실(屋室)을 장대하게 짓고 현달(顯達)한 관원의 이름을 빌어 돌아다니며 구경하기에 좋도록 꾸미려 하니, 그럴 만한 까닭이 있습니까?’라고 하였다. 탄사가 말하기를, ‘이제 어떤 사람이 장차 천 리 길을 가고자 하는데, 게으르되 그를 인솔한 사람이 없다면 중도에서 더 이상 나아가지 못할 것이고, 몽매하되 도를 깨우쳐줄 사람이 없다면 지름길로 말미암더라도 도달하지 못할 것입니다. 내가 요즘 세상에서 우리

---

143. 아름다운 : 원문에는 ‘嘉’로 되어있는데, 《퇴계선생문집》 권4 〈기제청원정 2수(寄題淸遠亭 二首)〉에는 ‘佳’로 되어있다.

불도(佛徒)들이 도를 배우는 것을 보건대, 옛날 사람의 찌꺼기를 얻어 가지고 거만하게 멋대로 하며 명예와 이익에 취하니, 중도에서 게으름을 피우는 자에 가깝지 않겠습니까? 혹 산림(山林)에서 추위에 떨고 굶주리면서 도를 닦아 깨닫는 데에 뜻을 정했다 해도, 견문이 적어서 듣고도 의혹하며 올바른 도를 취할 바가 없다면, 지름길로 말미암더라도 도달하지 못하는 몽매한 자와 거의 비슷하지 않겠습니까? 내가 이 때문에 발분(發憤)하여 절[社]을 짓고, 우리 불도들을 규합(糾合)하여 명예와 이익에 취하는 것을 버리며, 산림에서 얼고 주리는 것을 면하게 하고자 합니다. 그 게으른 자는 이끌고 그 몽매한 자에게 도를 알게 한다면 우리 스승의 이른바 독조상지(獨照常知)의 이치를 반드시 깨달아 알고 의심이 저절로 풀릴 것입니다. 내가 장차 우리 스승의 도를 크게 하려는 것이요, 인위적으로 복을 만드는 일로 삼으려는 것은 아닙니다. 대개 휘로(暉老)와 배 상국(裴相國), 만공(滿公)과 백 소부(白少傅) 사이에 서로 주고받은 문답은 총림(叢林)에서 성대한 일로 전하니, 어찌 일찍이 현달한 관원에게 부탁하는 일을 피하겠습니까? 우리 누각의 이름을 한공(韓公, 한종유(韓宗愈))에게 얻었으니, 세상은 예와 지금으로 다름이 있으나 그 이치는 한가지입니다.'라고 하였다. 내가 듣고 사과하면서 그 말을 써서 기문을 짓는다. 그 산천의 좋은 경치와 모양이나 형세의 마땅한 것과 경시(經始) 낙성(落成)의 세월은 운수가 이미 말하였으므로 본문에서는 다시 적지 않는다."라고 하였다.

○ 앞 사람[144]의 시에, "경치 좋은 곳 유람할 때 대부분 높이 오르니, 절이 낮은 산에 있어 가장 사랑스럽다네. 한줄기 물은 비단 펼친 듯 멀리 뻗어 있고, 두 산봉우리는 옷깃 여민 듯 그윽하네. 부처를 벗어나고 마음을 벗어나 구하지 말고, 인간 세상이 꿈결 같음을 믿어야 하네. 누대의 이름을 듣고 이치를 알았으니, 어찌 가서 주인 얼굴을 마

---

144. 앞 사람 : 〈관공루기〉를 지은 이제현(李齊賢)을 말한다.

주할 필요 있으랴."라고 하였다.

○ 권사복(權思復)의 시에, "이름난 절에 대해 듣고서 가보지 못했는데, 시를 보고 방금 산수가 좋다는 걸 알았네. 골짜기 문 닫아걸지 않아도 속세에서 오기 어렵고, 누대 위에서는 발을 걷고 스님 한가히 지내네. 천고의 연하는 성공과 실패 너머에 있고, 여섯 시각에 종과 북은 산에서 울리네. 늙은 사람이 선사가 명을 거절할 수 없어, 거칠고 서툰 시를 쓰자니 부끄럽네."라고 하였다.

○ 염흥방(廉興邦)의 시에, "누대 높아서 은하를 손으로 만질 수 있는데, 탄공(坦公)의 산엔 소나무와 삼나무가 눈에 가득하네. 용이 설법 듣고 나오니 구름이 막 흩어지고, 새가 불경 외울 적에 오니 소리 더욱 한가롭네. 몸을 옮겨 도솔천(兜率天) 위에 기대고, 삼세(三世)의 가부(跏趺)가 찰나라네. 관공(觀空)의 의미 아는 사람 없는데, 분명하게 이야기하는 것도 부끄러운 일이네."라고 하였다.

〔신증(新增)〕 전원발이 추가로 지은 발문은 다음과 같다. "땅은 사람이 아니면 그 아름다움을 드러낼 방법이 없고, 사람은 시가 아니면 그 빛을 발휘할 방법이 없다. 그러므로 비록 아름다운 시내와 숲이 있더라도 보통 사람과 속세의 선비들이 잘못 아름다운 곳을 밟으면 시내가 부끄러워하고 숲도 수치스러워한다. 하늘이 아끼고 땅이 숨겨서 쓸쓸한 상태로 알려지지 않았지만, 만약 문장 학사(文章學士)를 만나서 한 글자라도 칭찬을 받게 되면, 구름과 연기가 빛이 바뀌고 수목도 무성해져, 형상이 없던 형상이 여기에서 보이고 값이 없던 값이 이로부터 높아질 것이다.

묵암(默庵) 탄공(坦公)[145]은 석문(釋門)의 영수(領袖)로서 오래된 원력(願力)을 올라타고 천덕산에 백화사를 창건하였다. 그리고 동서의 두 누대를 세워 그 이름을 빛내고 크게 하고자 상국(相國) 이중사(李仲思 이제현(李齊賢))에게 기문(記文)과 시를 지

145. 탄공(坦公) : 주19 참조.

어달라고 요청하였다. 기문은 목판에 새겼지만 시는 아직 쓰지 못했는데, 묵암 스님이 이내 서거하여 이로 말미암아 그 진본을 잃어버렸다. 내가 정유년(1357) 가을에 명을 받아 조정으로 달려갔을 때, 하루는 상국의 사저(私邸)로 나아갔다. 공이 술을 마련해 놓고 조용히 있을 때 산중(山中)의 이야기를 언급하면서 "내가 예전에 관공루 시를 지었는데, 그대는 보았는가?"라고 하였다.

내가 말하기를, "아직 보지 못했습니다."라고 하니, 공이 인하여 이 시를 외웠다. 나는 듣고 마음속에 새겨 놓고, 그것이 묻히고 매몰되어 알려지지 않을까 두려웠다. 돌아오자마자 곧바로 써서 목판에 새겨 먼 후대에까지 전하게 하였으니, 이 누대의 가치를 더욱 높였을 뿐만 아니라, 탄공의 소원도 이루게 되었다.

○ 앞 사람[146]의 시에 "봄날 옛 절에서 놀며 힘써 휘어잡고 올라가니, 십 리에 걸쳐 청송이 수백 겹의 산에 우거졌네. 속세의 더러움이 맑은 경계 더럽힐까 걱정스럽고, 스님의 한가함은 흰 구름의 한가함을 부여받았네. 마루 기둥 밖 달 주변은 한밤에 맑고 맑은데, 궤안 사이의 꽃가지에 느지막하게 바람이 부네. 담담함 속의 무궁한 진미를 그 누가 알까, 차 한잔 마시며 이야기하다 한 번 활짝 웃네."라고 하였다.

[인물(人物)]

전원발은 응양군(鷹揚軍) 민부 전서(民部典書) 전진(全璡)의 아들이고, 판도 총랑(版圖摠郞) 전대년(全大年)의 손자이며, 전법부 총랑(典法部摠郞) 전충경(全忠敬)의 증손이다. 원나라 조정에 들어가 금자영록대부(金紫榮祿大夫) 병부 상서 겸 집현전 태학사가 되었고, 고려에서는 축산부원군(竺山府院君)에 봉해졌다. 호는 국파(菊坡)이다. 아들 전한(全僩)은 사복시 정(司僕寺正)이고, 손자 전강(全强), 전근(全謹), 전경(全敬)

---

146. 앞사람 : 〈관공루기〉를 지은 이제현(李齊賢)을 말한다.

등은 모두 과거시험에 장원급제하여 청현직을 두루 역임하였다.

○ 김득배(金得培)에게 준 시는 다음과 같다. "강이 너르니 큰 물고기 맘껏 놀고, 숲이 우거지니 지친 새가 돌아온다네. 전원으로 돌아가는 것이 나의 뜻이니, 일찍 위태로운 기미를 안건 아니라네." 소천사(蘇川祠)에서 제향하고 있다.

《여재촬요》[147] 권6 경상도 용궁현 (국역본 증보)
《輿載撮要》卷6 慶尙道 龍宮縣

[산천(山川)]
축산(竺山)은 북쪽에 있는데 진산(鎭山)이다.

[누정(樓亭)]
청원정(淸遠亭)은 전원발이 석벽 위에 세 글자를 전서(篆書)로 새겼는데,[148] 뒤에 금유
(琴柔)가 이어서 살았다.

[불우(佛宇)]
백화사(白華寺)는 이제현의 기문에 이르기를, "천덕산에 두 개의 누각이 있는데 서쪽
에 있는 것을 '관공루'라 한다. 그 문도 가운데 늙어서 호를 운수(雲叟)라고 하는 이가
기문을 지었다. 동쪽에 있는 것을 '정당루(政堂樓)'라고 하였는데, 정당 한 재상(韓宰
相, 한종유(韓宗愈))이 일찍이 남쪽 지방으로 와서 놀 때 그 위에 올라갔다."라고 하였다.

　○ "경치 좋은 곳 유람할 때 대부분 높이 오르니, 절이 낮은 산에 있어 가장 사랑스
럽다네. 한줄기 물은 비단 펼친 듯 멀리 뻗어 있고, 두 산봉우리는 옷깃 여민 듯 그윽하
네. 부처를 벗어나고 마음을 벗어나 구하지 말고, 인간 세상이 꿈결 같음을 믿어야 하
네. 누대의 이름을 듣고 이치를 알았으니, 어찌 가서 주인 얼굴을 마주할 필요 있으랴."

147.《여재촬요(輿載撮要)》: 1893년(고종30)에 고성 지부(固城知府) 오횡묵(吳宖默)이 저술한 지리서이다. 개화기 지리 교과서
　　의 효시이다. 세계와 우리나라 지리를 모두 포함하고 있다.
148. 전서(篆書)로 새겼는데 : 원문에는 '篆刻'으로 되어있는데, 오류이다.

라고 하였다.[149]

○ 권사복(權思復)의 시에, "이름난 절에 대해 듣고서 가보지 못했는데, 시를 보고 방금 산수가 좋다는 걸 알았네. 골짜기 문 닫아걸지 않아도 속세에서 오기 어렵고, 누대 위에서는 발을 걷고 스님 한가히 지내네. 천고의 연하는 성공과 실패 너머에 있고, 여섯 시각에 종과 북은 산에서 울리네. 늙은 사람이 선사가 명을 거절할 수 없어, 거칠고 서툰 시를 쓰자니 부끄럽네."라고 하였다.

○ 염흥방(廉興邦)의 시에, "누대 높아서 은하를 손으로 만질 수 있는데, 탄공(坦公)의 산엔 소나무와 삼나무가 눈에 가득하네. 용이 설법 듣고 나오니 구름이 막 흩어지고, 새가 불경 외울 적에 오니 소리 더욱 한가롭네. 몸을 옮겨 도솔천(兜率天) 위에 기대고, 삼세(三世)의 가부(跏趺)가 찰나라네. 관공(觀空)의 의미 아는 사람 없는데, 분명하게 이야기하는 것도 부끄러운 일이네."라고 하였다.

[인물(人物)]

전원발(全元發)은 원나라 조정에 들어가 병부 상서가 되었다. 본국(本國, 고려)에서 축산부원군(竺山府院君)에 봉하였다. 호는 국파(菊坡)이다.

---

149. 경치……하였다 : 《동국여지승람》 등에는 이 시의 앞에 이제현을 지칭하는 "앞 사람의 시에"라는 말이 있으나, 여기에는 생략되었다.

《교남지》¹⁵⁰ 권38 용궁군 (국역본 증보)
《嶠南誌》卷38 龍宮郡

[교원(校院)]
소천서원(蘇川書院)은 군의 서쪽 5리에 있다. 숙종 임신년(1692)에 건립하였고, 축산
부원군 전원발을 향사(享祀)하고 있다.

[사찰(寺刹)]
백화사는 천덕산에 있다. 절에 두 개의 누각이 있는데 서쪽에 있는 것을 '관공루(觀空
樓)'라 하고, 동쪽에 있는 것을 '정당루(政堂樓)'라 한다.

ㅇ 이제현의 〈관공루기〉는 다음과 같다. "묵암(默菴) 탄사(坦師, 탄연(坦然))가 용궁
군의 천덕산에 정사(精舍)를 지었는데, 두 개의 누각이 있다. 서쪽에 있는 것을 관공루
라고 하였는데, 그 문도 가운데 늙어서 호를 운수(雲叟)라고 하는 이가 기문을 지었다.
동쪽에 있는 것을 정당루라고 하였는데, 정당 한 재상(韓宰相 한종유(韓宗愈))이 일찍
이 남쪽 지방으로 와서 놀 때 그 위에 올라갔기 때문에 이름 붙인 것이다. 정당이 돌아
간 뒤에, 탄사가 다른 사람에게 부탁하여 나에게 글을 구하며, 글을 써준다면 누각으
로서는 영광이라고 하였다. 시간이 지나 탄사가 이어서 이르렀을 때 내가 뵙고 묻기를,
'보리달마(菩提達摩)는 탑을 만들고 절을 일으키는 것을 인위적으로 복을 만드는 일이
라 여기고, 혼자 깨달아 아는 것을 참된 공덕으로 여겨 비록 천자의 존귀함에 용납되지
않더라도 애석하게 생각하지 않았습니다. 스님은 달마를 스승으로 섬겨서 이에 토목에

---

150. 《교남지(嶠南誌)》: 1940년 정원호(鄭源鎬)가 발행한 경상도 도지이다. 김세호(金世鎬)가 경상 감사 시절 1871년 편찬한
《영남읍지》를 바탕으로 1930년대 후반 성주군 수륜면의 정원호가 증보·첨삭하여 1940년에 간행하였다.

노심초사하여 옥실(屋室)을 장대하게 짓고 현달(顯達)한 관원의 이름을 빌어 돌아다니며 구경하기에 좋도록 꾸미려 하니, 그럴 만한 까닭이 있습니까?'라고 하였다. 탄사가 말하기를, '이제 어떤 사람이 장차 천 리 길을 가고자 하는데, 게으르되 그를 인솔한 사람이 없다면 중도에서 더 이상 나아가지 못할 것이고, 몽매하되 도를 깨우쳐줄 사람이 없다면 지름길로 말미암더라도 도달하지 못할 것입니다. 내가 요즘 세상에서 우리 불도(佛徒)들이 도를 배우는 것을 보건대, 옛날 사람의 찌꺼기를 얻어 가지고 거만하게 멋대로 하며 명예와 이익에 취하니, 중도에서 게으름을 피우는 자에 가깝지 않겠습니까? 혹 산림(山林)에서 추위에 떨고 굶주리면서 도를 닦아 깨닫는 데에 뜻을 정했다 해도, 견문이 적어서 듣고도 의혹하며 올바른 도를 취할 바가 없다면, 지름길로 말미암더라도 도달하지 못하는 몽매한 자와 거의 비슷하지 않겠습니까? 내가 이 때문에 발분(發憤)하여 절[社]을 짓고, 우리 불도들을 규합(糾合)하여 명예와 이익에 취하는 것을 버리며, 산림에서 얼고 주리는 것을 면하게 하고자 합니다. 그 게으른 자는 이끌고 그 몽매한 자에게 도를 알게 한다면 우리 스승의 이른바 독조상지(獨照常知)의 이치를 반드시 깨달아 알고 의심이 저절로 풀릴 것입니다. 내가 장차 우리 스승의 도를 크게 하려는 것이요, 인위적으로 복을 만드는 일로 삼으려는 것은 아닙니다. 대개 휘로(暉老)와 배 상국(裴相國), 만공(滿公)과 백 소부(白少傅) 사이에 서로 주고받은 문답은 총림(叢林)에서 성대한 일로 전하니, 어찌 일찍이 현달한 관원에게 부탁하는 일을 피하겠습니까? 우리 누각의 이름을 한공(韓公 한종유(韓宗愈))에게 얻었으니, 세상은 예와 지금으로 다름이 있으나 그 이치는 한가지입니다.'라고 하였다. 내가 듣고 사과하면서 그 말을 써서 기문을 짓는다. 그 산천의 좋은 경치와 모양이나 형세의 마땅한 것과 경시(經始) 낙성(落成)의 세월은 운수가 이미 말하였으므로 본문에서는 다시 적지 않는다."라고 하였다.

○ 앞 사람의 시에, "경치 좋은 곳 유람할 때 대부분 높이 오르니, 절이 낮은 산에 있어 가장 사랑스럽다네. 한줄기 물은 비단 펼친 듯 멀리 뻗어 있고, 두 산봉우리는 옷깃 여민 듯 그윽하네. 부처를 벗어나고 마음을 벗어나 구하지 말고, 인간 세상이 꿈결 같음을 믿어야 하네. 누대의 이름을 듣고 이치를 알았으니, 어찌 가서 주인 얼굴을 마주할 필요 있으랴."라고 하였다.

[인물(人物)]

전원발은 용궁(龍宮) 사람으로, 전서(典書) 전진(全璡)의 아들이다. 호는 국파(菊坡)이고 문과에 급제하여 현량으로 선발되었다. 원나라에 들어가 장원으로 합격하였고, 벼슬은 병부 상서에 이르렀다. 견마(絹麻)의 세공을 줄여줄 것을 아뢰니 원나라 황제가 허락하였다. 공이 승복하고 이에 돌아오니 축산군(竺山君)에 봉했다. 익재(益齋) 이제현(李齊賢)과 도의로 사귀었으며, 김득배(金得培)에게 준 시가 있다. 입재(立齋) 정종로(鄭宗魯)[151]가 비갈(碑碣)을 찬하였다. 전한(全侃)은 전원발의 아들로 문과에 급제하였고 한림학사가 되었는데, 청현직을 두루 역임하였다.

[총묘(塚墓)]

전원발(全元發)의 묘소는 군의 서쪽 분토산(粉土山)에 있다.

---

151. 정종로(鄭宗魯) : 1738〜1816. 자는 사앙(士仰), 호는 입재(立齋) · 무적옹(無適翁), 본관은 진주(晉州)이다. 이상정(李象靖)에게 학문을 배워 영남학파의 학통을 이었다. 관직에 뜻이 없어 학문에만 매진하다가 만년에 유일(遺逸)로 천거로 광릉 참봉, 의금부 도사, 함창 현감 등을 지냈다. 성리학에 정통하였고, 주리론(主理論)과 주기론(主氣論)을 절충시킨 학설을 내세웠다.

[누정(樓亭)]

청원정(淸遠亭)은 성화천의 동쪽 언덕에 있는데, 전원발이 옛날 살던 곳이다. '淸遠亭'
이라는 세 글자가 석벽에 전서(篆書)로 새겨져 있다. 뒤에 금유(琴柔)가 이어서 그곳에
살았다.

[비판(碑板)]

국파(菊坡) 전원발(全元發)의 묘갈은 장령(掌令) 정종로(鄭宗魯)가 지었는데 명(銘)
에 이르기를, "우리나라에서는 최고운(崔孤雲, 최치원(崔致遠)) 이후로 이목은(李牧隱,
이색(李穡)) 이외에 중국에 들어가 벼슬하여 공(功)을 베풀어 지금에 이르기까지 몸과
명예가 모두 완전한 사람은 오직 국파(菊坡)가 있을 뿐이다. 그러니 의당 백세토록 사
당에서 제향하고 묘소에도 드러내어 기록하여 더욱 영구히 보존하고 지켜야 하리라."
라고 하였다.

용궁의 사림이 도내의 사람에게 보낸 통문(通文)
龍宮士林通道內文

삼가 아룁니다. 축산부원군(竺山府院君) 국파(菊坡) 전 선생(全先生)은 고려 말의 공신으로 해동의 명현입니다. 세대가 이미 멀어지고 문적(文籍)에 실린 것을 찾을 수 없어, 아득한 끝자락의 후생으로 비록 감히 그 행적에 대해 질정하여 말할 수 없습니다. 하지만 그 공업과 문장은 우뚝하고도 환하게 원나라 조정에 드러내어 날렸으며, 우리나라에서도 빛나고 드러났습니다. 지금까지도 사람들 입에 전파되어 길이 영기(靈氣)를 기른 땅[毓靈之地]으로 하여금 천백 세의 아래에서도 경모하도록 하니, 이는 유풍과 여운이 사람의 마음을 깊이 감동시킴을 알기 때문입니다. 우리 용궁이 인간 세상에 알려져서 평소 문헌의 고장이라 일컬어지게 된 것이 어찌 이 어른이 창도하여 열어준 공이 아닌 줄 알겠습니까.

옛날에는 향 선생(鄕先生)이 죽으면 제사 지내는 법이 있었는데, 하물며 지금 선생은 백세의 모범이 되어 후인을 흥기시키는 분이니, 향선생이 되는 데에 그치지 않습니다. 향인들이 사당을 세우고 현판을 건 곳을 사모하는 마음을 담는 장소로 삼는 것은 장소로 삼는 것에 그치지 않는데, 그때부터 지체하여[遷就] 지금에 이르도록 거행하지 못하였습니다. 이는 곧 이웃 고을에서 모두 개탄하는 일이며, 우리가 살아가면서 항상 부끄럽고 한스럽게 생각하는 일입니다. 이에 구구한 뜻이 있음을 의를 좋아하는 여러 군자에게 아뢰지 않을 수 없습니다. 만약 우리의 말을 참람하고 망령되게 여기지 않는다면, 곧 이 뜻으로 글을 써서 도내(道內)에 두루 알릴 것이니 의론을 정하는 자리에 일제히 모인다면 더없이 좋겠습니다.

상주의 사림이 용궁의 교원에 보낸 통문 임신년(1692) 12월 15일
尙州士林通龍宮校院文 壬申十二月十伍日

듣자니 귀읍(貴邑, 용궁)의 청원정(淸遠亭)에서 국파(菊坡) 전 선생(全先生)의 사당을
세우는 일이 있다고 하는데, 오랜 세월 동안 미처 하지 못하였던 일을 오늘 시행한다니
진실로 아름다운 일입니다. 대개 우리나라의 문헌이 부족하고, 선생의 훌륭한 행적이
남아 있는 것이 거의 없으니, 불행이 누가 이보다 심하겠습니까. 그러나 깨우쳐주신 것
을 숭상하는 길은 많은 말을 기다리지 않고 먼저 그 큰 절개를 볼 뿐입니다. 아! 선생의
출처는 당세에 드러났으니, 후생에게 모범이 되고 존경받는 것이 두 가지 있습니다. 일
찍이 현량(賢良)으로서 중국 조정에 공물을 드렸을 때의 그 어진 행적이 어떠합니까.
만년에 임학(林壑)에 편안히 물러나서 한가로이 지낼 때의 그 절조는 또 어떠합니까.

　대절(大節)이 이와 같고 또 문장이 있으며 명성과 지위가 전고(前古)에서도 우뚝하
게 높으니, 하필 그 시를 외우고 그 글을 읽고 나서야 그 사람됨을 알 수 있겠습니까.
하물며 청원정은 당시 임금께서 총애하여 내리신 것이고 평일에 거닐던 곳입니다. 바
위틈의 커다란 세 글자는 천고에 빛나고 있으니, 이곳이 후세에 없어지도록 해서는 안
됩니다. 이 땅에서 이처럼 어진 이를 제사 지내면 이름과 실상이 서로 부합하고, 사람
과 땅 모두 빛날 것입니다. 저희는 이웃 고을에 살면서 각각 본 바를 다하였기에 감히
이처럼 알립니다. 바라건대, 군자들께서 사당을 세우는 책임을 특별히 맡았으니 그 규
모를 크게 하시기 바랍니다.

봉안할 때 도내의 사림에게 보낸 통문 신사년(1701) 2월 1일
奉安時通道內士林文 辛巳二月初一日

삼가 아룁니다. 국파 전 선생을 위해 사당을 세우고 제사 지내는 일은 일찍이 두루 알린 바가 있습니다만, 이달 19일 중정(中丁)[152]에 성대한 의식을 행하고자 감히 이렇게 아룁니다. 선생은 고려 말에 도덕 문장으로 한 시대에 이름을 떨쳤습니다. 일찍이 과거에 합격하여 이름이 먼 곳까지 드러났고, 현량(賢良)·문학(文學)으로 중국에 뽑혀 들어갔을 뿐만 아니라 또 괴과(魁科, 1등)로 합격하여 벼슬이 금자영록대부(金紫榮祿大夫) 병부 상서 겸 집현전 태학사에 이르렀습니다. 만년에는 본국으로 돌아가기를 청하였는데, 세상일에 뜻이 없어 전원에 숨어 살기를 장계응(張季鷹)의 고사[153]와 하계진(賀季眞)의 고사[154]처럼 하였습니다. 임금으로부터 축산부원군에 봉해져서 축산을 하사받았고, 산 아래의 한 구역에 집을 짓고 이를 사랑하였으니, 곧 청원정(淸遠亭)이 그곳입니다.

이때부터 실컷 노닐면서 노년을 보냈는데, 이 익재(李益齋, 이제현(李齋賢)), 김 난계(金蘭溪, 김득배(金得培)), 김 척약재(金惕若齋, 김구용(金九容))와 도의(道義)로 교제를 맺고 날마다 더불어 음영하며 마음속의 뜻을 폈습니다. 지금 바위 위에 '청원정'

---

152. 중정(中丁) : 중순에 든 정일(丁日)을 말한다.

153. 장계응(張季鷹)의 고사(故事) : 계응은 진(晉)나라 장한(張翰)의 자(字)이다. 제나라에서 벼슬하다가 가을바람이 불어오자 불현듯 고향의 고채(菰菜)와 순챗국과 농어회가 생각나, 마침내 관직을 그만두고 돌아갔다는 고사가 유명하다. 《晉書 卷 92 張翰列傳》

154. 하계진(賀季眞)의 고사(故事) : 계진은 중국 당나라 때의 시인 하지장(賀知章)의 자(字)이다. 감호(鑑湖)는 일명 경호(鏡湖)라고도 하는 호수 이름인데, 당 현종(唐玄宗) 때에 비서감(祕書監) 하지장이 은퇴할 적에 주궁호(周宮湖) 수경(數頃)을 자신의 방생지(放生池)로 삼게 해 주기를 요구하여 현종의 특명에 의해 감호 한 굽이(一曲)를 하사받았다는 고사가 있다. 《新唐書 隱逸列傳 賀知章》

세 글자를 전자(篆字)로 새긴 것은 척약재의 글씨입니다.《동문선》가운데 김 난계에게 주는 시에서 "강이 너르니 큰 물고기 맘껏 놀고, 숲이 우거지니 지친 새가 돌아온다네. 전원으로 돌아가는 것이 나의 뜻이니, 일찍 위태로운 기미를 안건 아니라네.〔江闊脩鱗縱, 林深倦鳥歸. 歸田是吳志, 非是早知幾.〕"라고 한 것은 스스로 자기 뜻을 서술한 것입니다. 유독 한스러운 점은 우리나라에 문헌이 부족하고 또 세대가 너무 멀어서 그분의 훌륭한 행적이 남아 있는 것이 거의 없는 것입니다. 그러나《여지승람》,《대동운옥》을 통해 보면, 천백세 후대에서도 그 인물됨을 상상할 수 있습니다.

오직 그 유풍과 여운은 후학들에게 자랑거리가 되니, 넉넉히 제사를 올리는 반열에 든다는 것에 대해서는 누구도 다른 말을 하지 않습니다. 그런데도 지금까지 이 일이 지체된 것은 중고 이전에 사당을 세우고자 하는 규정이 없었고, 이 뒤로는 일이 너무나 먼 시대의 것이라서 갑자기 거행하기가 어려웠기 때문입니다. 지금 다행스럽게도 전시대에 겨를이 없던 일을 문득 아득히 먼 후학의 정성에 의해 이루게 되었으니, 그 존모하는 마음이 오래될수록 더욱 커지는 것을 볼 수 있습니다. 선생의 8세손 사우당(四友堂) 전찬(全纘)이 퇴도 선생(退陶先生, 이황(李滉))의 문하에서 수학하였는데, 강학하고 묻는 여가에 말이 이러한 뜻에 미치게 되었더니, 노선생(老先生, 이황)이 이 어른은 '세상에 드문 명현'이라고 답하였습니다.

사당을 세우고 높이 보답하는 것은 또한 당연하고, 선생의 뜻이 이처럼 지지부진하게 지금에 이른 것은 어찌 후생의 잘못이 아니겠습니까. 어진 이를 높이는 정성은 멀고 가깝고를 따질 일이 아닙니다. 바라건대, 여러 군자께서 이곳에 임하시어 가르침을 주시는 것이 어떠신지요?

소천서원 봉안문[155]
蘇川書院奉安文

익찬(翊贊) 이유장(李惟樟)[156]

호걸이 일어남에는	豪傑之興
처소를 가리지 않네	不擇處所
계자는 오나라에서 시작하였고[157]	季子由鳴
진량은 초나라에서 일어났네[158]	陳良起楚
서쪽에 노닐며 음악을 보았고[159]	西遊觀樂
북쪽에서 배운 것 누구도 앞서지 못했네[160]	北學莫先
하물며 생각건대 선생께서는	矧惟先生
우리나라의 어진 분이라네	大東之賢

---

155. 소천서원 봉안문 : 이 글은 이유장(李惟樟)의 《고산선생문집(孤山先生文集)》 권6에 〈청원정 별묘 봉안문(淸遠亭別廟奉安文)〉이라는 제목으로 실려 있다.

156. 이유장(李惟樟) : 1625~1701. 자는 하경(夏卿), 호는 고산(孤山), 본관은 예안(禮安)이다. 1689년에 학행(學行)으로 천거되어 와서 공조 좌랑, 안음 현감 등을 지냈다. 이황(李滉)을 사숙(私淑)하였으며, 이휘일(李徽逸)·정시한(丁時翰)·류원지(柳元之) 등과 교유하였다. 저서로 《고산집》, 《동사절요》 등이 있다.

157. 계자(季子)는……시작하였고 : 계자는 춘추시대 오왕(吳王) 수몽(壽夢)의 아들 계찰(季札)을 가리키는데, 오(吳)나라 사람이기 때문에 이렇게 말하였다.

158. 진량(陳良)은……일어났네 : 진량이 초(楚)나라 사람이므로 이렇게 말하였다.

159. 서쪽에……보았고 : 춘추시대 동쪽 오(吳)나라 공자(公子) 계찰(季札)이 서쪽 주(周)나라에 사신을 가서 주나라의 악(樂)을 보고 주왕의 주왕된 소이를 알았다고 하였고, 노(魯)나라에 갔을 적에는 각국의 음악 소리를 듣고 열국의 치란 흥망을 알았다고 하였다는 고사가 있다. 《史記 吳太伯世家》

160. 북쪽에서……못했네 : 북학(北學)은 북쪽으로 가서 공부한다는 말로 학문이 더 높은 곳에 가서 배운다는 뜻인데, 진량(陳良)이 주공(周公)과 공자의 도를 사모하여 '북쪽으로 가서 중국에서 공부했다(北學於中國)'라고 하였다. 《孟子 滕文公上》

기자(箕子)의 가르침이 미치는 곳	箕教所及
뿌리가 있어 잘 자랐네	有根易長
강호에서 갓끈을 씻고	濯纓江湖
나라의 빛남을 보았네[161]	觀國之光
중국으로 진출하여	進而中國
옥당[162]과 금문[163]에서 근무했네	玉堂金門
좌우에서 이끌어 주었으니	左提右挈
여러 사람이 도움을 주었네	稼益諸君
천년 세월 아무도 알아주지 않았지만	晝錦千載
나아가고 물러남을 조용히 하였네	進退從容
아무개 산(山)과 아무개 수(水)에	某山某水
땅을 하사하여 나누어 봉하였네[164]	錫土分封
성화천(省火川)의 동쪽 언덕에서	省火東岸
이에 내가 곧음을 얻게 되었네	爰得我直
정자가 하나 말쑥하게 섰으니	一亭瀟灑
청원정(淸遠亭)이라 현판을 달았네	淸遠揭額

---

161. 나라의 빛남을 보았네 : 원문의 '관국(觀國)'은 국정을 살핀다는 뜻으로 정사에 종사함을 말한다. 《주역》〈관괘(觀卦)〉 육사(六四)에 "나라의 빛남을 봄이니, 왕에게 손님이 됨이 이롭다.〔觀國之光, 利用賓于王.〕"라고 하였다.

162. 옥당(玉堂) : 홍문관(弘文館)의 별칭이다.

163. 금문(金門) : 한나라 궁문인 금마문(金馬門)의 약칭이다. 한나라 때 문학을 잘하는 신하가 근무하던 한림원(翰林院)을 가리킨다.

164. 아무개……봉하였네 : 고향 땅을 봉분 받았다는 뜻이다. 한유(韓愈)의 〈소윤 양거원을 전송하며 쓴 서문〔送楊巨源少尹序〕〉에 "저 물가와 저 언덕〔某水某丘〕은 내가 어렸을 때에 낚시질하며 놀던 곳이다.'라고 할 것이다."라고 하였고, '띠풀을 나누어 봉토를 내려준다〔分茅錫土〕'는 것은 천자가 제후를 봉할 때 그 땅의 방위에 걸맞은 색깔의 흙을 띠풀(茅)에 담아 하사했던 일에서 나온 말이다. 《書經 禹貢》

맑게 마음을 갖고 살면서	淸以棲心
멀리 큰 뜻을 세우리라	遠以標志
사문(斯文)의 크고 어진 이들이	斯文碩賢
큰 붓으로 밝게 보여주었네	巨筆昭示
사람은 죽고 일도 지났는데	人亡事去
바위는 늙고 이끼만 거칠도다	石老苔荒
문장이 웅장하여 크게 이름났고	舂容大名
축산에서 서로 받들었네	竺山相將
여기에다가 사당을 세워서	玆焉立廟
경건히 신령을 봉안하였네	揭虔安靈
제사 지냄에 글이 있으니	祭祀有文
예경에서 확인할 수 있다네	可質禮經
사림들이 곧 모두 모였고	士林載集
빈과 찬들이 모두 차례대로 섰네	儐贊咸敍
오르내리며 절하고 엎드리니	升降拜伏
제사에 그 도움을 얻었도다	祭得其助
이 나라에는 그 옛날의	此邦前古
문헌을 찾을 수 없다네	文獻無徵
중국에서 이름을 떨쳤으니	華夏聲名
선생이 바로 그분이라네	先生是膺
후대 사람들 지은 글이 있으니	後來有作
절행과 문장을 칭송했다네	節行文章

연원이 유래가 있으니 　　　　　　　　　　淵源所自

세운 공을 누가 당해내랴 　　　　　　　　　功孰能當

몇 길의 푸른 바위와 　　　　　　　　　　　數丈蒼巖

한 줄기의 맑은 시내 있네[165] 　　　　　　一帶明川

묘사를 때에 맞추어 거행하니 　　　　　　　廟事時修

예를 행함에 군더더기가 없도다 　　　　　　式禮莫愆

마땅히 후인을 총애하여 　　　　　　　　　　宜寵後人

끝이 없는 데에 이르도록 하리 　　　　　　　以及無疆

생각이 있으면 이루어지니 　　　　　　　　　有思則成

성대하게 곁에 계신 듯하네 　　　　　　　　洋洋在傍

---

165. 몇……있네 : 《고산선생문집》 권6 〈청원정 별묘 봉안문(淸遠亭別廟奉安文)〉에는 "白華之山, 省火之川."으로 되어있다.

상향 축문
常享祝文

공업은 중국 조정에서 빛나고	業光中朝
도는 우리나라에서 높았네	道尊東土
맑은 풍모와 고아한 운치는	淸風雅韻
백세토록 추모의 마음 일으키리	百代興慕

소천서원[166] 묘우 상량문 임신년(1692) 11월 15일
蘇川書院廟宇上樑文 壬申十一月十伍日

진사(進士) 김해(金楷)[167]

기술하자면, 저 도 팽택(陶彭澤, 도연명(陶淵明)) 이후의 수십 세(世)에, 비로소 율리
(栗里)[168]의 전원을 이었도다. 순 낭릉(荀朗陵)[169] 이후 팔백여 년 만에, 바야흐로 영천
(潁川)[170]의 묘우를 세운다. 이 일을 아는 사람이 어찌 없었겠는가마는, 아마도 운수에
달린 일인듯하다. 하물며 지금은 감천(甘泉)[171]에서 상락(上洛)[172]에다 새로운 사당을

---

166. 소천서원(蘇川書院) : 주48 참조.

167. 김해(金楷) : 1633~1716. 자는 정칙(正則), 호는 부훤당(負暄堂), 본관은 안동(安東)이다. 1660년(현종1)에 생원시에 1등
으로 합격하였으나 벼슬길에 나아가지 않고 부모에게 효양을 다하며 지냈다. 중년에는 상주 대도촌(大道村)으로 옮겨 당
대의 명사들과 널리 사귀었고, 1693년(숙종19)에는 다시 근암(近巖)으로 옮겼다.

168. 율리(栗里) : 두연명의 고향이다. 두연명은 팽택 영으로 부임한 지 5개월 만에 벼슬을 버리고 고향인 율리로 돌아가면서〈
귀거래사(歸去來辭)〉를 지어 읊었다.

169. 순 낭릉(荀朗陵) : 후한 때의 순숙(荀淑, 83~149)을 일컫는 말로, 낭릉후상(朗陵侯相)에 봉해져 이렇게 부른다. 자는 계화
(季和)이다. 순검(荀儉), 순곤(荀緄), 순정(荀靖), 순도(荀燾), 순왕(荀汪), 순상(荀爽), 순숙(荀肅), 순부(荀敷) 등 여덟 아들을
두었는데, 이들은 모두 명망이 뛰어나 순씨팔룡(荀氏八龍)이라 일컬어졌다.《後漢書 荀淑列傳》

170. 영천(潁川) : 동한(東漢) 때 순씨(荀氏) 집안에서 순숙을 비롯하여 당대의 명사를 많이 배출한 지역이다. 순씨는 영천(潁川)
의 영음(潁陰) 땅에서 순열(荀悅) · 순욱(荀彧) · 순상(荀爽) 등을 배출하였다. 본문에서는 전원발의 고향 용궁(龍宮)을 순숙
의 고향 영천과 같은 위치에 놓고 묘사한 것이다.

171. 감천(甘泉) :《연려실기술》별집 제16권〈지리전고〉안동 조에 의하면, 임하현 · 길안현 등과 함께 안동에 속한 현으로 감
천현이 있다.

172. 상락(上洛) : 상주의 옛 이름이다. 본래 사벌국(沙伐國)인데 법흥왕(法興王)이 상주(上州)로 고쳤고, 진흥왕(眞興王)이 상락
군(上洛郡)으로 고치고 신문왕(神文王)이 다시 주(州)로 만들고, 경덕왕(景德王)이 상주라는 이름으로 고쳤다고 한다.《新
增東國輿地勝覽 卷28 慶尙道》

세우고, 상령(商嶺)¹⁷³에서는 난계(蘭溪)¹⁷⁴에 뒤늦게 향사를 올리니, 어찌 청원정(淸遠亭) 터가 여전히 집안의 청전(靑氈)¹⁷⁵이 된 경우와 같겠는가. 향내가 피어나는 증상(烝嘗)¹⁷⁶은 실로 한 고을의 평소 바람에서 나왔으니, 이에 백 대의 공의를 정하여 멀리 한 묘(畝)의 명궁(明宮)¹⁷⁷을 세우도다.

 삼가 생각건대 우리 국파 선생은 나라를 빛낸 문장이시고 세상에 드문 뛰어난 인물이시다. 계적(桂籍)¹⁷⁸에 이름을 빛내고, 비로소 중규(中逵)¹⁷⁹에서 높이 날았다. 멀리 난고(蘭皐)¹⁸⁰에서 걷다가, 마침내 중국에서 관풍(觀風)¹⁸¹을 하였네. 현량과(賢良科)에

---

173. 상령(商嶺) : 경상도 상주를 가리키는데, 상산(商山)이라고도 한다. 상산은 본래 상안산(商顔山)의 준말로, 진(秦)과 한(漢)의 교체기에 상산사호(商山四皓)가 이 산에 은거하여 피세(避世)의 뜻을 담은 〈자지가(紫芝歌)〉를 부르면서 세상에 나오지 않았다 한다.

174. 난계(蘭溪) : 상주 사람으로 전원발과 친하게 지낸 김득배(金得培)의 호이다.

175. 청전(靑氈) : 진(晉)나라 왕헌지(王獻之)가 누워 있는 방에 도둑이 들어와서 물건을 모조리 훔쳐 가려 할 적에, 그가 "도둑이여, 그 푸른 모포는 우리 집안의 유물이니, 그것만은 두고 가는 것이 좋겠다.〔偸兒, 靑氈我家舊物, 可特置之.〕"라고 하자, 도둑이 질겁하고 도망쳤다는 고사가 있다. 《晉書 王羲之列傳》

176. 증상(烝嘗) : 상(嘗)은 추제(秋祭)이며 증(烝)은 동제(冬祭)인데, 종묘의 제사를 통칭한 것이다. 《시경》 〈소아(小雅) 초자(楚茨)〉에 '너의 소와 양을 정갈히 마련하여 나아가 증(烝) 제사를 지내며 상(嘗) 제사를 지내니〔絜爾牛羊, 以往烝嘗.〕'라고 한 구절이 있다.

177. 명궁(明宮) : 신을 모신 신실(神室)을 말한다. 그래서 사당이나 서원을 가리키는 말로 쓰인다.

178. 계적(桂籍) : 과거 급제자의 명부(名簿)를 말한다.

179. 중규(中逵) : 아홉 갈래로 통하는 길, 즉 대로를 말한다. 《시경》 〈주남(周南) 토저(兔罝)〉에 "조심조심 토끼그물을, 아홉 거리 한길에 치네.〔肅肅兔罝, 施于中逵.〕"라고 하였다.

180. 난고(蘭皐) : 난초가 무더기로 피어 있는 물가 언덕을 말한다. 《초사(楚辭)》 〈이소(離騷)〉에 "난고로 걸음 옮기는 나의 말이여, 산초 언덕 치달려 휴식을 취하도다.〔步余馬於蘭皐兮, 馳椒丘且焉止息.〕"라고 하였다.

181. 관풍(觀風) : 지방의 풍속이나 인정의 득실을 살펴보는 것으로, 흔히 관찰사가 관내를 순행하는 것을 가리키는 말로 쓰인다. 본문에서는 전원발이 중국에서 벼슬한 것을 가리키는 말로 쓰였다.

서 대책문(對策文)을 썼던 사람으로, 광천(廣川)[182]의 큰선비와 같고, 금자(金紫)[183]가 되어 고향으로 돌아온 영광은, 고운(孤雲)[184]이 외국에서 벼슬한 것보다 낫다. 성명이 이미 중국에 울려 퍼졌으니, 재주와 덕이 안과 밖으로 드러남을 상상할 수 있네. 지위와 관작이 모두 높으니 이내 고국의 교목(喬木)[185]이 되었고, 나이와 덕이 더욱 높으니 어찌 만경(晚景)의 상유(桑榆)[186]에 가깝지 않으랴.

　장계응(張季鷹)이 고향으로 돌아갈 것을 생각하다가 가을바람을 보고 감정이 일어난 것 같고,[187] 하지장(賀知章)이 걸퇴(乞退)를 하자 감호(鑑湖)를 내려서 총애한 것 같

182. 광천(廣川) : 한(漢)나라 학자 동중서(董仲舒)를 일컫는 말이다. 광천은 그의 고향이다. 그는 젊었을 때 《춘추공양전》을 공부하여 경제(景帝) 때 박사(博士)가 되었으며, 3년 동안 밖에 나오지 않고 책만 읽어 그의 제자 중에는 스승의 얼굴도 보지 못한 자가 있었다 한다. 평생 학문을 강론하고 책을 저술하였는데, 유학을 떠받들고 잡가(雜家)를 배격함으로써 후세에 유학을 정통으로 삼는 국면을 열어놓았다. 《史記 儒林列傳 董仲舒傳》

183. 금자(金紫) : 전원발이 중국에 들어가 벼슬하여 품계가 금자영록대부(金紫榮祿大夫)에 이른 것을 말한다.

184. 고운(孤雲) : 최치원(崔致遠, 857~?)의 호이다. 최치원은 통일 신라 말기의 학자·문장가이다. 또 다른 자는 해운(海雲)이다. 12세에 중국 당나라에 유학하여 과거에 급제하고 황소(黃巢)의 난이 일어나자 격문(檄文)을 써서 이름을 높였다. 저서로 《계원필경》,《사륙집》 등이 있다.

185. 교목(喬木) : 몇 대에 걸쳐서 크게 자란 나무라는 뜻으로, 누대에 걸쳐 경상(卿相)을 배출한 명가(名家)를 비유할 때 쓰는 말이다.

186. 상유(桑榆) : 만년을 상징하는 말이다. 후한(後漢) 때의 장수인 풍이(馮異)가 적미(赤眉)의 난을 토벌하기 위해 나섰다가 처음 싸움에서 대패하고, 얼마 뒤에 다시 군사를 정비하여 적미의 군대를 격파하였는데, 황제가 친히 글을 내려 위로하기를, "처음에는 회계(會稽)에서 깃을 접었으나 나중에는 민지(澠池)에서 떨쳐 비상하니, 참으로 '동우에 잃었다가 상유에 수습하였다.[失之東隅, 收之桑榆.]'라고 할 만하다." 한 데서 나온 말로, 동우는 해가 뜨는 새벽을, 상유는 해가 지는 저녁을 뜻한다. 《後漢書 馮異列傳》

187. 장계응(張季鷹)이……같고 : 주153 참조.

도다.[188] 축산(竺山)[189]은 동산(東山)[190]과 한가지로 높고, 삼강(三江)[191]은 오호(伍湖)[192] 와 같은 경치라네. 손님들은 동남의 아름다운 분들 다 모였으니, 왼쪽의 척약재(惕若 齋)[193]와 오른쪽의 익재(益齋)[194]라네. 땅은 수석(水石) 가운데 기이한 것 뽑아놓았으 니, 아래로는 맑은 물결이고 위로는 푸른 절벽이라네. 청량함을 즐기며 먼 곳을 바라봄 에, 뜻에 맞음이 있어 내가 정자에 이름 지었네. 푸른 물을 뜨며 물결을 바라봄에, 즐거 움이 끝이 없으니 누가 그대가 있는 곳과 다투겠는가? 아름답도다! 지금부터 옛날로 거슬러 올라가도, 실로 천년 동안 이 한 분뿐이로다. 군자가 이 고을에 사시니, 충성되 고 신실하고 어진 사람이 될 수 있네. 후대에 그 후손들이 불어나고 번성한 까닭이네.

초(楚)나라 땅의 강산은 비록 망했어도 송옥(宋玉)의 초가집[195]은 남았고, 하남(河 南)[196]의 풍속이라 평소 일컬었던 정공(鄭公)의 고을[197]이라네. 유독 애석한 것은 존숭

---

188. 하지장(賀知章)……같도다 : 주154 참조.

189. 축산(竺山) : 주66 참조.

190. 동산(東山) : 중국 남방의 회계(會稽)에 있는 산으로 진나라 때 재상인 사안(謝安)이 이곳에 은거하였다. 사안은 자가 안석 (安石)으로 경륜과 지략이 뛰어나 명망이 높았는데, 회계의 동산에 은거한 뒤 몇 차례나 조정의 부름에 응하지 않은 채 동 산에 높이 누워[高臥東山] 지냈던 고사가 있다. 《晉書 謝安傳》

191. 삼강(三江) : 경상도 예천군(醴泉郡)에 있는 마을 이름이다. 이곳에 삼강서원이 있는데, 조선 인조(仁祖) 때 건립되었고, 정 몽주(鄭夢周)·이황(李滉)·류성룡(柳成龍)·이유(李維) 등을 배향하였다. 1869년(고종6)에 흥선대원군(興宣大院君)의 서 원철폐령으로 훼철되었다.

192. 오호(五湖) : 춘추시대 월나라에 있던 호수이다. 범려가 월왕(越王) 구천(句踐)을 도와 오(吳)나라를 멸한 뒤에, 일엽편주를 타고 오호를 건너가서 이름을 바꾸고 은거하였으며, 뒤에 제(齊)나라에 들어가서 거부(巨富)가 되었다는 고사가 있다. 《史 記 越王句踐世家》

193. 척약재(惕若齋) : 고려 말기의 학자 김구용(金九容, 1338~1384)의 호이다.

194. 익재(益齋) : 고려 말기의 문신·학자 이제현(李齊賢, 1287~1367)의 호이다.

195. 송옥(宋玉)의 초가집 : 유신(庾信)의 〈애강남부(哀江南賦)〉에 "송옥의 집 띠풀을 베어내고, 임강왕의 집 앞길을 지나갔 네.[誅茅宋玉之宅, 穿徑臨江臨之府.]"라는 구절에서 유래하였다. 전원발의 집을 송옥의 초가집에 비겨 읊은 것이다.

196. 하남(河南) : 송나라의 이름난 학자 이정(二程) 곧 정명도(程明道)와 정이천(程伊川) 형제가 살던 고을이다.

197. 정공(鄭公)의 고을 : 후한(後漢)의 저명한 학자 정현(鄭玄)이 살던 고을을 말한다. 정현이 가향(家鄕)인 북해(北海) 고밀현 (高密縣)으로 돌아오자, 북해태수(北海太守)인 공융(孔融)이 고밀현에 특별히 '정공향(鄭公鄕)'을 설치하도록 했다는 고사

하는 의전이 소요하던 곳에 미칠 겨를이 없는 것이라네. 헛되이 한 구역의 대사(臺榭)를 지어서 천고에 이름을 오래도록 남기려 하네. 여러 길의 운근(雲根)[198]에는 아직도 새겨진 세글자[199]가 남아 있고, 밭 갈며 눈물을 떨구니 옹문(雍門)[200]이 거문고를 연주함을 기다리지 않는다. 그 지점에 이르러 감흥이 일어 한숨지으려 몇 번이나 길을 가다가 말을 세웠던가. 유풍(遺風)과 여운(餘韻)이 아직 남아 있는 것은 정성껏 경앙(景仰)하는 마음이 아님이 없고, 덕을 높이고 공에 보답함은 만약 잊는다면 습관에 따라 하기 때문이라네. 너른 물결은 뜻이 있어 한(恨)을 찧듯이 철썩이고 푸른 산은 말이 없이 일렁거리네.

　　최근에 인심(人心)이 거짓이 없어 물론(物論)이 더욱 격해졌네. 일은 선열(先烈)과 관련되어 후배들에게 깊은 부끄러움을 일으켰고 책임은 고을에 있어 지난날에 후회가 많았네. 서로 제사를 모시자는 의론을 부르짖음에 온 사람들이 같은 말이었고 각각 일을 시작하자는 모의를 올림에 일심으로 힘을 함께하였네. 인재를 뽑음에 비둘기 모여들듯이 이미 이르렀고 집터를 정함에 거북점 치는 것도 번거롭지 않았네.

　　이에 옛 정자의 남은 터를 깎아서 재고 맞추어 이내 새로운 집을 지음에 고요하니 새가 날아가는 것 같네.[201] 어찌 다만 뇌천(雷天)[202]에서 본받았을 뿐이랴. 또한 주한(周

　　가 있다. 이후에는 '정공의 고을'이 학행이 뛰어난 사람이 사는 고을을 가리키는 말로 쓰인다. 《後漢書 鄭玄列傳》

198. 운근(雲根) : 바위로 된 절벽을 일컫는 말인데, 구름이 바위에 부딪혀 일어나기 때문에 바위 절벽을 구름의 뿌리 곧 운근이라 한다. 두보(杜甫)의 시에 "충주는 삼협의 안에 있는데, 인가가 모여 있는 마을이 운근 곁에 모여 있네.(忠州三峽内, 井邑聚雲根.)"라고 한 바 있다. 《杜少陵詩集 卷14 題忠州龍興寺所居院壁》

199. 새겨진 세글자 : '淸遠亭'이라 새긴 김구용(金九容)의 글씨를 말한다.

200. 옹문(雍門) : 중국 전국 시대 사람으로 자는 자주(子周)이다. 거문고를 잘 타서 슬픈 곡조로 사람을 울린다는 말을 듣고, 맹상군(孟嘗君)이 그를 불러 "나도 울릴 수 있는가."라고 하자, 옹문이 거문고를 들고 슬픈 곡조를 타니, 맹상군이 눈물을 줄줄 흘렸다고 한다. 《類苑 卷22 禮部》

201. 새가……같네 : 새가 날아가듯 날렵한 모양을 말한 것이다. 이는 《시경》〈소아(小雅) 사간(斯干)〉에, "새가 놀라 낯빛을 변함과 같으며, 꿩이 날아가는 것과 같다.(如鳥斯革, 如翬斯飛.)"라고 하였다.

202. 뇌천(雷天) : 《역경》의 〈뇌천대장괘(雷天大壯卦)〉를 말한다. 《역경》〈뇌천대장〉에서 "우레가 하늘 위에 있는 것이 대장이니, 군자는 예가 아니면 실천하지 않는다.(雷在天上, 大壯, 君子, 以非禮弗履.)"라고 하였다. 본문에서는 새로 짓는 청원정

漢)²⁰³에서 규모를 받았도다. 산천이 다시 옛 주인에게 속하게 되었으니²⁰⁴ 옛날 어렸을 적의 산천이요,²⁰⁵ 원림은 옛날 시절의 모습을 바꾸지 않았고 우리의 강토에 세웠도다.

규모가 크고 화려하여 아름다우며 제도가 아름답고 사당의 모습이 허물이 없도다. 여기에서 사셨고 여기에서 돌아가셨는데 또 여기에서 제사를 모시니 신령도 유감이 없으리라. 진실로 심으신 것이 크지 않았다면 어찌 오랜 세월이 지나면서 더욱 향이 나겠는가. 이에 보고 듣는 것이 새롭게 되었고 전형(典刑)은 옛것에 의지하였네. 정대(亭 臺)에 무성한 풀이 자라는 것은 비록 사물의 이치를 따른 것이지만 야전(野田)이 산뜻 한 정원으로 바뀌는 것은 인사가 잘 변한 것이라 하겠네.

어찌 한갓 선철(先哲)보다 빛이 날 뿐이랴. 또한 선장(仙庄)²⁰⁶에도 뒤지지 않는다네. 지령(地靈)이 만약 정이 있다면 물이 더욱 맑아지고 산은 더욱 푸르게 되리라. 경물이 뜻을 위로하기라도 하듯이 달은 문으로 비추어 들어오고 바람은 창으로 불어온다. 세 상에 없는 법이 행해졌으니 후생들의 책임도 이에 다하였네. 다만 어진 이를 높임에 도 가 있음을 생각하니 반드시 충심을 다해야 할 것이로다. 언행을 할 때 어진 이와 나란 히 할 것을 생각하여 스승으로 삼고 모범으로 삼을 만하도다. 동우(棟宇)를 바라보며

이 흥성할 것을 기원하는 뜻으로 쓰였다.

203. 주한(周漢) : 주나라와 한나라를 가리킨다. 이때가 가장 문명이 발달했기 때문에 모범으로 든 것이다.

204. 다시……되었으니 : 청원정은 무슨 연유인지는 모르지만, 중간에 금유(琴柔)의 소유가 된 적이 있었는데, 이를 가리키는 말로 보인다.

205. 옛날……산천이요 : 어렸을 적 놀았던 고향의 물과 언덕을 말한다. 당(唐)나라 한유(韓愈)가 〈송양소윤서(送楊少尹序)〉에 "지금 그대가 고향에 돌아가면, 서 있는 나무들을 가리키면서 저 나무는 나의 선인께서 심으신 것이요. 저 물가와 저 언덕 은 내가 어린 시절에 낚시질하면서 노닐었던 곳이다.〔今之歸, 指其樹曰, 某樹, 吾先人之所種也, 某水某丘, 吾童子時所釣 遊也.〕"라고 말한 대목이 나온다.

206. 선장(仙庄) : 흔히 상대방의 집을 높여 부르는 말로 쓰이나, 본문에서는 본래의 의미대로 신선이 사는 집을 말하는 것이다.

상제(上帝)를 대하기를 마치 곁에 계신 듯이 하고[207] 곁에 임한 듯이 하네.[208]

정성스런 마음을 이미 신명께서 받으셨으니 사당을 세우는 뜻을 욕되게 하지 않았고 예속으로 벗들과 사귀니 능히 선비가 되는 명분을 충족하였네. 이것이 곧 이곳의 큰 규범이니 어찌 우리 무리가 함께 힘쓰지 않으랴. 한마디 말로 영균(靈均)의 부(賦)[209]를 읊조리면 육위(六偉)[210]가 모두 이루어지리라.

어영차 들보를 동쪽으로 던지세[211]   兒郎偉抛梁東

축산이 무너지고 무이산[212]이 다하도록 영원하리   竺山山倒武夷窮

정기를 모아 빼어난 인물을 길러 신보[213]를 낳았으니   儲精毓秀生申甫

---

207. 곁에……하고 : 조상신이 곁에 계신 것처럼 한다는 말이다. 《논어》〈팔일(八佾)〉에 "공자가 제사 지낼 적에는 선조가 계신 듯이 하였다.〔祭如在〕"라는 말이 있다. 《중용장구》 제 16장에 "제사 지낼 때면 신이 만족한 모습으로 그 위에 있는 듯도 하고 좌우에 있는 듯도 하다.〔承祭祀, 洋洋乎如在其上, 如在其左右.〕"라는 말이 나온다.

208. 곁에……하네 : 《시경》〈소아(小雅) 소민(小旻)〉의 "전전긍긍하여 깊은 못에 임하듯 얇은 얼음을 밟듯 한다.〔戰戰兢兢, 如臨深淵, 如履薄氷.〕"라는 말에서 유래하였다.

209. 영균(靈均)의 부(賦) : 초나라 굴원(屈原)의 부로, 〈초혼(招魂)〉이란 작품을 말하는 것으로 보인다. 상량문 말미에서 육위사(六偉詞)를 지어 상하사방에 대해 읊조리는 것이, 마치 굴원이 〈초혼〉에서 상하사방을 향해 읊조리는 형식과 같기 때문에 말한 것으로 보인다.

210. 육위(六偉) : 육위송(六偉頌) 곧 상량문(上樑文)을 달리 이르는 말이다. 육위사(六偉詞), 혹은 육위가(六偉歌), 육위문(六偉文)이라고 하기도 한다. 이는 모두 상량문의 형식에 동·서·남·북·상·하 여섯 방면마다 '아랑위(兒郎偉)'라는 상투어가 여섯 번 들어가기 때문에 붙인 이름이다. 아랑송(兒郎頌) 또는 상량송(上梁頌)이라고도 한다.

211. 들보를 동쪽으로 던지세 : '포량동(抛梁東)'은 일반적으로 집을 지을 때 이리저리 들보를 옮기며 집을 짓는 행위를 나타내는 말로 이해하여 '들보를 던지세'라고 해석하였다. 최근에는 이것을 민간 풍속에 집을 지을 때 떡을 대들보에 던지면서 상량문을 읽고 축복을 하는 말이라고 하거나, 떡 혹은 만두를 던지는 행위라고 보기도 한다.

212. 무이산(武夷山) : 본래는 중국 복건성(福建省) 무이산시(武夷山市) 서남쪽에 있는 산으로, 주희(朱熹)가 은거하여 학문을 닦던 곳이다. 본문에서는 예천의 무이산을 말한다.

213. 신보(申甫) : 주나라 때의 명신(名臣)인 신백(申伯)과 중산보(仲山甫)를 아울러 일컫는 말이다. 《시경》〈대아(大雅) 숭고(崧高)〉에 "산악이 신령을 내려서, 중산보와 신백을 낳았네.〔維嶽降神, 生甫及申.〕"라고 하였는데, 이후로 신보는 산악의 기운이 모여서 태어난 훌륭한 사람을 대표하는 말이 되었다.

천 년 동안 우주 가운데에 이름을 드리우리라　　　　千載名垂宇宙中

어영차 들보를 남쪽으로 던지세　　　　兒郎偉抛梁南

낙동강이 작은 세 강을 삼켜서 받아들였네　　　　洛江呑納小江三

저것을 봄에 양이 커서 능히 받아들일 만하니　　　　看渠碩量能如許

소 발굽 자국의 물[214]이 감에도 차지 않는 것 우습도다　　　　笑殺蹄涔不滿蠡

어영차 들보를 서쪽으로 던지세　　　　兒郎偉抛梁西

큰 반석 위의 집이 호계[215]를 압도하네　　　　廬阜雄盤壓虎溪

우러러봄에 사람들이

경외하는 마음을 일으키기에 합당하니　　　　仰止合人起深敬

마치 그 가운데에 회옹(晦翁, 주희(朱熹))이

사시는가 의심할 정도라네　　　　却疑中有晦翁棲

어영차 들보를 북쪽으로 던지세　　　　兒郎偉抛梁北

기천[216]이 휘돌아 흐르며 그치지 않네　　　　箕川混混流無息

구덩이를 채우고 바다를 본받으려 강에 이르니　　　　盈科學海達于江

---

214. 소……물 : 용량이나 부피가 얼마 되지 않는 것을 비유하는 말로 쓰인다. 제잠(蹄涔)이라고도 한다. 《회남자》〈범론훈(氾論訓)〉의 "소 발자국에 고인 빗물에서는 큰 물고기가 살 수 없다.〔夫牛蹄之涔, 不能生鱣鮪.〕"라는 말에서 유래하였다.

215. 호계(虎溪) : 경상도 상주의 호계현 혹은 그곳에 있는 시내를 가리키는 것으로 보인다. 호계현은 본래는 상주에 속하였는데, 조선 태종 때 "상주 임내의 호계현을 문경현에 예속시킨다."라는 기록이 있다.

216. 기천(箕川) : 경상북도 예천군 용궁면에 있는 시내 이름으로 보인다. 용궁면에 기천리(箕川里)라는 마을이 있고, 월오리(月梧里)에는 고을 출신 안준(安俊), 이문흥(李文興), 문근(文瑾), 문관(文瓘), 이구(李構) 다섯 사람의 위패를 봉안하기 위한 정사로 지어졌다가 나중에 서원으로 승격된 기천서원(箕川書院)이 있다. 《箕川書院誌》

근본이 있어야 함은 예로부터 성인이 가르치신 바라네　　　　有本從來聖所則

어영차 들보를 위로 던지세　　　　　　　　　　　　　　　兒郞偉抛梁上
구름은 흩어지고 바람은 조용하며 해는 밝도다　　　　　　　雲散風恬天日朗
이 이치가 환하게 사람의 마음속에 있으니　　　　　　　　　此理昭昭在人心
옥해[217]로 하여금 물결이 없도록 해야 하네　　　　　　　　要令玉海無波浪

어영차 들보를 아래로 던지세　　　　　　　　　　　　　　兒郞偉抛梁下
맑은 못 푸른 벽에 햇빛이 비치네　　　　　　　　　　　　清潭翠壁光相射
바위 사이의 세 글자[218]는 예스럽고도 기이하니　　　　　　石間三字古而奇
천 년 동안 우러러봄에 사람들의 입에 오르내리네　　　　　照仰千秋人膾炙

엎드려 바라건대 상량한 이후에는 바위는 눌러앉고 시내는 맑으며 대나무는 싹이 나고 소나무는 무성하리. 어진 이의 세상과 멀어서 비록 친히 가르침을 받지는 못하였지만 다행히 군자의 나라에 태어나서 진실로 사숙하면서 마음을 흥기하였네. 두가 있고 스승이 계신 곳이라 다른 데서 구해서는 안 되니, 나는 어떤 사람이며 순임금은 어떤 사람인가? 훌륭한 일을 하면 순임금과 같다. 조그마한 마을이지만 장차 집집마다 봉해질 것을 바라노라.

---

217. 옥해(玉海) : 금산(金山)과 함께 기상이 높고 도량이 넓은 사람을 비유하는 말로 쓰인다. 남조(南朝) 양(梁)의 명산빈(明山賓)이 주이(朱异)를 천거하는 표문(表文)을 올리면서 그의 도량을 비유하여 "만 길 높이의 금산과 같아 오르려 해도 오를 길이 없고, 천 길 깊이의 옥해와 같아 엿보려 해도 측량할 길이 없는 것과 같습니다.〔金山萬丈, 緣陟未登, 玉海千尋, 窺映不測〕"라고 말한 데서 유래하였다. 《南史 卷62 朱异列傳》
218. 바위 사이의 세 글자 : 청원정 곁의 바위에 '淸遠亭'이라 전자(篆字)로 새긴 척약재(惕若齋) 김구용(金九容)의 글씨를 말한다.

가장
家狀

우리 선조 국파 선생은 휘가 원발(元發)이고, 성은 전씨이니, 신라시대 정선군에 봉해진 휘 선(愃)[219]이 상조이다. 대대로 높은 벼슬이 이어졌는데, 충렬공(忠烈公) 휘 이갑(以甲)에 이르러서 고려를 도와 순절하였다. 아우인 충강공(忠康公) 휘 의갑(義甲)과 더불어 대구의 한천서원(寒泉書院), 초계(草溪)의 도계서원(道溪書院)에 아울러 향사되고 있다. 여러 세대 뒤 문정공(文貞公) 휘 방숙(邦淑)에 이르러 용성부원군(龍城府院君)에 봉해져서 이내 관적(貫籍)을 옮기게 되었는데, 선생에게는 5대조가 된다. 휘 정민(正敏)은 장절공(壯節公), 휘 충경(忠敬)은 문경공(文敬公), 휘 대년(大年)은 판도총랑(版圖摠郎), 휘 진(瑨)은 민부 전서(民部典書)를 지냈으니, 고조, 증조, 조부, 부친이다. 어머니는 상주 김씨(尙州金氏)이다.

선생은 용궁현 서쪽 달지리(達池里)의 집에서 태어났다. 문과에 급제하고 현량으로 원나라 조정에 뽑혀 들어갔다. 또 제과(制科)에 급제하였고 벼슬이 금자영록대부(金紫榮祿大夫) 병부 상서 겸 집현전 태학사에 이르렀다. 변방 국가의 고통을 간절히 진달하여 금은(金銀)과 견마(絹馬)의 공납을 줄였고 명나라에서도 이를 따랐다. 그래서 백성들이 지금까지도 이에 힘입어 편안히 살고 있다. 얼마 지나지 않아 부친상을 당하여 우리나라로 돌아오니 왕이 축산부원군(竺山府院君)에 봉하고 전토를 내려 총애하는 뜻을 드러내었다. 그때 고려의 국운이 끝나가서 나랏일이 날로 그릇되어가니 선생은

---

219. 선(愃) : 전선(全愃)은 백제 건국에 공을 세워 환성군(歡城君)에 봉해진 정선 전씨(旌善全氏)의 도시조(都始祖) 전섭(全攝)의 8세손이다. 신라 내물왕(奈勿王) 때 백제에서부터 대광공주(大光公主)를 배행(陪行)하고 신라에 들어와 봉익대부(奉翊大夫) 부지밀직사사(副知密直司事)를 지냈으며 전법판사(典法判事)에 올라 정선군(旌善君)에 봉해져 정선 전씨 득관조(得貫祖)가 되었다고 한다.

세상에 뜻이 없어 귀거래를 읊으며 깊은 산골에 거처를 정하였다. 그 시는 다음과 같다.

강이 너르니 큰 물고기 맘껏 놀고	江闊脩鱗縱
숲이 우거지니 지친 새가 돌아온다네	林深倦鳥歸
전원으로 돌아가는 것이 나의 뜻이니	歸田乃吳志
일찍 위태로운 기미를 안건 아니라네	非是早知幾

성화천(省火川)의 동쪽 언덕에 정자를 세우고 못을 판 뒤에 연꽃을 심었다. 그리고 그 처마 아래에 '청원정(淸遠亭)'이라는 편액을 걸었다. 이익재(李益齋, 이제현(李齋賢)), 김난계(金蘭溪, 김득배(金得培)), 김척약(金惕若, 김구용(金九容)) 등 여러 어진 이와 날마다 읊조리며 노년을 마쳤다. 정자의 뒤 푸른 절벽 위에는 그때 새긴 전자(篆字)가 아직도 남아 있어 하늘 비친 강물 위에 휘황하게 아롱이고 있으니, 바로 척약재의 글씨이다.

부인은 상주 박씨(尙州朴氏)로 박정장(朴挺樟)[220]의 따님으로 분퇴동(分退洞) 임좌(壬坐)를 등진 언덕에 부부 합장으로 장사 지냈다. 슬하에 1남 2녀를 두었으니, 아들은 한(僩)으로 문과에 급제하여 사복시 정(司僕寺正)을 지냈고 딸은 판사 김득남(金得男), 권천우(權天佑)에게 각각 출가하였다. 아들 한은 7남 4녀를 낳았는데, 큰아들은 해(該)이고, 둘째는 직(直)으로 내섬시 판사(內贍寺判事)를 지냈고, 셋째는 강(强)으로 소윤(少尹)을 지냈고, 넷째는 근(謹)으로 문과에 급제하여 군사(郡事)를 지냈고, 다섯

---

220. 박정장(朴挺樟) : 이름이 이 책의 여러 글에 각기 다르게 쓰여 있는데, 어느 것이 옳은지는 미상이다. 〈가장(家狀)〉에는 '挺樟', 〈신도비명 병서(神道碑銘 並序)〉에는 '梃樟', 〈국파 전 선생 유사 기략(菊坡全先生遺事記略)〉에는 '挺樟', 〈축산부원군 국파 전 선생 행장(竺山府院君菊坡全先生行狀)〉에는 '梃章', 〈신도비명 병서(神道碑銘 並序)〉에는 '梃樟'으로 되어있다.

째는 경(敬)으로 문과에 급제하여 현감을 지냈고, 여섯째는 율(慄)이고, 일곱째는 보적(寶積)이다. 딸은 사복시 정 백권(白綣), 판관 오순(嗚淳), 서한(徐漢), 주서 고유렴(高有濂)에게 각각 출가하였다. 이하의 자손은 다 기록하지 못한다.

8대손 참봉 전찬(全纘)은 퇴도 부자(退陶夫子, 이황(李滉))에게 수학하였는데, 선생에 대해 자주 칭하기를, "이 어른은 세상에 보기 드문 명현으로 마땅히 사당을 세워 높이 보답해야 한다."라고 하였다. 인하여 시 두 수를 지어 부쳐 보냈다. 숙종 조에는 또 공물을 줄인 일로 하교(下敎)하여 말하기를, "나라를 부강하게 하고 백성을 편안히 한 것은 과연 누구의 힘인가. 이로써 한 도(道)의 사림들이 곧 선생의 장구지지(杖屨之地)에 서원을 세워 향사하라."라고 하였으니, 대개 부자(夫子, 전원발(全元發))를 추념하는 뜻을 남긴 것이다.

아! 지금은 선생의 세상과의 거리가 매우 멀다. 너른 바다가 뽕밭으로 변하는 큰 변화가 여러 차례 있었는데, 불에 타고 남은 것을 거두어 모아도 시 2수와 발 1편에 불과하니, 너무 쓸쓸하고 적막하지 않은가. 또한 그 만분의 일이라도 상상할 수 있어서 감격스러워하며 슬퍼하기를 마치 가까이에서 가르침을 받은 것처럼 한다. 지금 이에 붓을 적셔서 차라리 간략할지언정 넘치지 않도록 하는 것은 혹시라도 우리 선조의 당시 겸손한 덕을 상하게 할까 두려워서이다. 이에 참람하고 망령됨을 헤아리지 않고 사실을 모아 대략 초고를 작성하여 군자가 채택하기를 기다린다.

15대손 전희일(全熙一)·전희옥(全熙玉)[221] 등은 눈물을 흘리며 삼가 행장을 짓노라.

---

221. 전희일(全熙一)·전희옥(全熙玉) : 전원발의 15대손으로 전희일은 가암(可菴) 전익구(全翼耉)의 5대손이고, 전희옥은 어주(漁洲) 전오륜(全五倫)의 현손이다.

국파 전 선생 유사 기략
菊坡全先生遺事記略

국파 전 선생의 의관을 장사 지낸 곳이 용궁현(龍宮縣)의 서쪽 사현(沙峴) 분퇴동(分退洞) 임좌(壬坐)를 등진 언덕에 있는데 옛날에는 드러난 석각도 없었다. 나 이천섭(李天燮)이 일찍이 그 본손과 고을 사람들에게 알리고 비갈(碑碣)을 세워서 유허지임을 드러내고자 도모하였다. 본손인 전덕채(全德采)·전달채(全達采)·전석채(全錫采)와 고을 사람인 이동섭(李東燮)·정필규(鄭必奎)가 겸손하고 성실하게 관리해서 이룩하였다. 장차 글을 구하여 비석 뒷면에 새겨서 무궁토록 전하여 후세 사람들에게 보이고자 하면서 나에게 선생의 행적을 차례로 엮어 글을 짓도록 하고 글을 잘 짓는 대가에게 교정을 부탁하고자 하였다. 나는 외람되게도 외손에 속하여 의리상 선생에 대해 말하는 것이 온당하지 않으나 가만히 생각해 보니 선생은 고려의 신신(藎臣)[222]으로, 지금 선생의 시대와 떨어진 것이 이미 4백여 년이나 되어 병란을 여러 차례 겪었기에 문헌이 구할 것이 없고 남은 향이 거의 없어졌으니 어찌 감히 망령되이 함부로 지어낼 수 있으랴. 이에 본손의 여러 사람과 보첩(譜牒)에 실린 것을 찾아내고 여기저기 역사책에 기록된 것을 뽑아내어 그 대략의 내용을 기록한다.

선생의 휘는 원발(元發)이고, 국파(菊坡)는 그의 호이다. 세계(世系)가 본래 정선(旌善)에서 나왔지만 선생이 축산(竺山)에 봉해지면서 이내 축산을 본관으로 삼았다. 5대조는 휘가 방숙(邦淑)이고 문하 시중을 지냈다. 고조는 휘 정민(正敏)으로 중서 사인을 지냈고, 증조는 휘가 충경(忠敬)으로 전법 총랑(典法摠郎)을 지냈다. 조부는 휘가 대년

---

222. 신신(藎臣) : 충군애국(忠君愛國)하는 마음이 끝이 없는 충성스러운 신하를 의미한다. 《시경》 〈대아(大雅) 문왕(文王)〉의 "왕이 진용한 신하들이, 네 조상을 생각지 아니하랴.[王之藎臣, 無念爾祖.]"라는 구절에서 나온 말이다.

(大年)으로 판도 총랑(版圖摠郎)을 지냈고, 부친은 휘가 진(璡)으로 민부 전서(民部典書)를 지냈다. 모친은 상주 김씨(尙州金氏)이다.

　선생은 일찍이 고려조의 상제(上第)에 올라 현량문학으로 원나라에 들어가 제과(制科)에 급제하였다. 벼슬이 금자영록대부(金紫榮祿大夫) 병부 상서 겸 집현전 태학사에 이르렀다. 빈번하게 입대하여 우리나라가 바다 한구석에 치우쳐 있으며 나라는 작고 폐단은 많은 사유를 진달하니, 원나라 황제가 그 말을 가상히 여겨 받아들이고 특별히 우리나라 견마(絹馬)의 공납을 줄이도록 하여 지금까지도 그 덕을 보고 있다. 중국 생활을 정리하고 우리나라로 돌아옴에 미쳐서 나이를 핑계로 물러나기를 청하자, 축산부원군에 봉하고 축산 서쪽 성화천의 한 구역을 내리도록 명하였으니, 마치 하지장(賀知章)의 감호(鑑湖) 고사(故事)[223]와 같았다. 대개 공을 세운 것에 대한 보답이면서 늙음을 우대한 것이다.

　마침내 정자를 성화천의 동쪽 언덕에 세우고 못을 파서 연꽃을 심은 뒤 청원정(清遠亭)이라 명명하였다. 그리고 만년에 서식하는 장소로 삼았는데 이익재(李益齋, 이제현(李齋賢))·김난계(金蘭溪, 김득배(金得培))·김척약재(金惕若齋, 김구용(金九容)) 등 여러 어진 이와 금석지교(金石之交)를 맺고, 소요하고 읊조리며 세월을 보냈다. 척약재가 쓴 '청원정(清遠亭)'이라는 세 글자의 커다란 전자(篆字)는 아직도 바위 위에 새겨져 있으니, 하늘이 비치는 강 위에 휘황하게 빛난다. 선생의 8대손 참봉 전찬(全纘)은 퇴도 선생(退陶先生, 이황(李滉))의 문하에서 유학하였는데 이 선생은 자주 선생에 대해 칭하기를, "이 어른은 세상에 보기 드문 명현이시니, 마땅히 사당을 세워 높이 받들어야 한다."라고 하였다. 그 뒤에 원근의 선비들이 이구동성으로 협력하여 남겨진 터에 나아가 서원을 세워 제사 지내고 있다. 곧 지금의 소천서원(蘇川書院)이 이곳인데,

---

223. 하지장(賀知章)의 감호(鑑湖) 고사(故事) : 주154 참조.

실로 이 선생이 남기신 뜻을 따르는 것이다.

부인 상주 박씨(尙州朴氏)는 박정장(朴廷樟)의 따님으로 선생과 합장으로 장사 지냈다. 자녀와 후손들은 별록(別錄)에 갖추어져 있다.

아! 선생의 언행은 이미 세대가 멀어진 뒤에는 찾아서 따를 수가 없다. 그런데 지금 찾아 채록한 것을 보자면, 선생은 시종 우뚝하게 두 가지 큰 절행이 있었으니, 선생이 선발되어 상국(上國, 원나라)에 들어가 대책(對策)을 황제에게 아룀으로 영화를 누린 것은 진실로 분수 안의 일이었으나 먼 외국의 일개 서생으로서 여러 차례 천자의 환한 빛을 가까이하였고, 마침내는 한두 마디 말하는 사이에 공납을 줄이는 은택을 입게 되었다. 그리하여 삼한(三韓)이란 다복한 작은 나라로 하여금 영원히 억만년 동안 실로 토색(討索) 당하던 부렴(賦斂)을 면하도록 하였으니 그 식견과 염려가 컸고 그 공렬(功烈)이 컸다.

고려 때 전후로 공납의 일로 원나라에 간 사람이 얼마나 많은가. 모두 문장으로 이름났지만 나라를 위해 어려움을 구한 일이 선생이 한 것과 같은 사람에 대해서는 들어보지 못하였으니, 선생이 어찌 고려시대의 제일가는 인물이라 하지 않겠는가. 선생이 벼슬을 그만두고 전원으로 돌아간 해가 정확히 어느 때인지 알 수 없지만 대략 충목왕(忠穆王) 말년과 공민왕(恭愍王) 초년을 벗어나지 않는다. 간사한 도둑이 뜻을 얻는 것을 목도하고 이미 나라의 국운이 점점 막힌다고 생각하여 미련 없이 멀리 떠나가서 나만의 강호를 즐기며 날마다 친한 벗과 술을 마시며 시를 읊어 마음을 즐겁게 하고, 다시는 부귀공명의 사이에 뜻을 붙이지 않고, 맑고 깨끗한 곳에서 풍류를 즐기며 한가하게 지내면서 노년을 마쳤다.

그가 난계(灡溪, 김득배(金得培))에게 준 시 한 절구가 《동문선》 속에 실려 있다. 거기에 "강이 너르니 큰 물고기 맘껏 놀고 숲이 우거지니 지친 새가 돌아온다네. 전원으로 돌아가는 것이 나의 뜻이니 일찍 위태로운 기미를 안건 아니라네.〔江闊脩鱗縱, 林深倦鳥歸. 歸田乃吳志, 非是早知幾.〕”라고 하였으니, 세 번 반복하여 읊조려 보면 우아한 뜻이 있는 바를 상상할 수 있다.《시경》〈대아(大雅) 증민(烝民)〉에 말하기를, “현명하고 또 사려가 깊어서, 자신의 몸을 보전한다.〔旣明且哲, 以保其身.〕”라고 하였으니, 거의 선생을 이른 것이다. 높은 공훈과 맑은 풍도를 우뚝이 백세토록 숭상하고 완고한 사람을 청렴하게 하고 겁이 많은 사람을 붙들어 세우며 산이 높고 물이 긴 것처럼 덕이 높게 하여 빛나는 영혼을 밝히고 아름답게 하니, 그 후손들의 과거 합격과 벼슬이 이어져서 끊어지지 않았다. 아! 위대하도다! 아! 성대하도다!

내가 평소에 글을 잘 짓지 못하여 드러나고 빛나는 바가 없으니 오로지 참람될까 두렵다. 세상의 말 잘하는 군자들 가운데 선생의 아름다운 덕과 두터운 공적을 기술하고자 하는 사람은 아마도 여기에서 고찰할 수 있으리라.

계해년(1803) 4월 모일에 생원 여주(驪州) 이천섭(李天燮)[224]은 삼가 기록한다.

---

224. 이천섭(李天燮) : 1730~?. 자는 중장(仲章), 본관은 여주(驪州)이다. 1774년(영조50) 갑오 증광시에 생원 3등으로 합격하였다. 거주지는 용궁이다.

묘갈명 병서[225]
墓碣銘並序

선생은 휘가 원발(元發)이고, 성은 전씨(全氏)이며, 국파(菊坡)는 그의 호이다. 증조(曾祖) 충경(忠敬)은 고려시대에 전법부 총랑(典法部摠郎)을 지냈고, 할아버지 대년(大年)은 판도 총랑(版圖摠郎)을 지냈고, 아버지 진(璡)은 응양군(鷹揚軍) 민부 전서(民部典書)를 지냈으니, 모두 문과(文科)에 급제하여 벼슬에 나아갔다. 선생 또한 과거에 급제하여 조정에 현달하였다.

당시에 중국(中國, 원나라)에서 우리나라의 현량문학의 선비를 선발하여 시험을 보였는데, 충숙왕(忠肅王)이 공에게 응하도록 하였더니 들어가서 과연 장원으로 급제하였고, 벼슬이 금자영록대부(金紫榮祿大夫) 병부 상서 겸 집현전 태학사에 이르렀다. 이에 앞서 중국이 우리나라에 세공(歲貢)으로 준마(駿馬)와 금은(金銀), 그리고 견백(絹帛)[226]을 바치도록 하니 우리나라에서는 그 폐단을 견디지 못하였다. 선생이 간절히 아뢰어 특별히 줄이는 은택을 받았고 명(明)나라에 이르러서도 또한 그것을 따랐다. 얼마 있다가 선생이 부친상을 당하여 귀국하자 왕이 그 공로로 축산부원군(竺山府院君)에 봉하고 또 축산(竺山) 아래 한 구역의 집을 하사하여 총애하였다.

공민왕(恭愍王)이 즉위한 때에 이르러서, 선생은 권세가 있는 간신이 정사를 멋대로 행사하는 것을 보고 축산 아래에 물러나 살며 익재(益齋) 이제현(李齊賢), 척약(惕若) 김구용(金九容), 난계(蘭溪) 김득배(金得培) 등과 더불어 도의(道義)로 사귀었으니 서

---

225. 묘갈명(墓碣銘) 병서(並序) : 《입재선생문집(立齋先生文集)》 권34에는 〈축산부원군 국파전공 묘갈명 병서(竺山府院君菊坡全公墓碣銘 並序)〉라는 제목으로 실려 있다.
226. 준마(駿馬)와 견백(絹帛) : 《입재선생문집》에는 '駿馬'와 '絹帛' 사이에 '金銀'이 더 있다.

로들 매우 기뻐하였다. 선생이 돌아간 지 얼마 되지 않아 고려의 운명이 바뀌었고 선생의 유사(遺事) 또한 마멸되어 전하지 않게 되었다. 그러나 나라 사람들은 그 덕을 사모하는 마음이 쇠퇴하지 않아 그를 위해 제사 지내자고 의론하였다.

8세손 전찬(全贊)에 이르러 도산(陶山)의 이자(李子, 이황(李滉))에게 배웠는데 간혹 말이 선생에게 미치니, 이자께서 말하기를, "이 어른은 세상에 보기 드문 명현으로 높이 보답하는 것이 마땅하다."라고 하였다. 숙묘조[227]에 이르러 또 세공(歲貢)을 견감(蠲減)했던 일로 하교(下敎)하여 말하기를, "우리나라가 부유하고 백성이 편안하게 된 것이 과연 누구의 힘인가. 이로써 고을의 사림(士林)들은 곧 선생의 장구지지(杖屨之地)인 소천(蘇川)에 사당을 세우라."라고 한 것이 이미 백 년이나 되었다. 그런데 유독 그 묘소에는 아직도 묘표도 없었으므로 선생의 여러 후손이 바야흐로 모여서 묘갈을 세우기로 도모하였는데 그 14세손 되는 전명채(全明采) 씨가 읍지(邑誌)와 서원(書院) 기록 및 족보의 서문 등 여러 믿을 수 있는 글들을 채록하여 나에게 보여주며 명(銘)을 지어달라고 요청하였다.

선생의 아들 전한(全侃)은 사복시 정(司僕寺正)을 지냈고, 손자로는 첫째 전해(全該)가 있고,[228] 둘째 전직(全直)은 현감(縣監)[229]을 지냈고, 셋째 전강(全强)[230]은 소윤(少尹)을 지냈고, 넷째 전근(全謹)은 군사(郡事)를 지냈으며, 그리고 다섯째 전경(全敬)과 여섯째 전율(全慄)[231]이 있다.[232] 증손과 현손에 이르러서는 모두 문과에 급제하

---

227. 숙묘조 : 《입재선생문집》에는 '英廟朝'로 되어있다.

228. 전해(全該)가 있고 : 《입재선생문집》에는 빠져 있다.

229. 현감(縣監) : 정필규(鄭必奎)의 〈축산부원군 국파 전선생 행장〉에는 '내섬시 판사(內贍寺判事)'를 지낸 것으로 되어있다.

230. 강(强) : 《입재선생문집》에는 '弘'으로 되어있는데, 오류이다.

231. 율(慄) : 《입재선생문집》에는 '慓'로 되어있는데, 오류이다.

232. 정필규의 〈축산부원군 국파 전 선생 행장〉과 전희일, 전희옥의 〈가장(家狀)〉에는 일곱째로 보적(寶積)이 있다고 하였다.

여 혹은 장령, 진사, 직장이 된 사람이 또 각각 한 사람이었다. 9대손 전이성(全以性)[233]에 이르러서는 나의 선조(先祖) 문장공(文莊公)[234]의 문하에 유학(遊學)하였고 또한 문과에 급제하였고 도승지에 증직되었다. 그러나 지금에 와서야 이에 드러내어 새길 수 있게 되었으니, 어찌 때가 있어 그러한 것이 아니겠는가. 묘는 축산 서쪽 분퇴동(分退洞) 병향(丙向)의 언덕[235]에 있다.

명(銘)은 다음과 같다.

우리나라에서는 최고운(崔孤雲, 최치원(崔致遠)) 이후로 이 목은(李牧隱)[236] 이외에 중국(中國)에 들어가 벼슬함으로써 공(功)을 베풀어 지금에 이르기까지 몸과 명예가 모두 완전한 사람은 오로지 국파(菊坡)가 있을 따름이다. 그러니 마땅히 백 세 동안 사당에서 제사 지내고 묘소에도 또한 드러내어 기록함으로써 더욱 영구히 보존하고 지켜야 할 것이다.[237]

---

233. 전이성(全以性) : 1578~1646. 자는 성지(性之), 호는 운계(雲溪)이다. 조선 초 축산부원군(竺山府院君)에 봉해진 전원발(全元發)의 후손이다. 1606년(선조39) 식년시에 병과 9위로 급제하였다. 종부시 정, 기성 현감, 합천 현감 등을 지냈다.

234. 문장공(文莊公) : 정경세(鄭經世, 1563~1633)의 시호이다. 자는 경임(景任), 호는 우복(愚伏), 본관은 진주(晉州)이다. 류성룡의 문인으로 이황의 학통을 계승하였는데 특히 주자서(朱子書) 연구와 예학(禮學)에 조예가 깊었다. 저서로 《우복집》, 《사문록》, 《상례참고》 등이 있다.

235. 병향(丙向)의 언덕 : 《입재선생문집》에는 '午向原'으로 되어있다.

236. 이 목은(李牧隱) : 이색(李穡, 1328~1396)을 말한다. 자는 영숙(穎叔), 호는 목은, 본관은 한산(韓山)이다. 고려 삼은(三隱)의 한 사람으로, 문하에 권근(權近), 변계량(卞季良) 등이 있었으며, 학문에 큰 발자취를 남겼다. 조선이 건국된 뒤에 태조가 여러 차례 불렀으나 나가지 않았다. 저서로 《목은시고》, 《목은문고》 등이 있다.

237. 우리나라에서는……것이다 : 《교남지(嶠南誌)》 권38의 용궁군의 비판(碑板)에 있는 〈국파 전원발 묘갈(菊坡全元發墓碣)〉에는 "장령 정종로(鄭宗魯)가 명을 찬하여 말하기를, '동국(東國)이 최고운(崔孤雲) 이후로 이 목은(李牧隱) 외에는 중국(中國)에 들어가 벼슬하여 공(功)을 베풂이 지금에 이르러 몸과 명예가 모두 완전한 사람이 오직 국파(菊坡)가 있을 뿐이다. 그러니 의당 백세토록 사당에서 제사 지내고, 묘소에도 또한 표시하여 더욱 영구히 보존하고 지켜야 하리라.'하였다.[掌令鄭宗魯撰銘曰, 東國自崔孤雲李牧隱之外, 其入仕中國, 功施到今, 身名俱完者, 惟菊坡有焉, 宜其廟食百歲, 而墓

통훈대부(通訓大夫) 전(前) 행(行) 사헌부 지평 진양(晉陽) 정종로(鄭宗魯)는 찬(撰)하노라.

통훈대부(通訓大夫) 전(前) 행(行) 홍문관 교리 의성(義城) 김굉(金㙆)[238]은 서(書)하노라.

　　亦表識之, 以盍守保永久哉」"라고 정종로의 묘갈명을 소개하고 있다.

238. 김굉(金㙆) : 1739∼1816. 자는 자야(子野), 호는 귀호(龜湖)·귀와(龜窩), 본관은 의성(義城)이다. 이상정(李象靖)의 문인
　　으로, 1777년 문과에 급제하였다. 지평, 정언, 예조 참판 등을 지냈다. 저서로 《귀와집》이 있다.

축산부원군 국파 전 선생 행장
竺山府院君菊坡全先生行狀

선생의 휘는 원발(元發)이고, 호는 국파(菊坡)이며, 본관은 정선(旌善)이다. 선생에 이르러 관향을 축산(竺山)으로 삼았다. 축산은 곧 용궁(龍宮)의 별호이다. 신라 때에 휘선(愃)이 있었는데 공훈을 세워 봉토를 받았으며 세상에 크게 드러났다. 고려 초부터 중엽에 이르러 높은 벼슬을 하거나 공렬이 큰 사람이 오래도록 영화를 누리는 일이 계속 이어져서 역사책에 찬란하게 빛났다. 후세에 방숙(邦淑)이 있었는데 문과에 급제하였고 문하 시중에 이르렀으니 선생에게는 5대조가 된다. 고조는 휘가 정민(正敏)으로 중서 사인(中書舍人)을 지냈고, 증조는 휘가 충경(忠敬)으로 전법 총랑(典法摠郎)을 지냈고, 조부는 휘가 대년(大年)으로 판도 총랑(版圖摠郎)을 지냈고, 부친은 휘가 진(瑨)으로 민부 전서(民部典書)를 지냈다. 어머니는 상주 김씨(尙州金氏)이다.

선생은 용궁현의 서쪽 달지산(達池山) 아랫마을 집에서 태어났다. 일찍이 고려조의 문과에 급제하여 문학현량으로 중국에 들어가 제과(制科)에 급제하였다. 성망(聲望)이 자자하고 성대하였으며 벼슬이 금자영록대부(金紫榮祿大夫) 병부 상서 겸 집현전 태학사에 이르렀다. 여러 차례 원나라 황제의 뜰에 들어가 우리나라의 고통을 조목조목 진술하니 원나라 황제가 그 말을 가납(嘉納)하고 특별히 견마(絹馬) 삼백을 하사하였다. 동쪽으로 돌아옴에 고려조로부터 축산부원군(竺山府院君)에 봉해졌고 하계진(賀季眞, 하지장(賀知章))의 감호(鑑湖) 고사(故事)[239]를 본받아 서성천(西省川) 한 구역을 칙명으로 하사하였다. 선생은 이때부터 나이가 많다는 것을 핑계로 조용히 물러나서 강호에 자취를 감췄다. 암대(巖臺)가 그윽하고 깊은 곳, 숲이 우거진 산록의 높고

---

239. 하계진(賀季眞)의 감호(鑑湖) 고사(故事) : 주154 참조.

푸른 곳, 물이 콸콸 남쪽으로 흘러 낙동강으로 흘러드는 곳 그 위에 정자를 세우고 이름을 '청원정(淸遠亭)'이라 하였다. 익재(益齋) 이제현(李齊賢), 난계(蘭溪) 김득배(金得培), 척약재(惕若齋) 김구용(金九容) 등 여러 어진 이들과 도의(道義)로 교제를 맺고 날마다 시를 읊조리며 즐겼다. 일찍이 난계에게 주는 시를 지었는데 다음과 같다.

강이 너르니 큰 물고기 맘껏 놀고	江闊脩鱗縱
숲이 우거지니 지친 새가 돌아온다네	林深倦鳥歸
전원으로 돌아가는 것이 나의 뜻이니	歸田乃吳志
일찍 위태로운 기미를 안건 아니라네	非是早知幾

'청원정'이라는 세 글자는 척약재의 글씨이다. 선생의 의관을 장사 지낸 곳이 용궁현의 서쪽 사현(沙峴)의 분퇴동(分退洞) 임좌(壬坐)의 언덕에 있다. 우리 조정에서는 공이 공납을 줄인 공훈이 있다고 하여 자손들을 거두어 녹훈하였다. 숙종 때에 사림들이 소천서원(蘇川書院)을 세워서 사모하는 장소로 삼았다. 퇴도(退陶) 이 선생(李先生, 이황(李滉))이 자주 칭하기를, "이 어른은 세상에 보기 드문 명현이니, 마땅히 사당을 세워 높이 받들어야 한다."라고 하였다. 이에 이르러 사당이 비로소 이루어져 덕을 높이고 공훈에 보답하는 일을 진실로 기대하게 되었다. 태사공(太史公)[240]이 말한 '공 부자(孔夫子)를 얻어 이름이 더욱 드러나게 되었다.'[241]는 것이다.

---

240. 태사공(太史公) : 한나라 때의 역사가 사마천(司馬遷)을 말한다. 사마천이 태사령(太史令)이란 관직을 지냈으므로 이렇게 부른다.

241. 공 부자(孔夫子)를……되었다 : 《사기》 권61 〈백이열전(伯夷列傳)〉에 "백이와 숙제가 비록 어질다고 해도 공 부자를 얻어 이름이 더욱 드러나게 되었다.……높은 벼슬을 하는 선비에게 의지하지 않는다면 어떻게 후세에까지 이름을 전할 수 있겠는가.[伯夷叔齊雖賢, 得夫子而名益彰,……非附靑雲之士, 惡能施于後世哉]"라고 하였다.

아! 선생이 세상을 떠난 뒤로 지금까지 5백 년이 된다. 세대가 멀고 여러 차례 병화(兵火)를 거쳐서 까마득히 그 문헌을 찾아 구할 수 없는데 대략 후대에 버려진 것을 거둬 모은 것을 보니 선생의 풍부한 경륜과 임금을 돕는 재주, 넓고 크며 위대한 도량, 높고 뛰어나며 특별한 절개를 가진 사람으로 해외의 좁고 작은 나라에서 태어나 명선(名選)에 들어가서 중국의 현량을 뽑는 시험에 응하였으니, 사람의 그릇이 남보다 뛰어났음을 알 수 있다. 또한 나 정필규(鄭必奎)는 이로 인하여 남몰래 느끼는 바가 있었다. 맹자께서 말씀하시기를, "그 시를 외우고, 그 책을 읽으면서도 그 사람을 모른다면 옳겠는가."라고 하셨다. 이로써 그 세상을 논한다면, 선생이 활동하던 시대는 대개 충목왕 말년이나 공민왕 초년에 있으니, 권신과 간신이 국권을 잡고 충성스럽고 어진 사람들은 재야로 물러나는 것을 목도하고는 곧 조정에 있는 것에 불안을 느끼고 미련 없이 남쪽으로 돌아갔다. '강활(江濶)'·'임심(林深)'의 구절을 평생토록 유지하던 금석(金石)과 같이 굳은 벗에게 부쳐 보냈으니, 글자마다 정신이 깃들어 있고 성정(性情)이 흘러나와 이른바 '그 시를 외우고 그 세상을 논하는' 사람이 아닌가.

부인 상주 박씨(尙州朴氏)는 박정장(朴鋌章)의 딸로 선생과 같은 무덤에 합장하였다. 1남 2녀를 낳았는데, 아들 전한(全僴)은 문과에 급제하여 사복시 정(司僕寺正)을 지냈고, 딸 가운데 장녀는 판사를 지낸 김득남(金得男)에게 시집갔고, 둘째는 권천우(權天佑)에게 시집갔다.

사복시 정(전한)은 7남 5녀를 낳았는데, 장자는 전해(全該)이고, 둘째는 전직(全直)으로 내섬시 판사(內贍寺判事)를 지냈고, 셋째 전강(全强)은 소윤(少尹)을 지냈고, 넷째 전근(全謹)은 문과에 급제하고 군사(郡事)를 지냈고, 다섯째 전경(全敬)은 문과에 급제하고 현감을 지냈고, 여섯째는 전율(全慄)이고, 일곱째는 전보적(全寶積)이다. 장녀는 사복시 정 백권(白綣)에게 시집갔고, 둘째는 판관(判官) 오순(嗚淳)에게 시집갔고, 셋째는 서한(徐漢)에게 시집갔고, 넷째는 주서(注書) 고유렴(高有濂)에게 시집갔고, 다섯째는 현감 이성동(李盛東)에게 시집갔다.

맏아들(전해)은 전효온(全孝溫)·전효순(全孝順)을 낳았다. 둘째 내섬시 정(전직)은 후사가 없다. 셋째 소윤(전강)은 전중륜(全仲倫)을 낳았는데 문과에 급제하여 조산대부(朝散大夫)에 오르고 군자감 정(軍資監正)을 지냈다. 군자감 정(전중륜)은 전순조(全順祖)를 낳았는데 현감, 순수판사(順守判事)를 지냈다. 넷째 군사(전근)는 전중권(全仲權)을 낳았는데 문과에 급제하여 이조 정랑을 지냈으며, 전중양(全仲養)은 문과에 급제하여 병조 정랑을 지냈고, 전중경(全仲景)은 진사가 되었다. 이조 정랑(전중권)은 전영부(全永孚)를 낳았는데 진사가 되었고, 전영창(全永昌)은 문과에 급제하여 직장을 지냈고, 전영령(全永齡)은 문과에 급제하여 장령을 지냈다. 병조 정랑(전중양)은 전영귀(全永貴)를 낳았는데 문과에 급제하여 정언(正言)을 지냈고, 진사(전중경)는 전란(全蘭)을 낳았는데 문과에 급제하였다. 다섯째 현감(전경)은 전중일(全仲逸)을 낳았고, 전중일은 전영년(全永年)을 낳았는데 문과에 급제하여 이조 좌랑, 사간을 지냈다. 여섯째 율은 전중달(全仲達)을 낳고 전중달은 전덕산(全德山)을 낳았다. 일곱째 전보적은 전유(全裕)를 낳았는데, 승의랑(承議郞)이 되었다. 승의랑(전유)은 전순창(全順昌)을 낳았는데 종사랑이 되었다. 사복시 정(전한) 이하로부터 사간공(전영년)에 이르기까지 또 연달아 4대가 문과에 급제하였다. 5대손, 6대손 이하는 다 기록하지 않는다.

오직 사적에 오르고, 문망이 있는 사람으로는 5세를 지나 전회옥(全懷玉)은 군사(郡事)를 지냈고, 전복초(全復初)는 감역(監役)을 지냈다. 6세를 지나서는 전륜(全倫)이 참봉이 되었고, 전인(全仁)도 참봉을 지냈는데 호는 기계(箕溪)이다. 전언(全彦), 전웅(全雄)은 모두 참봉을 지냈다. 전극례(全克禮)는 별제(別提)를 지냈다. 7세를 지나 전몽정(全夢井)은 인의(引儀)에 이르렀고 호는 영연당(映蓮堂)이다. 전몽규(全夢奎)는 훈도를 지냈고 호는 매국헌(梅菊軒)이다. 전세권(全世權)은 직장(直長)을 지냈다. 8세를 지나서 전혼(全繲)은 부사를 지냈고, 전찬(全纘)은 참봉을 지냈고 호는 창암(蒼巖)이다. 일찍이 퇴도(退陶, 이황(李滉))의 문하에서 공부하였다. 전유제(全惟悌)는 훈도를 지냈고, 전인후(全仁厚)는 참봉을 지냈다. 9세를 지나서 전이성(全以性)은 문과에 급제하여 부사를 지냈고 도승지에 증직되었으며, 호는 운계(雲溪)이다. 전삼락(全三樂)은 좌랑을 지내고 임진왜란 때 창의(倡義)를 하였으며, 전삼익(全三益)은 임진왜란때 공훈을 세워 현감에 제수되었으며, 전삼달(全三達)은 무과에 급제하여 병사를 지냈고 임진왜란 때에 원종공신(原從功臣)에 녹훈되었다.

10세를 지나서 전로(全璐)는 판관을 지냈고, 전익구(全翼耈)는 호가 가암(可菴)이다. 11세를 지나서 전오륜(全伍倫)은 진사로 대사헌에 증직되었고 호는 어주(漁洲)이다. 전오복(全伍福)은 참봉을 지냈고 호는 휴암(休庵)이다. 전오익(全伍益)은 호가 계암(繼菴)이고, 전순(全淳)은 참봉을 지냈고, 전형(瀅)은 문과에 급제하여 군사(郡事)를 지냈는데 호가 서강(西崗)이다. 12세를 지나서 전근사(全近思)는 문과에 급제하여 현감에 이르렀고, 전명삼(全命三)은 문과에 급제하여 현감에 이르렀으며 호는 야은(野隱)이다. 13세를 지나 전광제(全光濟)는 무과에 급제하여 도사에 이르렀으며 호느 삼백당(三白堂)이다. 15세를 지나 전희룡(全熙龍)은 문과에 급제하여 좌랑이 되었다.

어느 날 가암공(可菴公, 전익구(全翼耈))의 5대손인 전희일(全熙一)과 어주공(漁洲公, 전오륜(全伍倫))의 현손인 전희옥(全熙玉)이 나 필규(必奎)에게 와서 말하기를, "우리 선조 국파공의 훈덕(勳德)과 사행(事行)은 모두 문자로 엮어 글로 지은 것이 있는데, 오랜 세월 그대로 전해오다가 어주공이 일찍이 가장(家狀)을 편차하여 영원히 없어지지 않을 자료로 삼고자 하였으나 결실을 보지 못하였습니다. 희일 등은 오래되어서 자료가 없어질까 두려워 대략 행장의 초고를 마련하였는데, 읍지(邑誌) 및 여러 노인의 비명(碑銘)과 유사(遺事)를 참고하였습니다. 집사께서 한마디 은혜를 베풀어주실 것을 청하니, 집사께서는 유념하여 주시기를 바랍니다.”라고 하였다.

　나는 공의 행적은 위대하지만 나의 글솜씨는 졸렬하다고 하며 여러 번 감당할 수 없다고 사양하였다. 다만 그 청이 더욱 부지런하고, 또 생각해 보니 내가 먼 후대의 같은 고을의 후생으로서 선생의 덕업을 경모함이 진실로 남에 뒤지지 않는다. 하물며 우리 용궁(龍宮)이란 고을은 선생이 나면서부터 이름이 천하에 가득하게 되었고 공훈이 백대에 드러나게 되었음에랴. 시골 고을이 비로소 문명개화가 되고 추로(鄒魯)의 지방[242]으로 중히 여겨지게 되어 후생들이 선생의 덕과 은혜를 크게 입었도다. 나는 비록 어리석고 노둔하며 식견이 없지만 또한 마음속에 느끼는 바가 있어, 삼가 초장(草狀)에 의거하여 대략 다듬고 윤색하여 입언(立言)하는 군자가 채택할 것에 대비한다.

기축년(1829) 8월 상순에 외예(外裔) 장사랑(將仕郎) 전(前) 혜릉 참봉(惠陵參奉) 서원(西原) 정필규(鄭必奎)[243]는 삼가 행장을 짓노라.

---

242. 추로(鄒魯)의 지방 : 추(鄒)는 맹자(孟子)의 출생지이고, 노(魯)는 공자(孔子)의 출생지이다. 후대에는 공자와 맹자의 유풍(遺風)이 있는 지역 혹은 공맹의 유학을 힘써 닦는 고장을 일컫는 말로 쓰인다.
243. 정필규(鄭必奎) : 1760~1831. 자는 명응(明應), 호는 노암(魯庵), 본관은 청주(淸州)이다. 출신지는 경상북도 예천(醴泉) 용궁(龍宮), 현 용궁면)이다. 김종덕(金宗德)과 김강한(金江漢)의 문하에서 수학하였다. 1789년(정조13) 생원시에 합격하였으며, 1814년(순조14) 혜릉 참봉(惠陵參奉)에 제수되었으나 나아가지 않고 평생 학문과 교육에만 전념했다.

신도비명 병서
神道碑銘並序

고려의 명신 국파(菊坡) 전 선생(全先生)의 묘소가 용궁현(龍宮縣)의 서쪽 사현(沙峴) 분퇴동(分退洞) 병향(丙向)의 언덕에 있다. 입재(立齋) 정종로(鄭宗魯) 선생이 그 묘갈명을 지었다. 묘소 아래에는 옛날에 글자가 없어진 비(碑)가 있었는데, 세상에서 전하기를 선생의 신도(神道)를 표시하는 것이라 하였으나 작자의 이름을 상고할 수가 없다. 후손 전한영(全漢永)이 개수(改修)하여 글을 신고자 도모하면서 진성(眞城) 이만인(李晩寅)에게 명(銘)을 청하였다. 나는 보잘것없고 하찮은 사람이라고 사양하였으나 뜻대로 되지 않아 제가(諸家)의 서술을 참고하여 그 대략을 서술한다.

선생의 휘는 원발(元發)이고, 세계(世系)는 정선(旌善)에서 나왔는데, 중간에 본관을 축산(竺山)으로 바꿨다. 정선을 본관으로 한 일은 신라 때 정선군에 봉해졌던 선(愃)으로부터 시작되었는데, 축산을 본관으로 삼은 것은 선생에게서 시작되었다. 5대조는 평장사(平章事) 용성부원군(龍城府院君) 문정공(文貞公) 휘 방숙(邦淑)이다. 축산은 곧 용성(龍城)의 옛 이름이다. 고조는 중서 사인(中書舍人) 휘 정민(正敏)이고, 증조는 전법 총랑(典法摠郎) 휘 충경(忠敬)이고, 할아버지는 판도 총랑(版圖摠郎) 휘 대년(大年)이고, 아버지는 민부 전서(民部典書) 휘 진(璡)이다.

모친은 상주 김씨(尙州金氏)인데, 선생을 현의 서쪽 달지산(達池山) 아랫마을 집에서 낳았다. 일찍이 상제(上第)를 차지하여 벼슬길이 바야흐로 누릴 만하였는데, 당시 원나라 조정에서 외국인 중에서 현량문학을 선발하니 본국의 조정에서 선생을 나아가게 하였다. 원나라에 들어가서는 또 중국의 과거에 합격하여 성망(聲望)이 매우 성대하였다. 벼슬은 금자영록대부(金紫榮祿大夫) 병부 상서 겸 집현전 태학사에 이르렀다.

이에 앞서 원나라에서 정동행성(征東行省)을 고려에 두고 세금을 징수하기를 터무니 없이 하니, 선생이 힘써 폐단과 병폐가 심함을 말하여 세공(歲貢)과 견마(絹馬)를 줄이는 성과를 얻었다. 고려 백성들이 이에 힘입어 조금 편하게 되었다. 얼마 지나지 않아 부친상을 당하여 본국으로 돌아와 축산부원군에 봉해졌다. 인하여 성화천(省火川)의 한 구역을 내려주었는데 삼대(三代)[244] 때 전토를 내려주던 고사와 같았으니, 공물을 줄인 일을 녹훈한 것이다.

충목왕과 공민왕의 때에 선생은 시사가 걱정스럽게 변해가고 간신들이 날뛰니 세상에 뜻이 없어 서성천(西省川) 동쪽 언덕의 암대(巖臺)가 그윽하고 깊은 곳에 청원정(淸遠亭)을 건축하고 날마다 그 안에서 거닐며 생애를 마쳤다. 더불어 시를 수창하고 경치를 감상하며 도의로 사귀었던 사람들로는 익재(益齋) 이제현(李齊賢), 난계(蘭溪) 김득배(金得培), 척약재(惕若齋) 김구용(金九容)이 있다.

부인은 상주 박씨(尙州朴氏)로 박정장(朴梃樟)의 딸인데, 같은 묘혈에 장사 지냈다. 1남 2녀를 낳았는데, 아들 전한(全備)은 문과에 급제하고 사복시 정(司僕寺正)을 지냈다. 장녀는 판사 김득남(金得男)에게 출가하였고, 차녀는 권천우(權天佑)에게 출가하였다.

사복시 정(전한)은 7남 5녀를 낳았는데, 장남은 전해(全該)이고, 차남은 전진(全眞)으로 내섬시 판사(內贍寺判事)를 지냈고, 삼남 전강(全强)은 소윤(少尹)을 지냈고, 사남 전근(全謹)은 문과에 급제하여 군사(郡事)를 지냈고, 오남 전경(全敬)은 문과에 급제하여 현감을 지냈고, 육남은 전율(全慄)이고, 칠남은 전보적(全寶積)이다. 장녀는 사복시 정 백권(白綣)에게 출가하였고, 차녀는 판관 오순(嗚淳)에게 출가하였고, 삼녀는 서한(徐漢), 사녀는 주서 고유렴(高有濂)에게 출가하였고, 오녀는 현감 이성동(李盛

---

244. 삼대(三代) : 중국의 하(夏)·은(殷)·주(周) 시대를 합칭하여 이르는 말이다.

東)에게 출가하였다.

　전해의 아들은 전효온(全孝溫), 전효순(全孝順)이다. 전강의 아들은 전중륜(全仲倫)으로 문과에 급제하여 조산대부(朝散大夫) 군자감 정(軍資監正)을 지냈다. 전근의 아들은 전중권(全仲權)으로 문과에 급제하여 이조 정랑을 지냈고, 전중양(全仲養)은 문과에 급제하여 병조 정랑을 지냈고, 전중경(全仲景)은 진사가 되었다. 전경의 아들은 전중일(全仲逸)로 현감을 지냈다. 전율의 아들은 전중달(全仲達)이다. 전보적은 전유(全裕)를 낳았는데 승의랑(承議郞)에 올랐다. 현손 이하는 다 기록하지 못한다. 지금까지 20대를 지나는 동안 자손들이 면면히 멀리까지 이어지고 높은 벼슬이 끊어지지 않았으니, 어진 사람의 후손은 진실로 이와 같도다.

　아! 선생이 세상을 떠난 지 얼마 지나지 않아 고려의 사직이 폐허가 되었고, 이름난 유적이 없어졌다. 우리 숙종대왕께서 일찍이 공납을 줄인 일을 기억하시고 하교하기를, "우리나라가 부강하고 백성이 편안하게 된 것은 누구의 힘인가."라고 하였다. 우리 조선에서 명나라에 세공을 바치는 일은 대개 공납을 줄인 일을 따른다. 유현들의 사당을 세우자는 의론은 영남에서 시작되었다. 선생의 8세손으로 참봉이 된 전찬(全纘)은 우리 선조 퇴도 부자(退陶夫子, 이황(李滉))의 문하에서 배웠다. 말을 하다가 선생을 제사 지내는 일에 미치자, 부자께서 말씀하기를, "이 어른은 세상에 보기 드문 명현으로 높이 보답하는 것이 마땅하다."라고 하였다. 백여 년 뒤에 고을의 사림들이 소천서원(蘇川書院)을 세워서 향사(享祀)를 지냈다.

　지금은 나라에서 금하는 법[245]에 의해 훼철되었으나 사람들이 덕을 사모하는 마음이 쇠하지 않았으니, 또한 선생의 덕행과 문장 가운데 기록할 만한 것이 응당 이것에 그치

---

245. 나라에서 금하는 법 : 1868년(고종5)에 대원군에 의해 행해진 서원철폐령을 말한다. 소천서원은 이때 훼철되었는데, 1968년 지방유림들에 의하여 복원되어 오늘에 이르고 있다.

지 않음을 볼 수 있다. 뛰어난 계책과 훌륭한 자취를 세상에 모두 전할 수 없는 것이 비록 한스럽기는 하지만 높이 드러난 훈벌(勳閥)과 뛰어난 풍모와 절개가 500여 년이 지난 뒤에도 여전히 사라지지 않았으니, 마땅히 명(銘)을 지어 전해야 한다. 명은 다음과 같다.

문무를 온전히 겸비한 인재가	文武全才
그 덕을 가지고 편안히 물러났네	恬退其德
좁은 나라에도 훌륭한 사람이 있어	褊邦有人
중국에서 이름을 떨쳤다네	鳴于大國
이때 우리나라는	于時大東
우리 백성이 살기 어려웠는데	空我杼柚
천자에게 아뢰어 공물을 줄이니	敷奏蠲貢
그 수효가 견마(絹馬) 삼백이라네	絹馬三百
백성들의 괴로움이 그치자	旣息疲氓
마땅히 큰 업적에 상을 내려야 하리	宜賞丕績
자취를 거두어 동쪽으로 돌아오니	斂而東還
축산(竺山)에 봉해졌네	竺山封若
성화천(省火川)이라는 하나의 시내는	省火一川
흥건히 은혜가 넘치게 되었네	沛然恩渥
나라의 운세 몹시 위태로워지자	國步斯頻
기미를 보고 일찍 움직였다네	見幾早作
청원정이라는 정자가 있으니	淸遠有亭

민풍의 규범이 됨에 우뚝하였네	風範有卓
광풍제월의 고상한 회포로	光霽高懷
맑게 통하고 아름답게 심어졌다네	淸通佳植
누구와 함께 읊으며 감상했나	誰與吟賞
이김(李金)²⁴⁶의 여러 현철이라네	李金群哲
비록 우뚝한 절개를 가지려 하지만	雖欲持危
그 운수가 끝났으니 어찌하겠는가	其奈運訖
현명한 사람들이 사망했고	哲人云亡
나라도 따라서 혁파되었네	國隨而革
역사책들도 모두 없어졌으니	史乘蕩佚
누가 남은 자취를 찾으랴	誰尋遺蹟
아직 남아 없어지지 않고	猶有未沫
우리나라에 혜택을 준다네	惠我鰈域
성조에서 커다란 감동을	聖朝曠感
여러 차례 연석에서 발하였네	累發筵席
퇴도께서 어질다고 일컬으셔서	退陶稱賢
비로소 제사 지낼 일을 의론하였네	始議尸祝
백 세의 앞에 있었던 일이지만	百世在前
공의 이름은 돌에 새겨지지 않았네	公名不泐
사현의 언덕 위에	沙峴之原
넉 자의 봉분이 있으니	其封四尺

---

246. 이김(李金) : 이제현(李齊賢)과 김구용(金九容)을 말한다.

새겨진 이 명을 본다면   視此銘詩

지나가는 사람도 마땅히 절을 하리라   過者宜式

통사랑(通仕郎) 전(前) 선공감 가감역(繕工監假監役) 진성(眞城) 이만인(李晩寅)은 삼
가 짓노라.

청원정 중수 상량문
清遠亭重修上梁文

그윽한 거처에서 〈귀거래사(歸去來辭)〉를 읊으며 오로지 도로(陶老, 도잠(陶潛))의 국화 따던 일을 따르고, 옛 편액은 청원정(清遠亭)이란 이름을 걸고 완연히 염옹(濂翁, 주돈이(周敦頤))의 연꽃 사랑만을 보였네. 일이 지난 뒤에 훌륭한 자취 더욱 빛나고 세상에 드물게도 남은 향기 가득하네. 우리 국파(菊坡) 전 선생(全先生)에 대해 공손히 생각건대, 연원이 깊은 바른 학문과 광풍제월(光風霽月)의 고상한 회포를 지녔네. 경륜을 안고 생황(笙簧)과 보불(黼黻)의 계략[247]을 펼쳐서 상국에서 빛나는 은총을 입었으며, 간절히 소차(疏箚)를 올려 금은(金銀)과 견마(絹馬)의 공물(貢物)을 줄였으니 우리나라에 병폐를 없애 소생시켰도다. 남몰래 당일의 이 정자에 걸었던 것을 생각하니 대개 그 향기가 맑고 멀리까지 퍼지는 것을 취한 것이다. 눈 속의 연뿌리 아른거리는듯 한 척약재(惕若齋)의 세 글자 글씨는 여기에서 이름나고 여기에 있고 여기에서 나왔으며 하늘의 향이 감도는 퇴로(退老, 이황(李滉))의 시 두 수는 흥(興)이고, 비(比)이고, 부(賦)이다.

안연(顏淵)과 중궁(仲弓)[248] 같은 기국(器局)과 높고 빛나는 사업은 높은 하늘에서 향기를 퍼뜨리고 순수한 도덕과 빛나는 문장은 백 세 뒤에까지 꽃다운 향기 전해진다.

---

247. 생황(笙簧)과 보불(黼黻)의 계략 : 생황처럼 아름다운 소리로 찬미하고 보불처럼 화려한 무늬로 장식한 것과 같이 훌륭한 계책이라는 뜻이다. 생황은 고려시대와 조선시대 궁중음악에서 쓰인 대표적인 아악기의 하나로 고대 중국에서 만들어져 유래한 관악기이다. 17개의 가느다란 대나무 관대가 통에 동글게 박혀 있는 악기이며 국악기 중 유일하게 화음을 낸다. 보불(黼黻)은 임금이 예복(禮服)으로 입는 치마에 놓은 자수 무늬를 말하는데, 보(黼)는 흑백색(黑白色)으로 도끼 모양으로 수놓은 것이고, 불(黻)은 검정색과 파랑색으로 '아(亞)' 자 모양을 수놓은 것이다.

248. 안연(顏淵)과 중궁(仲弓) : 공문십철(孔門十哲)에 속하는 안연과 중궁은 모두 민자건(閔子騫)과 염백우(冉伯牛)와 함께 덕행으로 일컬어지던 인물이다.

우리 도가 어두워지고 막히는 때를 만나서 이에 이 정자가 무너지게 되었고 달지산(達池山)의 차가운 연기에 잠긴 곳은 바로 생장하신 옛 마을을 가리키는 것이다. 소천서원(蘇川書院)에 무성한 풀이 자라고 꽃향기 피어난 버려진 터에서 거슬러 감상에 젖네. 아! 누가 놀러 와 구경하려 할 것인가. 부질없이 태을(太乙)의 잎만 남았도다.[249] 어지럽게 이 큰 절개만이 있을 뿐이고 다만 군자의 꽃[연꽃]만 남아 있다. 멋대로 선현을 사모하는 정성으로서 옛것을 그대로 쓰는 일[250]을 도모하네.

　백성들은 권하지 않았는데도 스스로 힘쓰니 이는 이륜(彝倫)을 붙잡는 데에 있어 같은 바이고, 선비들은 꾀하지 않아도 잘 화해하니 진실로 정성스러운 마음에서 나온 것이다. 바쁘게 달려가 일을 하니 이른바 하루도 되지 않아 이루어진다는 것이다. 서둘러서 부지런히 일하라고 면려하니 구름처럼 몰려온 사람들을 볼 수 있다. 어찌하면 긍구긍당(肯構肯堂)[251]의 책임을 다할까. 마침내 더욱 맑고 더욱 멀리 퍼지는 향에 이르렀네. 동우(棟宇)를 바라보며 깊이 생각하니 다만 올라와 보는 아름다움을 위한 것이 아니고, 질퍽한 진흙에 있으면서도 물들지 않으니 더욱 풍절이 높음을 흠모한 것이라네. 큰 덕과 깊은 은혜를 백성들에게 끼친 것 한량이 없으니 남은 향기가 강물과 더불어

---

249. 태을(太乙)의 잎만 남았도다 : 송나라 문인 한구(韓駒)가 지은 〈태을진인(太乙眞人)의 연엽도(蓮葉圖)에 대해 쓴다(題太乙眞人蓮葉圖)〉라는 글이 있는데, 그 서문에 "한(漢)나라 원수(元狩) 연간에 동남지방을 지키는 신하가 말하기를, '늘 기인(奇人)이 배처럼 생긴 큰 연잎을 타고 물 위에 뜬 채 누워서 책 읽는 것이 보여서, 고을 사람들이 모여서 구경하였으나 그 기이한 사람은 보이지 않고 오직 연잎과 책만 있었다.'라고 하였다. 그 글을 보니 모두 옛날의 전서(篆書)로 써진 글이었다."라는 내용이 있다. 본문에서는 옛 자취는 모두 없어지고 김구용이 쓴 청원정이란 전서만 남아 있음을 말한 것이다.

250. 옛것을……일 : 《논어》〈선진(先進)〉에, 노나라 사람이 장부(長府)라는 창고를 만들 적에 민자건(閔子騫)이 "예전대로 그대로 두는 것이 어때서 하필 새로 지어야만 하는가.(仍舊貫如之何, 何必改作.)"라고 말하니, 공자가 "저 사람은 말을 하지 않을지언정 말을 하면 꼭 도리에 맞게 한다.(夫人不言, 言必有中.)"라고 하였다. 본문에서는 옛날의 청원정의 모습을 따라 그대로 짓는다는 뜻이다.

251. 긍구긍당(肯構肯堂) : 자손이 선대의 유업을 잘 계승하는 것을 뜻한다. 《서경》〈대고(大誥)〉에, "만약 아버지가 집을 짓기 위하여 이미 법을 이루어 놓았다 하더라도, 그 아들이 즐겨 터도 닦지 않는데 하물며 집을 지을 수 있겠는가?(若考作室, 旣底法, 厥子乃弗肯堂, 矧肯構.)"라고 하였다.

모두 길게 흐르네. 이에 무지개 노래[虹謠]를 읊어서 연하(燕賀)[252]를 조금 도우려 하네.

어영차 들보를 동쪽으로 던지세　　　　　　　　　　　兒郞偉抛梁震

조그만 못은 훤히 비치고 구름과 연기 걷혔다네　　　　小塘澄澈雲烟盡

집현전 위에서 옛날에 향기 날리실 때　　　　　　　　集賢殿上舊時香

광풍제월(光風霽月) 같은 풍모 많이 전해 왔네　　　　播與光風來陣陣

어영차 들보를 남쪽으로 던지세　　　　　　　　　　　抛梁离

꼿꼿이 서 있는 높은 잎은 헤엄치는 거북 위에 있네　亭亭高葉上遊龜

지극히 신령스러운 존재들 문명의 시대임을 느끼니　至靈相感文明世

낙수(洛水)에서 나오던 해에 성인이 그것을 본받은 것 같네[253]　出洛當年聖則之

어영차 들보를 서쪽으로 던지세　　　　　　　　　　　抛梁兌

우선(藕船)[254]이 평온하게 발 밖에 떠있네　　　　　藕船穩藉浮簾外

지금까지 우리나라 백성들을 가득히 싣고서　　　　　至今滿載我東民

큰 내를 건넌 것처럼 훈업이 크도다　　　　　　　　　爲濟巨川勳業大

---

252. 연하(燕賀) : 큰 집의 낙성을 축하한다는 말이다. 《회남자》 〈설림훈(說林訓)〉에 "큰 집이 이루어지매 제비와 참새가 서로 축하하네.(大廈成而燕雀相賀)"라고 하였다.

253. 낙수(洛水)에서……같네 : 하도낙서(河圖洛書) 가운데 낙서, 곧 《상서》 홍범구주(洪範九疇)의 내용을 짓게 된 과정에 관한 전설을 말한 것이다. 낙서는 하우(夏禹)가 홍수를 다스릴 때 낙수(洛水)에서 나온 신구(神龜)의 등에 박힌 무늬를 보고 구주의 내용을 쓴 것이라 한다. 본문에서는 청원정 가의 못에 있는 거북을 보고 이를 낙서에 비겨 묘사한 것이다.

254. 우선(藕船) : 배처럼 큰 연꽃을 이른다. 노자(老子)가 "진인(眞人)은 각각 연꽃 위에 앉아 노는데, 그 꽃의 직경이 열 길이나 된다."라고 하였는데, 한유(韓愈)의 〈고의(古意)〉라는 시에서 "태화봉 꼭대기에 있는 옥정에 연이 있으니, 꽃이 피면 열 길이나 되는 연꽃은 배와 같도다.(太華峯頭玉井蓮, 開花十丈藕如船.)"라고 하였다. 본문에서는 연꽃을 배로 생각하고 읊은 것으로 보인다.

어영차 들보를 북쪽으로 던지세　　　　　　　　　　　　抛梁坎

한 송이 연꽃 같은 산봉우리가 맑은 호수에 잠겼네　　　蓮峯一朵(蝉)晴鑑

여러 꽃이 흔들려 떨어지니 경내는 더욱 고요하고 깊으며　衆芳搖落境幽深

아무것도 모르는 나비와 게으른 벌들은 감히 오지 못하네　痴蝶懶蜂來不敢

어영차 들보를 위로 던지세　　　　　　　　　　　　　抛梁乾

꽃 머리로 달이 떠오르니 둥근 태극(太極) 같다네　　　月上花頭太極圓

차가운 물은 천년토록 옷깃을 쇄락하게 하고[255]　　　寒水千秋衿灑落

성현의 심법(心法)이 이 가운데 전하네　　　　　　　聖賢心法此中傳

어영차 들보를 아래로 던지세　　　　　　　　　　　抛梁坤

옛날 신하 아무 탈 없이 전원에서 늙어가네　　　　　舊臣無恙老田園

맑고 고상하게 전 조정에 대한 절개를 지키니　　　　清高尙守前朝節

깨끗한 우물의 맑은 물결 같은 모습 잊을 수 없도다　玉井銀波不可諼

　엎드려 바라건대, 상량(上梁)한 뒤에는 우뚝하게 길이 남아 전하여 지나가는 사람이 반드시 예를 표하리라. 스승이 계신 곳이요 도가 있는 곳이라 하며 우러러보기를 500여 년이나 하였다네. 이처럼 산뜻하고 이처럼 날렵하니 어찌 천만 칸의 큰 건물을 부러워하랴.

---

255. 차가운……하고 : 주희(朱熹)의 〈재거감흥 20수(齋居感興二十首)〉에 "삼가 천 년의 마음을 생각하건대, 가을 달이 차가운 강물에 비치는 듯하네. 공자께서 어찌 정해진 스승이 있을까? 산술(刪述)하신 것에 성인의 법도가 남아 있다네.[恭惟千載心, 秋月照寒水. 魯叟何常師, 刪述存聖軌.]"라는 구절이 있다.

통정대부(通政大夫) 전(前) 공주 군수(公州郡守) 풍산 후인(豊山後人) 류교영(柳喬榮)[256]은 삼가 짓노라.

256. 류교영(柳喬榮) : 조선 말에 활동하던 관원으로, 본관은 풍산(豊山)이다. 의금부 도사, 장기 군수, 인제 군수, 공주 군수 등을 지냈다.

청원정을 중수하는 기문
淸遠亭重修記

여기 산이 있는데 천 길이나 높이 솟아 있으면서도 소백산에 조산(祖山)의 지위를 넘겨주었으니 '무이(武夷)'라고 한다. 여기 물이 있는데 세 강을 모아 합쳤으면서도 낙동강의 상류를 차지하고 있으니 '성화(省火)'라고 한다. 정자가 날렵한 모습으로 있는데, 그 기운이 가장 깊이 맺힌 곳에 위치해 있으니 '청원(淸遠)'이라 하는데, 실로 축산군(竺山君) 국파(菊坡) 전 선생(全先生)이 만년에 쉴 때 지은 것이다. 그 위에 '청원정'이라 세 글자를 새겼는데, 김척옹(金惕翁, 김구용(金九容))이 손수 쓴 글씨이다. 지금부터 5백여 년 고려의 말엽에 해당하는 때이다.

그 가운데 시가 있는데 말하기를, "그윽한 거처에 작은 연못 만들었다 들었으니, 꽃 중의 군자가 천연의 향기를 풍기네. 사랑스럽구나, 식물의 맑은 기운 이와 같아, 고상한 사람 마주하여 맑은 인품 비추니.〔聞道幽居作小塘, 花中君子發天香. 可憐植物淸如許, 曾對高人映霽光.〕"라고 하였고, 또 말하기를, "맑은 인품과 큰 뜻은 백세의 풍도이니, 맑고 속이 빈 아름다운 연꽃이 연못 속에 있네. 마음 씻고 눈 씻고서 바라보는 곳에, 당시 무극옹(無極翁)의 모습 완연하네.〔光霽高懷百世風, 淸通佳植一塘中. 洗心洗眼看來處, 宛見當時無極翁.〕"라고 하였는데, 56언으로 이는 실로 퇴도 선생(退陶先生, 이황(李滉))이 제영한 것이다.[257] 지금부터 4백여 년 전인 명종·선조 때 것이다.

임진왜란이 일어난 뒤에 정자가 폐해져서 서원을 세웠으니 지금부터 2백여 년 전 숙종 때의 일이다. 신미년(1871) 훼철을 당한 뒤에 서원이 없어지고 유허만 남았는데, 지

---

257. 그윽한……완연하네 : 이 시는 《퇴계선생문집》 권4의 〈기제청원정 2수(寄題淸遠亭 二首)〉로, 칠언절구 2수로 되어있어 56언이라 하였다.

금부터 사십여 년 전 대행(大行)²⁵⁸께서 임금 자리에 계실 때였다. 무오년(1918)에 폐허가 복구되어 다시 정자를 세웠으니, 대개 천년, 백년 전하려는 계획을 위해서이다. 이것이 정자를 세운 연혁이 이어져 온 것이다.

선생은 위로 5세의 문헌을 잇고, 곁으로는 삼현(三賢)²⁵⁹과 도의로 교제를 맺었다. 일찍이 청선(淸選)에 응하였고 중국에서 이름을 날렸다. 몇 마디 말을 황제에게 아뢰어 우리나라 백성들이 은택을 입게 되었다. 큰 공훈을 세우고는 전리(田里)로 용퇴하여 진흙에 물들지 않은 것을 스스로 연꽃과 같은 군자에 비유하였다. 풍상을 우습게 보고 국화가 은일하는 모습에 취향을 두었으니, 이것이 정자에 거처하던 초년과 만년의 대략적인 내용이다. 이들은 정자에 얽힌 고사에 이미 갖추어져 있으니 역시 어찌 기록할 필요가 있겠는가.

생각건대, 세월이 오래되고 여러 차례 회겁(灰㤼)²⁶⁰을 거치면서 그 문장과 저술을 잃어버려 남은 것이 없었다. 유독 〈옛 거처에서 지은 시로 김난계에게 화답하여 주다〔舊居韻和贈金蘭溪〕〉라는 작품이 있어《동문선》가운데에 보인다. 그 시에서 말 밖에 뜻을 부친 것은 말학(末學)이 감히 의론할 바가 못 된다. 그러나 대개 일찍이 그의 시대를 상고해 보면, 선생의 만년 절개는 고려의 운이 끝나가는 때에 해당하며 또한 난계(蘭溪)가 화를 당한 날²⁶¹이 아니던가. 먼저 선생의 선견지명에 감복하였기 때문에 선

---

258. 대행(大行) : 죽은 왕이나 황후로서 시호를 올리기 전의 칭호인데, 큰 행실이 있다는 뜻이다. 본문에서는 이 글을 지은 1919년 5월에 앞서 1월에 서거한 고종을 말한다.

259. 삼현(三賢) : 김득배(金得培), 이제현(李齊賢), 김구용(金九容)을 말한다.

260. 회겁(灰㤼) : 불교 용어인 겁회(劫灰)와 같은 말로, 이 세계가 괴멸(壞滅)할 때에 일어난다는 큰불, 즉 겁화(劫火)가 타고 남은 재를 말한다. 여기에서는 아주 오랜 세월을 의미하는 것으로 쓰였다.

261. 난계(蘭溪)가……날 : 김득배는 1361년 압록강을 건너 개경까지 함락한 홍건적을 이듬해 정세운(鄭世雲)의 지휘로 이방실(李芳實), 최영(崔瑩), 이성계(李成桂) 등과 함께 격퇴시켰는데, 정세운과 권력을 다투던 평장사 김용(金鏞)이 모함하여 안우(安祐), 이방실 등과 함께 살해되었다.

생이 이렇게 화답한 것이 아니겠는가.

그의 시에서 "강이 너르니 큰 물고기 맘껏 놀고〔江濶修鱗縱〕"라고 한 것은 또한 어찌 권간(權奸)을 지적하고 배척하는 뜻이 아니겠는가. 그의 시에서 "숲이 우거지니 지친 새가 돌아온다네〔林深倦鳥歸〕"라고 한 것은 또한 시를 읊조리며 전원으로 돌아가는 뜻이 아니겠는가. 그의 시에서 "전원으로 돌아가는 것이 나의 뜻이니, 일찍 위태로운 기미를 안건 아니라네.〔歸田乃吳志, 非是早知幾.〕"라고 한 것은 어찌 속으로 실로 더럽혀질 것 같아서 겉으로 그 자취를 없앤 것 아니겠는가.

아! 어진 사람들이 일망타진되던 날에 홀로 착하게 지낼 땅을 한 구역 점찍으니, 그 성기(聲氣)의 사이에서 발한 것이 맑고 상쾌하며 준영(雋永)[262]하되, 은연중에 〈소아(小雅)〉에서 시대를 마음 아파하던 뜻이 있다. 이 때문에 굳게 지키고 견고하게 정함은 잠룡(潛龍)도 뽑을 수 없는 것 같고 높이 들어 멀리 이끄는 것은 명홍(冥鴻)[263]도 사모할 수 없는 것 같다. 벼슬할 수 있으면 하고 떠나갈 수 있으면 떠나는 것이 대역(大易, 주역(周易))이 때를 따르는 것에 딱 들어맞으니, 이는 사소한 것이라 논해서도 안 되는 것이고 또한 적료(寂寥)한 것이라 보아서도 안 되는 것이다.

퇴도부자(退陶夫子, 이황(李滉))는 곧바로 세상에 보기 드문 명현이라고 허여하였지만, 마땅히 사당을 세우는 것이 어찌 시의(詩意)에 드러나 있는 것이 아니겠는가. 그의 정자 운에 또 무극옹(無極翁)으로 허락하였으니,[264] 기상을 알 수 있다. 그 처음과 끝이 절도에 완벽하게 맞으니 광풍제월 가운데에서부터 나온 것이 아님이 없다. 그렇다면 이곳에 정자를 세운 까닭과 서원을 세운 까닭은 이미 대현의 한마디 말 가운데에

---

262. 준영(雋永) : 살져 맛이 좋은 고기를 말하는데, 전하여 살져 맛 좋은 고기처럼 문장의 의미가 심장함을 뜻한다.

263. 명홍(冥鴻) : 까마득히 하늘 위로 치솟아 높이 올라가는 기러기라는 뜻이다.

264. 무극옹(無極翁)으로 허락하였으니 : 퇴계 이황이 청원정에 대해 지은 시에 "당시 무극옹(無極翁)의 모습 완연하네.〔宛見當時無極翁〕"라는 구절이 있기 때문에 이렇게 말한 것이다.

서 이미 모두 포함되어 있으니, 어찌 감히 기문을 지을 수 있겠는가.

　남모르게 후학이 사사로이 느낀 바가 이것에 있으니, 정자를 폐한 일은 외홍(外訌)이 바야흐로 극성하던 때였고 서원을 세운 일은 문(文)을 우대하던 일이 바야흐로 융성하던 때였다. 이름난 정원의 흥폐에 따라 낙양의 성쇠를 점칠 수 있는 것처럼 지금 정자를 복원한 것이 후일 문명의 조짐이 아니라는 것을 어찌 알겠는가. 이는 우리 당여(黨與)에서 모자의 먼지를 떨며 서로 축하해야 하지, 다만 자손을 위한 것만은 아니다. 나는 스스로를 빈집의 앉은뱅이로 보아 비록 그 문려(門閭)에 한 번도 예를 올리지 못하였다. 그러나 선배들의 경치를 그린 작품에 나아가 상고하니, 그 영롱하고 아름다우며 푸르름이 짙은 경치는 동남쪽의 큰 볼거리를 제공할 만하다는 것을 상상할 수 있는데, 이는 오히려 구경거리가 되기에는 보잘것없는 것이다.

　선생이 관공루 시에 쓴 발문에서 말하기를, "땅은 사람이 아니면 그 아름다움을 드러낼 방법이 없고, 사람은 시가 아니면 그 빛을 발휘할 방법이 없다.〔地非人無以顯其美, 人非詩無以發其輝.〕"라고 하였고, 또 말하기를, "속세의 선비들이 잘못 아름다운 곳을 밟는다면 시내가 부끄러워하고 숲이 창피스럽게 여긴다.〔庸人俗士, 枉踐佳境, 澗愧林慚.〕"라고 한 것은 까마득하게 다른 사람들에게 알려지지 않았으니, 우리가 늦게 태어나 장차 어떻게 중수해야 선생이 보던 것에 비할 수 있을 것인가. 여기에 오른 사람이 시를 읊고 책을 읽는 일에 종사하면서 남기신 향내를 훈습하고, 강 가운데의 달빛 속에서 선천(先天)의 그림자를 완연히 보며, 절벽 위의 높은 바위에서 특별한 곳의 고상한 모습을 우러러보면서, 못 속의 연꽃과 언덕 위의 국화를 있는 곳마다 관리하고 거두어다가 일반의사(一般意思)[265]를 얻는다면 아마도 경물에 매이지는 않을 것이다.

---

265. 일반의사(一般意思) : 염계(濂溪) 주돈이(周敦頤)가 창 앞의 풀을 깎지 않고 그냥 두자 어떤 사람이 그 까닭을 물으니, "저 풀이 살고자 마음은 나의 마음과 똑같다.〔與自家意思一般〕"고 말한 일화에서 유래한 말이다.《宋元學案 卷12 濂溪學案下

나 소락(紹絡)이 기술한 일과 같은 것은 오히려 지난 아침의 일이 천고 전의 일처럼 느껴지는 것을 금할 수 없다. 하물며 여기에서 살고, 여기에서 잠을 자며, 여기에서 문득 가영(歌詠)을 하는 것을, 오로지 백세토록 풍도가 전해지는 것을 위하던 일에 비할 수 있으랴. 이렇다면 청원정에 대해 두터운 바람이 없을 수 없고, 여러 군자도 또한 기(記)를 짓는 일을 하지 않을 수 없을 것이다. 그러나 내가 기문을 짓는 일에 알맞은 사람이 아니라 하여 군게 사양하였지만 받아들여지지 않아, 감히 서툰 솜씨로 지은 글을 드려 세 벗에게 색책(塞責)을 한다. 억지로 글을 써 달라고 한 우인(友人)들은 곧 전옥현(全玉鉉)·전병태(全炳泰)·전병윤(全炳胤)이다. 모두 문학을 공부한 사람들로서 그 집안을 대대로 빛낼 사람들이다.

도유협흡(屠維協洽)[266] 단양일(端陽日)에 문소 후인(聞韶後人)[267] 김소락(金紹洛)[268]은 삼가 기문을 짓노라.

附錄》

266. 도유협흡(屠維協洽) : 고갑자로 도유(屠維)는 기(己), 협흡(協洽)은 미(未)이므로, 기미년 즉 1919년을 말한다.

267. 문소 후인(聞韶後人) : 문소는 경상북도 의성의 옛 이름이다. 이 말은 의성 김씨의 후예라는 뜻이다.

268. 김소락(金紹洛) : 1851~1929. 자는 학내(學乃), 호는 잉헌(剩軒), 본관은 의성(義城)이다. 운천(雲川) 김용(金涌)의 후예이다.

선조 국파 선생 유사
先祖菊坡先生遺事

선생의 휘는 원발(元發)이고, 호는 국파(菊坡)이고, 세계(世系)는 정선(旌善)에서 나왔다. 원조(遠祖)로는 선(愃)이 있는데, 신라 때 대광공주(大匡公主)의 배신(陪臣)으로 나갔다가 본국(本國, 신라)으로 돌아와 정선군(旌善君)에 봉해졌다. 고려 때 휘 이갑(以甲)이 있는데 개국공훈(開國勳封)으로 정선군에 봉해졌고, 시호는 충렬(忠烈)이다. 5대조의 휘는 방숙(邦淑)으로 문과에 급제하여 벼슬은 시중 평장사(侍中平章事)에 이르렀다. 용성부원군(龍城府院君)에 봉해졌고, 시호는 문정(文貞)이었는데, 마침내 본관을 용궁(龍宮)으로 옮겼다. 고조의 휘는 정민(正敏)으로 문과에 급제하여 벼슬은 태사(太師)에 이르렀고, 시호는 장절(壯節)이다. 증조의 휘는 충경(忠敬)으로 문과에 급제하여 벼슬은 상서 복야(尙書僕射)에 이르렀고, 시호는 문경(文敬)이다. 조부의 휘는 대년(大年)으로 문과에 급제하여 벼슬은 시중 평장사(侍中平章事)에 이르렀다. 부친의 휘는 진(璡)으로 문과에 급제하여 벼슬은 응양군(鷹揚軍) 민부 전서(民部典書)를 지냈다. 모친은 상주 김씨(尙州金氏)이다.

선생은 성망(聲望)이 일찍부터 드러났는데, 충숙왕 때에 문과에 급제하였다. 당시 중국에서는 우리나라의 현량(賢良)·문학(文學)에게 과거시험을 보였는데, 선생도 그 당시 선발하는 것에 응하여 중국의 조정으로 들어갔다. 또 과거에 수석으로 합격하였고, 벼슬하여 금자영록대부(金紫榮祿大夫) 병부 상서 겸 집현전 태학사에 이르렀다. 당시 중국에서는 정동행성(征東行省)을 두고 마구잡이로 세금을 거두었는데, 우리나라에서는 공물을 바구니에 담아 보내는 일에 피로를 느꼈고 백성들은 목숨을 부지하기 어려웠다. 이에 선생이 간절히 아뢰어서 준마(駿馬)와 견백(絹帛) 300필의 공물을 줄였다. 우리나라에서는 이에 힘입어서 모두 그 덕을 칭송하였다. 만년에 이르러서 부친상을 당하여 본국으로 돌아갈 것을 청하였다. 본국 왕은 그의 노고를 기억하고 축산부원군(竺山府院君)에 봉했으며, 모토(茅土)[269]를 내려주어 그를 총애하였다.

선생은 성화천(省火川)의 동쪽 언덕에 나아가 청원정(淸遠亭)을 짓고, 못을 파서 시내를 끌어들이고, 연꽃을 심어 노년의 휴식 장소로 삼았다. 대개 나라가 어지러워지는 기색(機色)이 일어나는 것을 보고 깊이 스스로 몸을 숨긴 것이니, 김난계(金蘭溪, 김득배(金得培))의 시를 자세히 보면 알 수 있다. 지금 '청원정(淸遠亭)'이라 새겨진 세 글자가 바위 위에 남아 있으니, 곧 척약재(惕若齋) 김구용(金九容)의 글씨이다. 요컨대 '청원'이란 뜻은 '연못에서 뛰어오르는 끌밋한 물고기가 멋대로 노닒을 보고, 하늘을 나는 피곤한 새가 돌아갈 줄을 안다.'는 것이다. 아래위의 일을 밝게 드러내고 구부리고 우러러서 이치를 살피는 것, 이것이 곧 선생의 정신과 기상이 시를 읊조리고 정자에 이름을 붙인 운치에 드러나 보이는 것이고 선생의 도덕과 훈업이 사물에 부쳐 진리를 탐구하는 모습에서 피어나는 것이다.

언덕의 국화가 누렇게 피어나니 율리(栗里)[270]로 물러나 쉬는 것에 뜻을 두게 되고 못의 연꽃이 푸르게 자라 염계(濂溪, 주돈이(周敦頤))가 사랑하고 감상하던 마음을 얻게 되었는데, 그들이 짙은 곳에서도 특별히 빼어나고 진흙에 있으면서도 물들지 않는다. 그렇다면 선생이 평일 마음에 얻은 바는 마땅히 어떠하였던가. 날마다 친한 벗들과 여유 있게 노닐며 시를 읊조리는 것을 노년을 마치는 계획으로 삼았다. 세대가 아득히 멀어지고 사적은 없어지며, 저술은 난계(蘭溪)에게 준 한 수의 시가 《동문선》에 실려

---

269. 모토(茅土) : 옛날 제후(諸侯)를 봉할 때 제후에게 주는 흙을 말하는데, 봉하는 방면의 색토(色土) 즉 동방은 청토(靑土), 서방은 백토, 남방은 적토, 북방은 흑토를 꾸러미에 싸서 주어 사(社)를 세우게 하였다. 《書經 禹貢》
270. 율리(栗里) : 본래는 도연명의 고향 마을을 가리키지만, 여기에서는 전원발의 고향인 예천을 말한다.

있고 익재(益齋)의 〈관공루 운〉에 차운한 율시 한 수 및 발문이 세상에 전하지만, 몇 겹이 지난 뒤의 유사(流沙)를 겨우 보는 것[271]과 한가지이다.

남기신 유풍(遺風)과 여운(餘韻)은 후세에서 경모하는 바가 되었다. 도산(陶山) 이부자(李夫子, 이황(李滉))에 이르러 제사 지내자는 의례에 관한 논의가 있었고 숙종 신사년(1701)에는 사림들이 청원정(淸遠亭)의 옛터 곁에 서원을 건립하고 제사 지냈으며, 영조 때에는 '공을 베풀어 지금에까지 이르렀다.'라는 전교(傳敎)가 있었다. 대개 공법(貢法)을 명나라에서도 따르고 성조(聖朝, 조선)에서도 고려의 고사를 승습(承襲)하여 역대로 서로 이어받았기 때문에 그렇게 말했다. 그러므로 선생의 덕업과 문장은 화동(華東)[272]에 환히 빛나고 우리나라 역사에 실려 있어 세월이 오래 지나도 없어지지 않는다. 다만 지금 문헌을 구할 길이 없어 상고해 보아도 자세히 알 수가 없으니 슬프기가 이루 말할 수 없다.

경술년(1910) 2월 상순에 후손 전홍규(全弘奎)는 삼가 기록하노라.

---

271. 몇……것 : 유사(流沙)는 중국 서역(西域)의 사막지대를 말하는데, 모래가 물처럼 유동(流動)하므로 유하(流河)라 했다고 한다. 《서경》〈우공(禹貢)〉 말미에 "동쪽으로는 바다에까지 다다랐고, 서쪽으로는 유사에까지 이르렀으며, 북쪽과 남쪽에도 모두 그 힘이 미쳐, 우(禹)의 명성과 교화가 온 세상에 퍼지게 되었다.[東漸于海, 西被于流沙, 朔南暨, 聲敎訖于四海.]"라는 말이 나온다. 본문에서는 전원발의 글이 몇 겹이 지난 뒤에 보는 유사(流沙)처럼 접하기 어렵다는 뜻으로 사용하였다.
272. 화동(華東) : 중국의 동쪽 지역인 산동, 상해 지역을 가리키는 말로 쓰이기도 하지만, 우리나라를 가리키기도 하고, 또 중국과 우리나라를 동시에 가리키는 말로 쓰이는데, 본문에서는 중국과 우리나라를 합칭한 뜻으로 사용되었다.

발문
跋

위는 우리 선조 국파 선생(菊坡先生)의 유고이다. 지금부터 선생의 시대는 오백여 년이나 떨어져 있어 창상(滄桑)[273]이 여러 번 바뀌면서 글을 보관한 상자가 모두 불에 탔다. 선생의 문장과 도덕, 훈업(勳業)과 풍절(風節)이 씻은 듯이 하나도 남지 않았고, 그 가운데 주워 모은 것으로는 겨우 시 2수, 발 1통(通)을 얻은 것뿐이니, 절로 기송(杞宋)의 탄식[274]을 금할 수가 없다. "강이 너르니 큰 물고기 맘껏 놀고, 숲이 우거지니 지친 새가 돌아오네.〔江闊脩鱗縱, 林深倦鳥歸.〕"[275]라는 구절로 선생의 당시 문장과 도덕, 훈업과 풍절을 찾을 수 있는 것인가. 감히 반드시 그렇다고 할 수도 없고, 감히 반드시 그렇지 않다고 할 수도 없다.

얼마나 다행스러운가. 사문(斯文)의 드러나고 숨는 일은 운수가 있는데, 선생의 훈업과 풍절도 숙종 조에 이르러서 '나라를 부강하게 하고 백성을 편안하게 하였다.'라는 전교(傳敎)를 내려 선생의 문장과 도덕을 더욱 드러냈다. 퇴도 부자(退陶夫子, 이황(李滉))의 광풍제월(光風霽月)[276]같은 고상한 회포를 읊은 시를 얻으면서 더욱 드러나게 되었으니 이것으로 선생의 만분의 일이나마 상상해 볼 수 있다. 그런데 고산(孤山)

---

273. 창상(滄桑) : 창상지변(滄桑之變)의 준말로 창해(滄海)가 상전(桑田)이 되고, 상전이 다시 창해가 되는 큰 변화를 말한다. 흔히 세상의 변화가 매우 심함을 비유하는 말이다.

274. 기송(杞宋)의 탄식 : 선대(先代)의 일을 상고할 만한 문헌(文獻)이 없는 것을 뜻한다. 기송(杞宋)은 춘추시대 기(杞)나라와 송(宋)나라를 가리키는데, 기나라는 하(夏)나라를 계승했고, 송나라는 은(殷)나라를 계승했지만, 공자가 하나라와 은나라의 예제(禮制)를 고증하려 하였으나, 기와 송에는 하와 은의 일을 상고할 만한 문헌이 전혀 없어서 고증할 수 없었다고 한 고사가 있다. 《論語 八佾》

275. 이 구절은 《동문선》 권19에 수록된 〈용궁에 한거할 때 난계 김득배가 시를 보내왔으므로 그 시를 차운하여(龍宮閑居金蘭溪得培詩次其韻)〉의 1, 2구이다.

276. 광풍제월(光風霽月) : 황정견(黃庭堅)이 주돈이(周敦頤)에 대해서 한 말로, 인품이 매우 훌륭하고 속이 시원스레 트인 것을 말한다. 《산곡집》 〈염계시 서(濂溪詩序)〉에서 주돈이의 맑고 깨끗한 흉금을 묘사하여 "흉중(胸中)이 시원하기가 마치 맑은 바람에 달이 개인 듯하다.〔胸中灑落, 如光風霽月.〕"라고 하였다.

이 선생(李先生, 이유장(李惟樟))이 '대동(大東)의 어진이'[277]라고 말한 것이나 귀주(龜洲) 김 선생(金先生, 김세호(金世鎬))이 '우리나라에서 도가 높은 분'[278]이라고 말한 것은 어찌 시의 뜻에서 얻음이 있어서 감발(感發)한 것이 마치 퇴도 부자가 '바로 세상에 보기 드문 명현'이라고 허락한 일[279]과 같은 것이 아니겠는가?

다만 한스러운 것은 선생 당시의 소차(疏箚)와 언행(言行)이 마땅히 후세에 많이 전해질 수 있었을 것인데 이처럼 없어진 것이다. 요즈음 얻을 수 있는 것은 태산의 털끝 하나 티끌 하나에 지나지 않으니, 아득한 후세의 잔약(孱弱)한 후손이 더욱 놀라고 슬퍼서 후세에 오래 전하도록 도모하는 바이다. 하물며 지금 바람맞은 조수(潮水)가 크게 일렁거리는 것처럼 세상의 변화가 층층이 생겨나는 때랴.

남몰래 두려운 것은 저 오늘 얻은 바와 아울러 또 전하지 않는다면 선생의 자취를 어디에서 찾아 그 방불(彷彿)한 것을 볼 것인가. 또한 후세에 오래 전해지도록 도모하지 않은 것은 용납할 수 없는 일이며 또 알고도 전하지 않는 죄는 어질지 않음에 있다고 생각한다. 그러므로 이에 감히 선현의 수창(酬唱) 및 여러 어른의 행장(行狀)이나 묘갈(墓碣)과 기문(記文), 그리고 나라의 역사와 야사(野史) 가운데 고거(攷據)할 만한 것을 부록으로 붙여서 편집하여 한 권으로 만든다. 참람하고 망령됨을 헤아리지 않고 대략 한마디 말을 위와 같이 엮는다.

후손 전도현(全道鉉)이 피눈물을 흘리면서 삼가 기록하노라.

---

277. 대동(大東)의 어진이 : 이유장이 지은 〈소천서원 봉안문(蘇川書院奉安文)〉에 나오는 구절이다.
278. 우리나라에서……분 : 작자 미상의 〈상향축문(常享祝文)〉에 나오는 구절이다. 여기에서 김세호의 구절이라 하였으니, 그 가 지은 것으로 보이나 워낙 짧은 글이라 문집에는 수록되지 않은 듯하다. 앞에 김세호의 〈소천서원에 대해 읊음(題蘇川書院)〉이란 칠언절구가 실려 있는데, 그는 이 시의 첫 번째 구절에서 "중국에서의 훈업이 우리나라에 전해지더니(中朝勳業大東傳)"라고 한 바 있다.
279. 퇴도(退陶)……일 : 〈봉안할 때 도내의 사림에게 보낸 통문(奉安時通道內士林文)〉을 비롯하여 많은 글에 보인다.

《국파선생문집》

원문

菊坡先生文集序

尙論之士, 多以顯晦求前賢, 失之末矣. 文章德業勳閥風節之磊磊軒一世, 而寢以泯焉者, 何限? 世代■[1]遠則晦, 居地荒僻則晦, 史乘散佚則晦, 子孫屛替則晦, 並可以不顯而槪之耶?

麗氏垂訖之運, 名賢輩出, 以基我聖朝伍百年文明之休時, 則有若菊坡先生全公, 始以文章進, 早擢本國高第, 旣而膺中朝賢良文學之選, 仕至兵部尙書兼集賢殿太學士, 東人之於大國, 無扳援之勢, 無世蔭之資, 而若是其隆赫淸顯, 庸非德業所召, 而能如是乎? 時元人誅求小邦, 有大束杼柚之歎, 先生力言於帝, 特減絹馬之貢, 勳閥又如是矣. 及其斂而東歸也, 適値權姦顓國, 國不可爲, 遂相機卷懷, 于淸遠亭中, 優遊以沒世, 風節亦如是矣. 士君子有一于是, 已可以風百世而動千秋, 況兼是四者哉? 今距先生之世, 伍百有餘年, 無惑乎聲光之逾久而愈遠, 至於事蹟之寢湮而寢晦者, 抑文獻之無徵而遺集之不行焉爾. 遺集奚有於先生, 因是而使偉蹟懿範, 無以牖後生新學之耳目, 則後承之所宜兢懼而勉思也. 耳孫衡九·相洛等, 掇拾於劫灰斷爛之餘, 僅得詩二首, 跋一通, 附以遺事狀碣及邑誌野史詩章文字之爲先生而作者, 編之爲一冊, 目之爲菊坡先生集. 叔世人士眼孔甚侈, 或病其有遜於充棟汗牛之家, 而先生之始終在此, 不能無少補於顯晦之數也. 將鋟諸梓, 以壽其傳, 問序於晩寅, 固非拙訥所敢膺, 籍曰"有可堪作者", '江潤脩鱗縱, 林深倦鳥歸'之句, 可以見先生, 何待於序引?

前將作郞眞城李晩寅謹序.

---

1. ■ : 夏와 같은 글자로 쓰였다.

菊坡先生文集

贈金蘭溪得培[2]

江闊脩鱗縱, 林深倦鳥歸.
歸田乃[3]吳志, 非是早知幾. 見東文選.

次李益齋仲思題白華山天德寺觀空樓韻

春遊古寺費[4]登攀, 十里青松百疊山.
俗累恐爲淸境累, 僧閑付與白雲閑.
宵淸[5]月傍軒楹外, 風晩花披[6]几案間.
誰會淡中眞味永, 一甌茶話一開顏.

---

2. 이 시는 《東文選》 卷19에 〈龍宮閑居 金蘭溪得培寄詩 次其韻〉라는 제목으로 실려 있는데, 작자가 金元發로 잘못되어있다.

3. 乃 : 《東文選》 卷19 〈龍宮閑居 金蘭溪得培寄詩 次其韻〉에는 '是'로 되어있다.

4. 費 : 《輿地圖書》에는 '恣'로 되어있다.

5. 宵淸 : 《輿地圖書》에는 '晴宵'로 되어있다.

6. 披 : 대본에는 '披'로 되어 있는데, 《여지도서》 등에는 '枝'로 되어있다.

附原韻[7]

李齊賢 益齋

勝遊多是費躋攀, 最愛蓮宮[8]住淺山.

一水練[9]鋪延廣[10]遠, 兩巒襟合護[11]幽閑.

莫求佛外兼心外, 要信[12]人間卽[13]夢間.

聽得[14]樓名諳得理[15], 何須去對主人[16]顏.

次菊坡天德寺觀空樓韻

權思復

聞有名藍未一攀, 見詩方覺好湖山.

洞門無鑰俗難到, 樓上捲簾僧自閑.

千古烟霞興敗外, 六時鍾鼓翠微間.

---

7. 이 시는 《益齋亂藁》 卷3에 〈寄題白花禪院觀空樓次韻〉이라는 제목으로 실려 있다.

8. 宮: 《益齋亂藁》 卷3 〈寄題白花禪院觀空樓次韻〉에는 '坊'으로 되어있다.

9. 練: 《益齋亂藁》 卷3 〈寄題白花禪院觀空樓次韻〉에는 '帶'로 되어있다.

10. 廣: 《益齋亂藁》 卷3 〈寄題白花禪院觀空樓次韻〉에는 '曠'으로 되어있다.

11. 護: 《益齋亂藁》 卷3 〈寄題白花禪院觀空樓次韻〉에는 '貯'로 되어있다.

12. 要信: 《益齋亂藁》 卷3 〈寄題白花禪院觀空樓次韻〉에는 '須着'으로 되어있다.

13. 卽: 《益齋亂藁》 卷3 〈寄題白花禪院觀空樓次韻〉에는 '比'로 되어있다.

14. 聽得: 《益齋亂藁》 卷3 〈寄題白花禪院觀空樓次韻〉에는 '一聽'으로 되어있다.

15. 諳得理: 《益齋亂藁》 卷3 〈寄題白花禪院觀空樓次韻〉에는 '如有契'로 되어있다.

16. 何須去對主人: 《益齋亂藁》 卷3 〈寄題白花禪院觀空樓次韻〉에는 '便堪千里笑開'으로 되어있다.

老人不拒禪師命, 寫出荒蕪有愧顏.

又 (국역본 증보)

廉興邦

樓迥星河手可攀, 松杉滿目坦公山.
龍聞法出雲初散, 鳥誦經來聲更閑.
徙倚一身兜率上, 跏趺三世刹那間.
無人解得觀空意, 爲說分明亦强顏.

次天德社觀空樓詩韵 (국역본 증보)

權近

自註, 社有二樓. 東曰政堂樓, 吳外祖復齋文節公爲政堂時, 所來登也, 故名之. 西則觀空
樓是也.

青冥仙境渺難攀, 唯喜人寰有此山.
繞砌泉聲驚客夢, 滿樓雲態伴僧閑.
悠悠空理三生裏, 擾擾浮名一醉間.
今日登臨多感歎, 壁中如對祖翁顏.

書李益齋觀空樓詩後

地非人, 無以顯其美, 人非詩, 無以發其輝, 故雖有溪山之美, 庸人俗士枉踐佳境, 則澗愧林慚. 天慳地秘, 寥寂無聞, 若遇文章學士, 蒙一字之褒, 則雲烟動色, 樹木含榮, 無形之形, 於是乎見, 無價之價, 自此而高. 黙庵坦公釋門領袖, 乘宿願力, 刱白華寺於天德山, 因起東西二樓, 欲光大其名, 請于相國李仲思作記與詩, 記則上板, 詩未及書, 師乃永逝, 由是失其本. 余丁酉秋, 承命赴朝, 一日詣相國私第, 公置酒從容之際, 因於及山中曰: "余曾作觀空樓詩, 子見之乎?"余曰:"未見."公因誦是詩, 余聞而銘諸心, 恐其淪沒無聞. 及還, 卽命書上板, 以壽其傳, 不獨斯樓之價更增, 坦公之願滿矣. 時戊戌三月日.
金紫榮祿大夫兵部尙書兼集賢殿太學士致仕 全元發跋.

附錄

寄題淸遠亭[17]
李滉 退溪

聞道幽居作小塘, 花中君子發天香.
可憐植物淸如許, 曾對高人暎霽光.

光霽高懷百世風, 淸通佳[18]植一塘中.
洗心洗眼看來[19]處, 宛見當時無極翁.

登淸遠亭題詩寓感
趙徽 松坡

依山壓石一亭開, 千尺澄流十里廻.
仙跡百年隨逝水, 丹書三字老蒼苔.

---

17. 이 시는 《退溪先生文集》卷4 〈寄題淸遠亭 二首〉라는 제목으로 실려 있다.
18. 佳 : 《退溪先生文集》卷4 〈寄題淸遠亭 二首〉에 '嘉'로 되어있다.
19. 看來 : 《退溪先生文集》卷4 〈寄題淸遠亭 二首〉에는 '來看'으로 되어있다.

輕涼送熱風移竹, 清興催詩月浴盃.
高臥半生無俗伴, 白鷗時拂鏡光來.

又
姜霽 白石

一川東注自天開, 萬點青巒擁野廻.
千尺斷崖留古篆, 百年遺跡沒蒼苔.
門前種伍淵明柳, 月下成三李白盃.
山水此間君有癖, 時時吳亦抱琴來.

又
李埈 蒼石

簿領叢中眼厭開, 水雲鄉裏首頻廻.
曾攀秀石尋丹篆, 自掬寒波洗碧苔.
世態慣看翻覆手, 別懷須盡淺深盃.
岩棲未償平生債, 倘許名區數往來.

又

朴思齊

小亭瀟灑倚巖開, 盛事相隣歲幾廻,
沙上斷崖屏作畵, 水中盤石錦爲苔.
風移梧影凉生席, 月透松陰冷入盃.
如遂瀼西賃屋計, 溪花未落定還來.

又

金弘敏 沙潭

偶到亭中眼忽開, 日晡堅坐不知廻.
閣臨二水魚吹席, 石老千年字受苔.
正好古琴彈夜月, 不妨淸興瀉深盃.
一雙白鳥眞吳與, 沙浦元無俗客來.

又

李惟誠

雲捲風恬洞宇開, 小亭瀟灑水縈廻.

朧矓山色紅如錦, 瀲灧波光碧似苔.
康節吟中梧一月, 淵明巾下酒三盃.
幽貞勝地無塵跡, 只有沙禽去又來.

又

鄭維蕃[20] 鶴洞

瀅澈池塘一鑑開, 先天影像至今廻.
幽居晼晚餘黃菊, 古篆荒涼半綠苔.
萬里暮雲生遠帆, 一泓秋水入深盃.
高人已去蓮猶在, 宛帶光風霽月來.

題蘇川書院

金世鎬 龜州[21]

中朝勳業大東傳, 宦海風波勇退仙.
杖屨當年棲息地, 蒼苔繡石草如烟.

---

20. 蕃 : '藩'의 오류이다.
21. 州 : '洲'의 오류이다.

題淸遠亭

金世欽 七灘

由來畏疊[22]慕庚桑, 俎豆春秋矜式長.
惟是賢孫誠未盡, 昔年規範肯玆堂.

又

權{玉廉}[23]

淸遠亭前活畵圖, 高人潦倒月同孤.
山分四佛成奇勢, 水合三灘作大湖.
陶柳陰中詩興[24]友, 浣花[25]溪上酒相呼.
恩恩崎路東南客, 不識功名等一區.

觀空樓詩板後識

先祖菊坡先生詩與跋, 上板於天德寺觀空樓, 及寺之毁, 曾皇考取板來付諸竹林堂. 余

---

22. 疊 : '疊'의 오류이다.
23. 玉廉 : 문맥과 일반적인 용례에 의거할 때 '璉'의 오류로 보인다.
24. 興 : 문맥과 일반적인 용례에 의거할 때 '與'의 오류로 보인다.
25. 浣花 : 문맥과 일반적인 용례에 의거할 때 '浣花'의 오류로 보인다.

少時遊于板下, 詠其詩, 仰其筆, 怳若親遊膝下, 面承咳唾. 萬曆壬辰, 板與堂俱爲灰燼於兵燹中, 常以詩跋之不能傳, 筆蹟之無復見爲恨. 歲壬寅冬, 薄遊于俗離山, 偶見珊瑚殿西蒼壁中, 有先生所書碑, 摩挲俛仰, 自幸筆跡之復見, 只恨詩跋之不見, 今年三月丁未, 徐繼哲 · 徐尙顔來緯從家, 示族譜, 詩與跋皆錄於卷末. 徐公乃先生之外裔, 故兵火間, 得於山人之傳, 而藏之. 噫! 徐之得於山人, 幸也. 余之得於徐公, 亦幸也. 幸中之幸, 孰使之然哉? 三百載相傳, 非天何? 又恐墨本有蠹敗之慮, 倩工鋟板, 付之天德寺, 樓雖墟, 而寺尙存, 凡我先生之後裔, 讀是詩, 則追感之心, 必發于中, 令寺僧敬守而勿失也. 宜哉. 時辛亥夏四月日 八代孫 纘誌緯書.

敬次退溪先生寄題淸遠亭韻

十一世孫 五倫 漁洲

先祖遺墟一小塘, 嘗聞蓮蕚舊時香.
莫云世遞今埋沒, 流照千秋霽月光.

屛孫十載仰遺風, 想見淸芬水石中.
況復小塘多少趣, 一般當日愛蓮翁.

建院前四年戊寅七月初伍日

酬全少尹[26] (국역본 증보)

金九容

竹[27]溪流接洛東江, 清遠亭前萬樹黃.
遙想菊坡重九日, 諸郎爭獻萬年觴.

竺山那得似驪江, 秋水滔滔菊綻黃.
樓上笙歌當吾月, 纖纖玉手捧霞觴.

次清遠亭韻[28] (국역본 증보)

文敬同

碧水縱橫白石邊, 危亭影落鏡中天.
吟哦剩得騷家趣, 登眺都然害馬牽.
寫景却嫌王勃後, 探奇肯望子長前.
不惟翰墨慚先輩, 第一治名負穎川.

---

26. 이 시는 김구용의 《惕若齋先生學吟集》卷上에 〈酬全少尹〉이란 제목으로 두 수가 실려 있다. 《輿地圖書》경상도 청원정 조에는 두 수 가운데 첫 번째 작품이 이제현의 작품으로 되어 있으나, 《益齋亂藁》나 《東文選》 등에 보이지는 않는다. 하지 만 무엇을 근거로 하였는지는 모르지만, 《輿地圖書》에서는 이제현의 작품으로 수록하고 있음을 밝혀 둔다.
27. 竹 : 《輿地圖書》에 실린 시에는 '쓷'으로 되어있다.
28. 이 시는 《滄溪先生文集》卷3에 실려 있다.

題清遠亭 二首[29] (국역본 증보)

文敬仝

亭在鼇頭最絶奇, 人閒煩熱可能披.

一溪鴨綠涵淸影, 列岫螺靑惹遠眉.

風月爽君方寸地, 煙霞撩我數篇詩.

蕭騷暮景探垂盡, 更迓氷輪碾上時.

簿領叢鬧歲月深, 數莖疎鬢雪侵尋.

自嫌皁蓋紅塵累, 暫試淸泉白石心.

爽氣滿懷生沆瀣, 閒雲捲影破冥沉.

登臨報答湖山勝, 莫負樽前漫浪吟.

映蓮堂[30] (국역본 증보)

李滉

全秀才續求和其家亭題律甚懇愧久未果今以一絶答其意

---

29. 이 시는 《滄溪先生文集》 卷3에 실려 있다.
30. 이 시는 《退溪先生文集》 卷5 續內集에 실려 있다. 柳道源의 《退溪先生文集攷證》 권3에는 "映蓮堂案四卷淸遠亭, 恐卽其地."라는 주석이 달려있다.

聞說君家占地靈, 碧溪靑嶂繞園亭.
自嗟老病無由見, 將和題詩卻且停.

次安上舍淸遠亭蓮塘韻 二首[31] (국역본 증보)
崔演

淸活幽居半畝塘, 塘中十丈藕花香.
亭亭玉立淤泥上, 不染淤泥泛月光.

依然霽月與光風, 君子花開玉鏡中.
手把愛蓮說三復, 至今愛者主人翁.

次淸遠亭古人韻[32] (국역본 증보)
金八元

春光明媚綠生江, 遠岫微茫暮靄黃.
勝地更看絲竹盛, 蘭亭不必强流觴.

---

31. 이 시는 《艮齋先生文集》卷4에 실려 있다.
32. 이 시는 《芝山集》卷2에 실려 있다.

次暎蓮堂韻 堂在竺山佳野³³ (국역본 증보)

鄭琢

下有蓮池上有堂, 此間眞趣浩無量.
芙蕖伍月天香蔼, 枕席三更客夢長.
日照梅兄供瘦影, 風敲竹弟奏韶章.
當時已有難言妙, 誰煥淸文助上樑.

翠葆紅幢蔭一堂, 濂翁千古便思量.
臨軒喫了香如許, 和月看來意更長.
雨裏艶濃如活畫, 霜前憔悴入騷章.
憑誰借得龍眠手, 移向鳩巢畫壁樑.

次淸遠亭主人韻³⁴ (국역본 증보)

朴惺

病起尋淸遠, 桐花已減香.
江山供暮景, 飄洒引盃長.

---

33. 이 시는 《藥圃續集》 卷1에 실려 있다.
34. 이 시는 《大菴集》 卷1에 실려 있다.

次淸遠亭主人韻[35] (국역본 증보)

朴惺

羈懷長向此中開, 一日寧辭十百回.
雲捲四山晴露髻, 壇浮千頃瑩無苔.
身閑頓覺幽貞味, 境勝時釃野老盃.
更擬空明看夜景, 等閑要與月同來.

再次淸遠亭主人韵[36] (국역본 증보)

朴惺

風塵何處好懷開, 不耐愁腸日九回.
遺址有臺臨綠水, 舊磯無席藉蒼苔.
盤中霏雪凉生肺, 林底傾醪爽入盃.
濯盡機心同物我, 任他鷗鷺去還來.

---

35. 이 시는 《大菴集》卷1에 실려 있다.
36. 이 시는 《大菴集》卷1에 실려 있다.

到淸遠亭 邀尹士淵 全菊坡諱元發亭[37] (국역본 증보)

高尙顔

好是春江上, 垂楊映碧波.

相攜一樽酒, 對酌興如何.

諸友設酒淸遠亭 朴斐元先賦一律 醉中走次[38] (국역본 증보)

趙翊

經亂餘懷豈盡陳, 長嗟南北阻音塵.

十年蹤跡風中絮, 兩日杯樽瓮裏春.

林帶晚霜楓勝錦, 江瀺疎雨浪成銀.

煙霞入眼皆新態, 斗覺吟邊興有新.

---

37. 이 시는 《泰村集》 卷1에 실려 있다.

38. 이 시는 《可畦集》 卷2의 〈嶺南錄〉에 실려 있는데, "辛丑秋 以侍講院弼善 出爲李體察使從事官"이라는 설명이 있다.

次淸遠亭舊韻 贈棐元[39] (국역본 증보)
趙翊

一上高亭眼忽開, 嚴程數日客忘廻.
微霜淅淅催金菊, 小雨斑斑洗錦苔.
風引水聲淸熱耳, 月移梧影蘸深杯.
優游歲晚期同老, 已把功名付儻來.

次李季明蕉湖十景[40] (국역본 증보)
鄭榮邦

淸遠亭前水, 彎環欲轉頭.
橫眠當大路, 利涉替輕舟.
行旅歸無盡, 湍波截不留.
得非柱下史, 時見駕靑牛.
右蘇川渡橋

---

39. 이 시는 《可畦集》 卷2의 〈嶺南錄〉에 실려 있는데, "辛丑秋 以侍講院弼善 出爲李體察使從事官"이라는 설명이 있다.
40. 이 시는 《石門集》 卷1에 실려 있다.

次李季明 煥 蕪湖雜詠 號湖憂[41] (국역본 증보)
鄭榮邦

喬木臨江曲, 荒原極目平.
繁華驚一夢, 風月只雙清.
右清遠亭

凡水之遇山回轉處爲曲 清臺水 北自愚巖 南至穌湖 爲曲者九 曲曲皆
有層巖翠壁 上下十里間 可以一望盡見……第九穌湖曲 在清遠亭傍
巖間有金惕若齋所書清遠亭三字 東有武夷村 南數里有洛江 逐曲賦詩
以記其勝 非敢效晦翁武夷九曲詩也[42] (국역본 증보)
權相一

九曲將終山亦窮, 武夷村在岸邊東.
淵源水接平郊近, 清遠亭留古壁空.

---

41. 이 시는 《石門集》卷1에 실려 있다.
42. 이 시는 《淸臺集》卷3에 실려 있다.

清遠亭秋日[43] (국역본 증보)

李明五

芳遊屬過境, 池閣隱蒼烟.
秋鳥聚還語, 曉蟲清不眠.
香殘燃欲細, 壺重挈知偏.
光景半蕭颯, 那能幾十年.

閑望窮斜照, 微晴翳數烟.
柳魂銷遠別, 山色破新眠.
病酒風流盡, 耽花性癖偏.
自從頭白後, 不復問行年.

爲見紅蕖發, 閒人動似烟.
涼風誰與善, 細雨自敎眠.
虛境蟬聲繞, 斜暉樹影偏.
前遊多悵惘, 今復憶前年.

---

43. 이 시는 《泊翁詩鈔》卷5에 실려 있는데, 제목에 "辛未海行錄, 附贐章數則."이라는 주석이 있다.

清遠亭雅讌[44] (국역본 증보)

李壽瀅

平生結習愛山居, 石室前秋讀素書.

老不成仙身是累, 少能求學業還疎.

搔頭歲月爭磨蟻, 極目江湖渾忘魚.

四海蓬桑今幾載, 孤篷泊處亦吳廬.

肅廟朝下敎

傳曰: 高麗名臣, 竺山 全元發, 以賢良文學之選, 入天朝, 屢陳藩瘼, 金銀絹馬之貢, 以蘇我生靈, 至今我東之國富民安, 是誰之力? 此非惟予一人之感, 實予臣民所共不忘, 其以當日退休之省火川, 改爲蘇川.

輿地勝覽

淸遠亭全元發舊居, 在省火川東岸, 以篆刻淸遠亭三字, 於石壁上.

---

44. 이 시는 《曉山文集》 卷1에 실려 있다.

人物誌

高麗全元發, 鷹揚軍民部典書璉之子, 版圖摠郎 大年之孫, 典法部摠郎 忠敬之曾孫, 入
中朝爲金紫榮祿大夫 兵部尙書 兼 集賢殿 太學士, 本朝封竺山府院君, 號菊坡, 子僴 司
僕寺正, 孫强·謹·敬等, 俱捷魁科, 歷揚淸顯.

竺山邑誌

淸遠亭在縣西省火川東岸, 全元發舊居也. 文純公李滉作寄題詩二首.

大東韻玉

全元發 龍宮縣人, 登第入天朝, 爲兵部尙書 兼 集賢殿 太學士, 晩年致仕, 退居縣西, 有
淸遠亭, 卽舊居也. 至今石上, 有篆刻三字.

文獻備考

恭愍王朝, 竺山府院君全元發致仕.

大東史綱

忠肅王二年乙卯, 自元有東國賢良文學之選, 以全元發膺入, 恭愍王三年甲吾, 兵部尚
書, 全元發還自元, 除蠲駿馬金銀絹帛之貢, 王嘉之, 封竺山府院君.

新增東國輿地勝覽 卷25 慶尙道 龍宮縣 (국역본 증보)

[郡名]
竺山, 在客館北, 鎭山.

[山川]
省火川, 在縣西六里.

[樓亭]
淸遠亭, 全元發舊居, 在省火川東岸, 以篆刻"淸遠亭"三字於石壁上, 後琴柔繼居之.

[佛宇]
白華寺, 在天德山. 寺有二樓, 西曰觀空, 東曰政堂. ○李齊賢《觀空樓記》: "默菴坦師作
精舍于龍宮郡之天德山, 有二樓, 西曰觀空, 其徒之老號雲叟者記之; 東曰政堂, 以政堂
韓宰相嘗南遊登其上, 故名之. 政堂之歸, 師屬以索文於予, 爲樓之榮, 已而師繼至, 予
相見問焉曰: '菩提達摩以造塔起寺爲有爲之福, 而獨照常知爲眞功德, 雖以天子之尊

不見容, 而不恤也. 師師達摩, 顧乃勞心土木, 以壯屋室, 托名達官以侈遊觀, 其亦有說乎?' 師曰: '今夫有人將適千里, 怠而莫有率之, 半塗而不進; 昧而莫有道之, 由徑而不達. 吳觀擧今世吳徒所以學道, 得古人糟粕之餘, 居然自肆, 醺酣聲利, 不幾乎半塗之怠者歟? 或凍餒山林, 剋志修惡, 款啓聽瑩, 靡所取正, 不幾乎由徑之昧者歟? 吳爲是發憤結社, 庶幾糾合吳徒, 捨聲利之醺酣, 免山林之凍餒. 率其怠, 道其昧, 則於吳師所謂獨照常知之理, 必有默契而懸解者焉. 吳將以大吳師之道也, 非故爲有爲之福也. 若夫暉老之於裵相國, 滿公之於白少傅, 唱酬問答, 叢林傳爲盛事, 曷嘗避嫌於達官哉? 吳樓之名得自韓公, 世有古今, 其致一也.' 余旣聞而謝之, 書其語爲記. 其山川之勝, 面勢之宜, 經始落成之歲月, 雲叟言之, 此不復云." ○前人詩: "勝遊多是費躋攀, 最愛蓮宮[45]住淺山. 一水練[46]鋪延曠遠, 兩巒襟合護[47]幽閑. 莫求佛外兼心外, 要信[48]人間卽[49]夢間. 聽得[50]樓名諳得理[51], 何須[52]去對主人顏?" ○權思復詩: "聞有名藍未一攀, 見詩方覺好湖山. 洞門無鎖俗難到, 樓上捲簾僧自閑. 千古煙霞興廢外, 時鍾鼓翠微間. 老人不拒禪師命, 寫出荒蕪有忸顏." ○廉興邦詩: "樓迴星河手可攀, 松杉滿目坦公山. 龍聞法出雲初散, 鳥誦經來聲更閑. 徙倚一身兜率上, 跏趺三世刹那間. 無人解得觀空意, 爲說分明亦强顏."

---

45. 宮:《益齋亂藁》〈寄題白花禪院觀空樓次韻〉에는 '坊'으로 되어있다.

46. 練:《益齋亂藁》〈寄題白花禪院觀空樓次韻〉에는 '帶'로 되어있다.

47. 護:《益齋亂藁》〈寄題白花禪院觀空樓次韻〉에는 '貯'로 되어있다.

48. 要信:《益齋亂藁》〈寄題白花禪院觀空樓次韻〉에는 '須着'으로 되어있다.

49. 卽:《益齋亂藁》〈寄題白花禪院觀空樓次韻〉에는 '比'로 되어있다.

50. 聽得:《益齋亂藁》〈寄題白花禪院觀空樓次韻〉에는 '一聽'으로 되어있다.

51. 諳得理:《益齋亂藁》〈寄題白花禪院觀空樓次韻〉에는 '如有契'로 되어있다.

52. 何須去對主人:《益齋亂藁》〈寄題白花禪院觀空樓次韻〉에는 '便堪千里笑開'으로 되어있다.

[人物]

全元發, 鷹揚軍 民部典書璡之子, 版圖摠郎大年之孫, 典法摠郎忠徹之曾孫, 入元朝爲
榮祿大夫兵部尙書集賢殿大學士, 本國封竺山府院君. 號菊坡, 子儞, 司僕判事, 孫强 ·
謹 · 敬等, 俱捷巍科, 歷揚淸顯.

《月谷集》卷10〈湖左日記〉(국역본 증보)
日未出起登水晶峰, …… 下峰底登珊瑚殿基, 其南鑿崖塡石碑, 至正壬吾所刻, 李叔琪文
而全元發書.

《退溪先生文集攷證》卷3 第四卷詩[53] (국역본 증보)
寄題淸遠亭: 亭在龍宮省火川東岸, 卽全元發舊居, 琴監司柔爲主. 有蓮池之勝, 取濂溪
愛蓮說香淸益遠之意.

《松月齋集》권5〈遊俗離山記〉(국역본 증보)
夕宿俗離之法住寺東下室 …… 本寺西巖佛碑, 鑿巖擂入, 碑在巖腹, 而巖覆如簷, 可免
雨洗. 碑石輝映如玉, 乃慈淨國師碑. 左副代言李叔琪奉敎撰, 直寶文閣臣全元發奉敎
書. 至正二年壬吾九月日立.

---

53. 이후 추가하는 청원정 시는 청주의 청원정 시와 구별하여 싣고자 노력하였다. 청주의 청원정은 서거정(徐居正)의 〈청원정
기(淸遠亭記)〉에 의하면, 권씨 집안의 대대로 전해오던 별장으로 서거정과 친한 권혼(權混)의 부탁을 받고 기를 짓게 되었
으며, 이름도 청원정이라 다시 지었다고 하였다.

《燃藜室記述》別集 卷4 (국역본 증보)

蘇川書院：辛巳建. 全元發, 菊坡, 麗朝兵部尙書, 竺山府院君.

《伍洲衍文長箋散稿》人事篇 治道類 科擧 (국역본 증보)

全元發：號菊坡. 登文科. 又登制科第三人, 官翰林學士. 壽城人, 在于光下.

《輿地圖書》慶尙道 龍宮縣 (국역본 증보)

[壇廟]

蘇川書院, 在縣西伍里. 康熙壬申刱建, 奉安一位, 未賜額, 竺山府院君全元發.

[樓亭]

淸遠亭, 全元發舊居. 在省火川東岸, 以篆刻'淸遠亭'三字於石壁上. 後琴柔繼居之. ○
〔新增〕益齋李齊賢詩："竺溪流接洛東江, 淸遠亭前萬樹黃. 遙想菊坡重九日, 諸郞爭獻
萬年觴." ○文純公李滉寄題詩："聞道幽居作小塘, 花中君子發天香. 可憐植物淸如許,
曾帶[54]高人映霽光. 光霽高懷百世風, 淸通嘉[55]植一塘中. 洗心洗眼來看處, 宛見當時無
極翁." 亭今無.

---

54. 帶：《退溪先生文集》권4에〈寄題淸遠亭 二首〉에는 '對'로 되어있다.

55. 嘉：《退溪先生文集》권4에〈寄題淸遠亭 二首〉에는 '佳'로 되어있다.

[寺刹]

白華寺:在天德山,寺有二樓,西曰觀空,東曰政堂,竝今無. ○李齊賢《觀空樓記》:"默庵坦師作精舍于龍宮郡之天德山,有二樓,西曰觀空,其徒之老,號雲叟者記之;東曰政堂,以政堂韓宰相嘗南遊,登其上,故名之.政堂之歸,師屬以索文於余,爲樓之榮,已而師繼至,余相見問焉曰:'菩提達摩以造塔起寺爲有爲之福,而獨照常知爲眞功德,雖以天子之尊,不見容而不恤也.師師達摩,顧乃勞心土木以壯屋室,托名達官以侈遊觀,其亦有說乎?'師曰:'今夫有人將適千里,怠而莫有率之,半塗而不進;昧而莫有道之,由徑而不達.吳觀擧今世吳徒所以學道,得古人糟粕之餘,居然自肆,醺酣聲利,不幾乎半塗之怠者歟?或凍餒山林,剋志修惡,款啓聽瑩,靡所取正,不幾乎由徑之昧者歟?吳爲是發憤結社,庶幾糾合吳徒,捨聲利之醺酣,免山林之凍餒,率其怠‧道其昧,則於吳師所謂獨照常知之理,必有默契而懸解者焉.吳將以大吳師之道也,非故爲有爲之福也.若夫暉老之於裴相國,滿公之於白少傅,唱酬問答,叢林傳爲盛事,曷嘗避嫌於達官哉?吳樓之名得自韓公,世有古今,其致一也.'余既聞而謝之,書其語爲記.其山川之勝,面勢之宜,經始落成之歲月,雲叟言之,此不復云." ○前人詩:"勝遊多是費躋攀,最愛蓮宮住淺山.一水練鋪延曠遠,兩巒襟合護幽閒.莫求佛外兼心外,要信人間卽夢間.聽得樓名諳得理,何須去對主人顏?" ○權思復詩:"聞有名藍未一攀,見詩方覺好湖山.洞門無鎖俗難到,樓上捲簾僧自閑.千古煙霞興廢外,六時鍾鼓翠微間.老人不拒禪師命,寫出荒蕪有忸顏." ○廉興邦詩:"樓迥星河手可攀,松杉滿目坦公山.龍聞法出雲初散,鳥誦經來聲更閑.徙倚一身兜率上,跏趺三世刹那間.無人解得觀空意,爲說分明亦强顏."

〔新增〕

全元發追跋曰: "地非人, 無以顯其美; 人非詩, 無以發其輝, 人非詩, 無以發其輝[56], 故雖有溪山之美, 庸人俗士枉踐佳境, 則澗愧林慙, 天慳地秘, 寂寥[57]無聞, 若遇文章學士, 蒙一字之褒, 則雲煙動色, 樹木含榮, 無形之形, 於是乎見, 無價之價, 自此而高. 默菴坦公, 釋門領袖, 乘宿願力, 刱白華社[58]於天德山, 因起東'西二樓, 欲光大其名, 請于相國李益齋[59], 作記與詩, 記則上板, 詩未及書, 師乃永逝. 由是失其本, 余於丁酉秋, 承命赴朝, 一日詣相國私第, 公置酒, 從容之際, 語及山中[60]曰: '余曾作觀空樓詩, 子見之乎?' 余曰: '未見.' 公因誦是詩, 余聞而銘諸心, 恐其淪沒無聞, 及還, 命[61]書上板, 以壽其傳, 不獨斯樓之價更增, 坦公之願備矣.[62]" ○前人詩: "春遊古寺恣登攀, 十里靑松百疊山. 俗累恐爲淸境累, 僧閑付與白雲閑. 晴宵月傍軒楹外, 風晚花枝几案間. 誰會淡中眞味永, 一甌茶話一開顏."

[人物]

全元發, 鷹揚軍民部典書瑃之子, 版圖摠郎大年之孫, 典法摠郎忠敬之曾孫. 入元朝爲榮祿大夫 兵部尙書 集賢殿太學士, 本國封竺山府院君. 號菊坡. 子倜司僕判事, 孫强 · 謹 · 敬等, 俱捷巍科, 歷揚淸顯. ○贈金得培詩: "江闊脩鱗縱, 林深倦鳥歸. 歸田乃吾志, 非是蚤知機." 入享蘇川祠.

---

56. 人非詩, 無以發其輝: 《菊坡先生文集》에는 빠져 있다.

57. 寥寂: 《菊坡先生文集》에는 '寂寥'로 되어있다.

58. 白華社: 《菊坡先生文集》에는 '白華寺'로 되어있다.

59. 李益齋: 《菊坡先生文集》에는 '李仲思'로 되어있다.

60. 語及山中: 《菊坡先生文集》에는 '因於及山中'으로 되어있다.

61. 及還命: 《菊坡先生文集》에는 '及還, 卽命'으로 되어있다.

62. 備矣: 《菊坡先生文集》에는 '滿矣'로 되어있다.

《輿載撮要》卷六 慶尙道 龍宮縣 (국역본 증보)

[山川]

竺山, 北, 鎭山.

[樓亭]

淸遠亭, 全元發以箋[63]刻三字於石壁上, 後琴柔繼居之.

[佛宇]

白華寺, 李齊賢記云:"天德山有二樓, 西觀空, 其徒之老號雲叟者記之; 東政堂, 韓宰相嘗南遊登其上." ○ "勝遊多是費躋攀, 最愛蓮宮住淺山. 一水練鋪延曠遠, 兩巒襟合護幽閑. 莫求佛外兼心外, 要信人間卽夢間. 聽得樓名諳得理, 何須去對主人顔?" ○ 權思復詩:"聞有名藍未一攀, 見詩方覺好湖山. 洞門無鎖俗難到, 樓上捲簾僧自閑. 千古煙霞興廢外, 六時鍾鼓翠微間. 老人不拒禪師命, 寫出荒蕪有忸顔." ○ 廉興邦詩:"樓迴星河手可攀, 松杉滿目坦公山. 龍聞法出雲初散, 鳥誦經來聲更閑. 徒倚一身兜率上, 跏趺三世刹那間. 無人解得觀空意, 爲說分明亦强顔."

[人物]

全元發, 入元朝, 爲兵部尙書. 本國封竺山府院君. 號菊坡.

---

63. 箋 : 《菊坡先生文集》 등에는 '篆'으로 되어있다.

《嶠南誌》卷38 龍宮郡 (국역본 증보)

[校院]

蘇川書院, 在郡西伍里. 肅宗壬申建, 享竺山府院君全元發.

[寺刹]

白華寺在天德山, 寺有二樓, 西曰觀空, 東曰政堂. ○李齊賢觀空樓記, 默庵垣師作精舍于龍宮郡之天德山, 有二樓, 西曰觀空, 其徒之老, 號雲叟者, 記之, 東曰政堂, 以政堂韓宰相嘗南遊 登其上, 故名之. 政堂之歸, 師屬以索文於余, 爲樓之榮, 已而師繼至, 余相見問焉, 曰菩提達摩以造塔起寺爲有爲之福, 而獨照常知爲眞功德, 雖以天子之尊, 不見容而不恤也. 師師達摩, 廟乃勞心土木以壯屋室, 托名達官以侈遊觀, 其亦有說乎? 師曰: 今夫有人將適千里, 怠而莫有卒之, 半塗而不進, 昧而莫有道之, 由徑而不達, 吾觀擧今世吾徒所以學道, 得古人糟粕之餘, 居然自肆, 醺酣聲利, 不幾乎半塗之怠者歟? 或凍餒山林, 剋志修惡, 款啓聽瑩, 靡所取正, 不幾乎由徑之昧者歟? 吾爲是發憤結社, 庶幾糾合吾徒, 捨聲利之醺酣, 免山林之凍餒, 率其怠, 道其昧, 則於吾師所謂獨照常知之理, 必有默契而懸解者焉. 吾將以大吾師之道也, 非故爲有爲之福也, 若夫暉老之於裵相國, 滿公之於白少傅, 唱酬問答, 叢林傳爲盛事, 曷嘗避嫌於達官哉? 吾樓之名得自韓公, 世有古今, 其致一也. 余旣聞而謝之, 書其語爲記, 其山川之勝, 面勢之宜, 經始落成之歲月, 雲叟言之, 此不復云. ○前人詩: "勝遊多是費躋攀, 最愛蓮宮住淺山. 一水練鋪延曠遠, 兩巒襟合護幽閑. 莫求佛外兼心外, 要信人間卽夢間. 聽得樓名諳得理, 何須去對主人顏."

[人物]

全元發, 龍宮人. 典書璉子, 號菊坡, 文科, 選賢良, 入元國, 擢魁科, 官至兵部尙書. 奏蠲絹馬貢, 元帝賜, 公服, 乃還, 封竺山君. 與益齋李齊賢爲道義交, 有贈金得培詩, 立齋鄭宗魯撰碣, 全僩, 元發子, 文, 翰林學士, 歷敭淸顯.

[塚墓]

全元發墓, 在郡西粉土山.

[樓亭]

淸遠亭, 在省火川東岸, 全元發舊居, 篆刻淸遠亭三字於石壁, 後琴柔繼居之.

[碑板]

菊坡全元發墓碣, 掌令鄭宗魯撰銘曰: 東國自崔孤雲李牧隱之外, 其入仕中國, 功施到今, 身名俱完者, 惟菊坡有焉. 宜其廟食百歲, 而墓亦表識之, 以益守保永久哉.

龍宮士林通道內文

伏以, 竺山府院君, 菊坡全先生, 麗季功臣, 海東名賢也. 世代已邈, 載籍無徵, 眇末後生, 雖不敢質言其行蹟, 而其功業文章巍然煥然, 顯揚乎天朝, 炳著乎我東者, 至今播在人口, 長使毓靈之地, 景慕於千百載之下, 則是知遺楓餘韻, 感人心者深, 而吳龍之聞人世, 作素稱文獻者, 安知非此爺倡啓之功歟? 古有鄕先生歿而祭社之典, 況今先生之模範百世, 興起後人者, 不止爲鄕先生而已, 則鄕人之立祠揭處, 以爲寓慕之所者, 在所不已, 而自爾遷就, 迄今未擧, 此乃隣鄕之所共慨然, 而吾儕之居常愧恨者也. 玆有區區之懷, 不得不奉告於好義僉君子, 倘不以鄙等之言爲僭妄, 卽以此意發文通諭於省中, 以爲齊會定議之地, 不勝幸甚.

尙州士林通龍宮校院文 壬申十二月十伍日

竊伏聞貴邑淸遠亭, 有菊坡全先生立廟之擧, 曠世未遑之典, 得行於今日, 誠美事也. 盖我國之文獻不足, 先生之殘膏賸馥, 存者無幾, 不幸孰甚焉. 然而尙論之道, 不待多言, 先觀其大節而已. 噫! 先生之出處, 表著當世, 而矜式後生者, 有二款焉. 早以賢良入貢中朝, 則其賢行何如也. 晩而恬退婆娑林壑, 則其節操又何如也. 大節如此, 而又有文章, 名位卓冠前古, 何必誦其詩, 讀其書而後, 可得其爲人也? 況淸遠亭, 乃當朝之所寵錫, 而平日之所倘佯, 石間三大字, 照暎千古, 則不可使此地, 泯沒於後世也. 以此地, 享此賢, 則名實相孚, 而人與地兩有光矣. 鄙等竊忝鄕隣, 各盡所見, 故敢此布焉. 伏希僉君子, 特任立祠之責, 而大其規模焉.

奉安時通道內士林文 辛巳二月初一日

伏以, 菊坡全先生, 立祠尸祝之事, 曾有所通喩, 而將以今月十九日中丁, 定行縟儀, 敢此奉告焉. 盖先生當麗末, 以道德文章, 鳴于一世, 早年決科, 名聞遠著, 以賢良文學, 選入

中國, 又捷魁科, 仕至金紫榮祿大夫 兵部尙書 兼 集賢殿 太學士, 晚年乞還本國, 仍無意
世事, 屛居田園, 如張季鷹賀季眞之故事, 而自上封爲竺山府院君, 賜以竺山, 山下一區
建第以寵之, 卽淸遠亭是也. 自是優遊終老, 與李益齋 · 金蘭溪 · 金惕若齋 爲道義交,
日與吟詠暢敍, 卽今石上篆刻淸遠亭三字, 惕若齋筆也. 東文選中, 贈金蘭溪詩: "江闊
脩鱗縱, 林深倦鳥歸. 歸田乃吳志, 非是早知幾"乃自叙也. 獨恨吳東方文獻不足, 又世
代遐逖, 其殘膏賸馥, 存者無幾. 然而以輿誌勝覽, 大東韻玉, 見之, 則千百載之下, 可以
想見其爲人矣. 惟其遺風餘韻, 可以矜式乎後學, 則優入俎豆之列, 人無異辭, 而尙此遷
就者, 中古以上, 無立祠之規, 自後則事在久遠, 難以猝擧, 今幸前代未遑之典, 遂成於遐
遠後學之誠, 則可見其尊尙之愈久而愈隆也. 先生八世孫四右堂公 纉 受學於退陶先生
門下, 講問之餘, 語及此意, 卽老先生答以此爺間世名賢也.

立祠崇報, 亦所當然, 先生之意, 如此而遲遲至今者, 豈非後生之過也. 尊賢之誠, 無間遠
邇, 伏望僉君子, 幸臨而指敎之, 如何?

蘇川書院奉安文[64]

翊贊 李惟樟

豪傑之興, 不擇處所.

季子由鳴, 陳良起楚.

西遊觀樂, 北學莫先.

矧惟先生, 大東之賢.

---

64. 이 글은 《孤山先生文集》卷6에 〈淸遠亭別廟奉安文〉이라는 제목으로 실려 있다.

箕教所及, 有根易長.

濯纓江湖, 觀國之光.

進而中國, 玉堂金門.

左提右挈, 稼益[65]諸君.

晝錦千載, 進退從容.

某山某水, 錫土分封.

省火東岸, 爰得我直.

一亭瀟灑, 清遠揭額.[66]

清以棲心, 遠以標志.

斯文碩賢, 巨筆昭示.

人亡事去, 石老苔荒.

春容大名, 竺山相將.

玆焉立廟, 揭處[67]安靈.

祭祀[68]有文, 可質禮經.

士林[69]載集, 儐贊咸叙.

升降拜伏, 祭得其助.

此邦前古, 文獻無徵.

華夏聲名, 先生是膺.

---

65. 稼益:《孤山先生文集》卷6〈淸遠亭別廟奉安文〉에는 '益稼'로 되어있다.

66. 揭額:《孤山先生文集》卷6〈淸遠亭別廟奉安文〉에는 '揚額'으로 되어있다.

67. 揭處:《孤山先生文集》卷6〈淸遠亭別廟奉安文〉에는 '揭度'으로 되어있다.

68. 祭祀:《孤山先生文集》卷6〈淸遠亭別廟奉安文〉에는 '祭社'으로 되어있다.

69. 士林:《孤山先生文集》卷6〈淸遠亭別廟奉安文〉에는 '雲仍'으로 되어있다.

後來有作, 節行文章.

淵源所自, 功孰能當.

數丈蒼巖, 一帶明川.[70]

廟事時修, 式禮莫愆.

宜寵後人, 以及無疆.

有思則成, 洋洋在傍.

常享祝文

業光中朝, 道尊東土. 淸風雅韻, 百代興慕.

蘇川書院廟宇上樑文 壬申十一月十伍日

進士 金楷

述夫. 陶彭澤數十世後, 始贖栗里之田園, 荀朗陵八百年餘, 方立潁川之廟宇, 是豈無人知者, 亦有數存焉. 況今甘泉起上洛新祠, 商嶺有蘭溪晚享, 豈若淸遠亭址, 猶是乃家之靑氈? 苾芬烝嘗, 實出一鄉之素願, 肆定百代之公議, 遠建一畝之明宮, 恭惟我菊坡先生, 華國文章, 間世人物, 刻名桂籍, 始矯翼於中逵, 逈步蘭皐, 遂觀風於上國, 賢良對策人, 同廣川之大儒, 金紫還鄉榮, 邁孤雲之外仕, 聲明已動於華夏, 才德可想其弸彪, 位爵

---

70. 數丈蒼巖 一帶明川 : 《孤山先生文集》卷6〈淸遠亭別廟奉安文〉에는 "白華之山, 省火之川."으로 되어있다.

俱崇, 仍作故國之喬木, 年德益邵, 奈迫晚景之桑榆. 張季鷹之思歸, 見秋風而起感, 賀知章之乞退, 賜鑑湖而寵行, 丑山[71]與東山同高, 三江共伍湖一色, 客盡東南之美, 左惕若而右益齋, 地選水石之奇, 下澄波而上蒼壁, 弄清望遠兮, 意有適吳以名亭, 挹翠觀瀾兮, 樂無央誰爭子所, 猗歟自今而泝古, 實是千載之一人, 君子居之是鄉, 得爲忠信仁人, 後也厥裔, 所以滋蕃. 楚地江山雖亡, 宋玉之宅, 河南風俗素稱, 鄭公之鄉, 獨惜尊崇之典, 未遑杖屨之地, 虛擲一區臺榭, 長留千古之名, 數丈雲根, 尙帶三字之刻, 耕犁隕淚, 不待雍門之奏琴, 指點興嗟, 幾多行路之駐馬, 遺風餘韻, 猶有存者, 非無景仰之誠, 崇德報功, 若或忘之, 盖緣因循之習, 滄江有心於搗恨, 碧山無語而騰嘲. 乃者人心不誣, 物論愈激, 事關先烈, 起深耻於來雲, 責在鄉邦, 多後悔於往日, 相唱俎豆之議, 萬口同辭, 各獻經始之謀, 一心齊力, 掄材已至於鳩集, 胥宇不煩於龜從, 仍劇古亭之遺墟, 是尋是度, 乃剙新宮之有伽, 如鳥如翬, 豈但取象於雷天? 抑亦受規於周漢, 山川復屬於舊主, 某水某丘, 園林無改於曩時, 我疆我界, 輪焉美, 奐焉美, 制度焉美, 廟貌[72]不愆, 生於斯, 歿於斯, 醵食於斯, 神理無憾, 苟非所植之有大, 安得愈久而彌芳? 於是, 觀聽惟新, 典刑依舊, 亭臺鞠爲茂草, 雖緣物理之相推, 野田幻作明庭, 可謂人事之善變. 豈徒有光於先哲? 抑又無負於仙庄; 地靈如有情, 水增清而岳增翠; 景物似慰意, 月入戶而風入欞; 曠世之典得行, 後生之責斯盡. 第念尊賢有道, 必須盡己之誠, 考言行而思齊, 可師可範; 瞻棟宇而對越, 如在如臨; 精意已享於神明, 毋忝立廟之義, 禮俗相交於朋友, 能充爲士之名, 是乃此地洪規, 盍與吾黨同勉, 一語均賦, 六偉俱成.

兒郎偉抛梁東, 竺山山倒武夷窮. 儲精毓秀生申甫, 千載名垂宇宙中.

---

71. 丑山 : '竺山'의 오류이다.
72. 貊 : '貌'의 오류이다.

兒郎偉抛梁南, 洛江吞納小江三. 看渠碩量能如許, 笑殺蹄涔不滿罋.

兒郎偉抛梁西, 廬皋雄盤壓虎溪. 仰止合人起深敬, 却疑中有晦翁棲.

兒郎偉抛梁北, 箕川混混流無息. 盈科學海達于江, 有本從來聖所則.

兒郎偉抛梁上, 雲散風恬天日朗. 此理昭昭在人心, 要令玉海無波浪.

兒郎偉抛梁下, 淸潭翠壁光相射. 石間三字古而奇, 照仰千秋人膾炙.

伏願上樑之後, 岳鎭川淳, 竹苞松茂, 遠去賢人之世, 雖未親炙而薰陶, 幸生君子之邦, 固當私淑而興起, 道所存, 師所存也, 不可以他求, 我何人, 舜何人耶? 有爲者若是. 庶幾十室之邑, 將見比屋可封.

家狀

我先祖菊坡先生, 諱元發, 姓全氏, 以羅朝旌善君, 諱愃, 爲上祖. 世襲圭組, 至忠烈公, 諱以甲, 翊麗祖殉節, 與弟忠康公, 諱義甲, 並享大邱寒泉, 草溪道溪院. 累傳至文貞公, 諱邦淑, 封龍城府院君, 仍移貫焉, 於先生爲伍代祖. 諱正敏, 壯節公, 諱忠敬, 文敬公, 諱大年, 版圖摠郎, 諱璡, 民部典書, 是高曾祖若考, 妣尙州金氏. 先生生龍宮縣西, 達池里第, 登文科, 以賢良, 選入天朝, 又中制科, 仕至金紫榮祿大夫 兵部尙書 兼 集賢殿 太學士, 懇陳藩瘼, 蠲金銀絹馬之貢, 大明亦因之, 民至今賴安. 尋丁外憂, 東還, 王封竺山府院君, 賜田以寵之, 時麗運垂訖, 國事日非, 先生無意於世, 賦歸幽居, 其詩曰: "江闊脩鱗縱, 林深倦鳥歸. 歸田乃吳志, 非是早知幾." 起亭于省火川東岸, 鑿池種蓮, 顏之曰'淸遠', 與李益齋‧金蘭溪‧金惕若諸賢, 日嘯咏以終老, 亭後蒼壁上, 篆字尙爾, 輝暎江天, 乃惕若齋筆也. 夫人尙州朴挺樟女, 葬雙釰于分退洞 負壬之原, 生一男二女, 男儞, 文科, 司僕寺正, 女判事金得男 · 權天佑, 寺正, 七男四女, 男長該, 次直 內瞻寺判事, 次强少尹, 次謹文郡事, 次敬文縣監, 次慄, 次寶積, 女司正白綣, 判官嗚淳, 徐漢, 注書高有濂, 以下不盡錄.

八代孫參奉纘, 受學于退陶夫子, 亟稱先生曰: "此爺間世名賢, 當立祠崇報", 因作詩二首以寄題, 肅廟朝, 又以蠲貢事, 下敎曰: "國富民安, 果誰之力也. 用是一省士林, 卽先生杖屨地, 立院以享之", 盖追夫子之遺意也. 塢乎! 今距先生之世, 已邈矣. 滄桑屢嬗, 掇拾於灰燼之餘者, 不過詩二首, 跋一通, 則雖甚寂寥乎, 亦可以想像其萬一, 而感念悽悒, 宛若繞膝而承謦咳, 今此泚筆寧簡無溢者, 恐傷我先祖當日之謙德矣. 玆敢不揆愲妄, 撼實略草, 恭竢君子之採擇焉.

十伍代孫熙一 · 熙玉等泣血謹狀.

菊坡全先生遺事記略

菊坡全先生, 衣冠之葬, 在龍宮縣西, 沙峴分退洞, 負壬之原, 而舊無顯刻, 天爕嘗諗于其本孫及鄕人, 謀所以樹碣表墟, 本孫德采 · 達采 · 錫采, 鄕人李東爕 · 鄭必奎, 遂實管而成之, 將求文鑱陰, 以傳示無窮, 俾天爕撰次先生行蹟, 聊資板控秉筆之家, 天爕忝居外裔, 義不容辭, 而竊伏念先生高麗藎臣也, 今去先生之世, 已四百有餘年, 兵燹累經, 文獻無徵, 遺芬剩馥, 幾乎沈减, 顧安敢妄爲之杜撰也. 乃與本孫諸人, 捃譜牒之所載, 撼散乘之見錄, 略記其梗槪. 先生諱元發, 菊坡其號也. 系本出旌善, 及先生受封竺山, 仍以竺山爲貫, 伍代祖諱邦淑, 門下侍中, 高祖諱正敏, 中書舍人, 曾祖諱忠敬, 典法摠郞, 祖諱大年, 版圖摠郎, 考諱璉, 民部典書, 姓尙州金氏. 先生早登麗朝上第, 以文學賢良, 入元朝, 中制科, 官至金紫榮祿大夫兵部尙書兼集賢殿太學士, 頻繁入對, 陳達東藩, 僻在海隅, 國小弊夥之由, 元帝嘉納其言, 特蠲東國絹馬之貢, 至今賴之. 及其斂而東還, 引年乞退, 命封竺山府院君, 勑賜竺山西省火川一區, 如賀知章鑑湖故事, 盖所以酬功而優老也. 遂築亭于川之東岸, 鑿池種蓮, 名以淸遠, 爲遲暮棲息之所, 與李益齋 · 金蘭溪 · 金惕若齋諸賢, 爲金石交, 逍遙吟賞以自適, 惕若齋所書淸遠亭三大篆字, 尙爾刻在石上, 輝暎於江天. 先生八代孫, 參奉纘, 遊於退陶先生門下, 李先生亟稱先生曰: "此爺間世名賢, 當立祠崇奉.", 其後遠近章甫, 同聲協力, 就遺趾, 建院而俎豆焉. 卽今蘇川書院是已而, 實追李先生之餘意也.

夫人尙州朴氏, 挺樟之女, 與先生同穴而葬. 子女雲仍, 俱於別錄. 噫! 先生言行, 旣不可尋逐 於世代遐邈之後, 而以今掊摭者觀之, 先生始終有卓然二大節, 先生被選入上國, 對策膺榮, 固是分內, 而以遐外一介書生, 屢近天子之耿光, 卒蒙蠲貢之澤於片辭之間, 使三韓叢爾之小邦, 永免億萬年悉索之賦, 其識慮遠矣. 其功烈大矣, 麗之時, 前後貢擧赴元者, 幾何? 而率皆以文章名, 未聞有爲國救瘼如先生之爲, 則先生豈非麗代一人也? 乃若先生致仕歸田之年, 未知的在何時, 而要之不出於忠穆之末, 恭愍之初矣. 目睹姦宄之得志, 已料邦運之漸否, 飄然長往, 樂我江湖, 日與朋親, 觴詠寤懷, 不復嬰情於富貴功名之間, 風流瀟灑, 閑放以終老. 其贈瀾溪詩一絶, 載在東文選中, "江闊脩鱗縱, 林深倦鳥歸. 歸田乃吳志, 非是早知幾.", 三復諷詠, 可想雅意之有在, 詩曰: "旣明且哲, 以保其身.", 殆先生之謂矣. 鬼勳淸風, 聳尙百載, 廉頑立懦, 山高水長, 而彪休炳靈, 厥後科第圭組, 相望不絶. 塢乎!! 偉哉. 塢乎! 盛哉! 天爕雅不文無所表章, 惟儹猥是懼, 而世之能言君子, 欲述先生之德之懿績之厚者, 庶或可以考據於斯也否!

癸亥 四月日 生員 驪州 李天爕 謹記.

墓碣銘 並序

先生[73]諱元發, 姓全氏, 菊坡其號也. 曾祖忠敬 高麗典法部摠郎, 祖大年 版圖摠郎, 考璉
鷹揚軍 民部典書, 皆用[74]文科進, 先生亦擢第顯於朝. 時自[75]中國選東國賢良文學試之,
忠肅王以公膺, 入果魁, 仕至金紫榮祿大夫兵部尙書兼集賢殿太學士. 先是中國責東國
歲貢駿馬金銀絹帛, 弊不堪, 先生懇奏, 蒙特蠲, 至大明亦因之. 尋丁父憂還, 王以其功
封竺山[76]府院君. 又賜竺山下一區第以寵之. 及恭愍立, 先生見權奸橫, 退居竺山下, 與
李益齋齊賢 · 金[77]惕若九容 · 金蘭溪得培爲道義交, 相得甚歡[78]. 先生旣歿未幾, 麗命
革, 遺事亦磨滅無傳. 然邦人慕其德不衰, 議欲俎豆之. 至八世孫贊, 學於陶山李子[79], 間
語及此, 子[80]曰:"此爺[81]間世名[82]賢, 崇報宜矣.". 逮肅廟朝[83], 又以蠲貢事, 下教曰:"我東
之國富民安, 果誰之力? 用是鄉士林, 卽先生杖屨地, 立祠于[84]蘇川." 已百餘年矣[85]. 獨

---

73. 先生:《立齋先生文集》卷34〈竺山府院君菊坡全公墓碣銘 並序〉에는 '公'으로 되어있다. 이하 동일하다.

74. 用:《立齋先生文集》卷34〈竺山府院君菊坡全公墓碣銘 並序〉에는 '以'로 되어있다.

75. 自:《立齋先生文集》卷34〈竺山府院君菊坡全公墓碣銘 並序〉에는 빠져 있다.

76. 竺山:《立齋先生文集》卷34〈竺山府院君菊坡全公墓碣銘 並序〉에는 '笠山'으로 되어있나. 이하 동일하다.

77. 金:《立齋先生文集》卷34〈竺山府院君菊坡全公墓碣銘 並序〉에는 빠져 있다.

78. 歡:《立齋先生文集》卷34〈竺山府院君菊坡全公墓碣銘 並序〉에는 '驩'으로 되어있다.

79. 李子:《立齋先生文集》卷34〈竺山府院君菊坡全公墓碣銘 並序〉에는 '李先生'으로 되어있다.

80. 子:《立齋先生文集》卷34〈竺山府院君菊坡全公墓碣銘 並序〉에는 '先生'으로 되어있다.

81. 此爺:《立齋先生文集》卷34〈竺山府院君菊坡全公墓碣銘 並序〉에는 '公'으로 되어있다.

82. 名:《立齋先生文集》卷34〈竺山府院君菊坡全公墓碣銘 並序〉에는 빠져 있다.

83. 肅廟朝:《立齋先生文集》卷34〈竺山府院君菊坡全公墓碣銘 並序〉에는 '英廟朝'로 되어있다.

84. 於:《立齋先生文集》卷34〈竺山府院君菊坡全公墓碣銘 並序〉에는 '于'로 되어있다.

85. 已百餘年矣:《立齋先生文集》卷34〈竺山府院君菊坡全公墓碣銘 並序〉에는 빠져 있다.

其墓尙無表, 先生之諸雲仍, 方合謀樹碣, 其爲[86]十四世孫明采氏, 爲採邑誌院蹟[87]及譜序諸信筆, 示余乞爲銘. 盖先生之子個司僕寺正, 孫該[88]直縣監, 强[89]少尹, 謹郡事, 敬·慄[90], 至曾玄, 皆文科, 或爲掌令, 進士, 直長, 又各一人[91]. 至九代孫, 以性遊吳先祖文莊公門, 亦文科 贈都承旨, 然於今乃得顯刻焉[92]. 豈亦有時而然歟? 墓在竺西分退洞丙向原[93], 銘曰:

東國自崔孤雲·李牧隱之外, 其入仕中國, 功施到今, 身名俱完者, 惟菊坡有焉. 宜其廟食百世, 而墓亦表識之, 以益保守永久哉.

通訓大夫前行司憲府持平晉陽鄭宗魯撰.
通訓大夫前行弘文館校理義城金㙆書.[94]

竺山府院君 菊坡全先生 行狀

---

86. 爲:《立齋先生文集》卷34〈竺山府院君菊坡全公墓碣銘 並序〉에는 빠져 있다.

87. 蹟:《立齋先生文集》卷34〈竺山府院君菊坡全公墓碣銘 並序〉에는 '記'로 되어있다.

88. 該:《立齋先生文集》卷34〈竺山府院君菊坡全公墓碣銘 並序〉에는 빠져 있다.

89. 强:《立齋先生文集》卷34〈竺山府院君菊坡全公墓碣銘 並序〉에는 '弘'으로 되어있다.

90. 敬·慄:《立齋先生文集》卷34〈竺山府院君菊坡全公墓碣銘 並序〉에는 '敬·慄' 앞에 '該'가 더 있으며, 일곱째인 '寶積'이 빠져 있다.

91. 至曾玄……又各一人:《立齋先生文集》卷34〈竺山府院君菊坡全公墓碣銘 並序〉에는 "至曾玄, 登大小科者某某."으로 되어있다.

92. 亦文科……然於今乃得顯刻焉:《立齋先生文集》卷34〈竺山府院君菊坡全公墓碣銘 並序〉에는 "亦文科, 府使, 贈都承旨. 於乎! 公之蹟, 今乃得顯刻焉."으로 되어있다.

93. 丙向原:《立齋先生文集》卷34〈竺山府院君菊坡全公墓碣銘 並序〉에는 '午向原'으로 되어있다.

94. 通訓大夫……書:《立齋先生文集》卷34〈竺山府院君菊坡全公墓碣銘 並序〉에는 빠져 있다.

先生諱元發, 號菊坡, 其先旌善人. 及先生貫以竺山, 竺山卽龍宮別號也. 新羅有諱愃, 以勳受封, 著顯于世, 自麗初, 至中葉, 大官偉烈, 奕鳥相望, 輝映史策, 後世有諱邦淑 文科, 門下侍郎, 於先生爲伍代, 高祖諱正敏, 中書舍人, 曾祖諱忠敬, 典法摠郎, 祖諱大年, 版圖摠郎, 考諱璉, 民部典書, 妣尙州金氏. 先生生於縣西達池山下里第, 早登麗朝文科, 以文學賢良, 入中朝, 中制科, 聲望藉蔚, 官至金紫榮祿大夫兵部尙兼集賢殿太學士, 屢 入皇庭, 條陳左海弊瘼, 元帝嘉納其言, 特賜絹馬三百. 及東還, 自本朝, 封竺山府院君, 倣賀季眞鑑湖故事, 勅賜西省川一區. 先生自是引年恬退, 屛跡江湖, 巖臺幽夐, 林麓峭 蒨, 水瀺瀺南流, 入洛水, 亭其上, 名曰: 淸遠. 與李益齋齊賢, 金蘭溪得培, 金惕若九容, 諸賢結爲道義交, 日嘯咏翫樂. 嘗贈蘭溪詩曰: "江闊脩鱗縱, 林深倦鳥歸. 歸田乃吳志, 非是早知幾." 淸遠亭三字, 惕若齋筆也. 先生衣冠之藏, 在縣西沙峴分退洞壬坐原. 我 朝以公有蠋役勳, 收錄子孫, 肅廟朝, 士林建蘇川書院, 爲寅慕之所. 退陶李先生亟稱公 曰: "此爺間世名賢, 所當立祠崇奉.", 至是廟貌始成, 崇德報勳事, 固有待, 而太史公所 謂, 得夫子而名益彰者歟. 塢乎! 先生之歾, 殆今伍百載矣, 世代綿邈, 屢經兵燹, 漠然不 可尋徵其文獻, 而略以後來拾遺者觀之, 先生經綸黼黻之才, 弘大恢偉之量, 嵬卓挺特 之節, 生於海外褊小之國, 入名選而應中朝賢良, 則人器之出類, 可知也. 抑必奎因此而 竊有所感焉. 孟子曰: "誦其詩, 讀其書, 不知其人, 可乎?" 是以論其世也. 先生之世, 盖在 忠穆之末, 恭愍之初, 目睹權姦秉國, 忠良遜野, 乃不安於朝廷, 浩然南歸, 江闊 · 林深之 句, 寄贈平生石交, 字字精神, 流出性情, 所謂誦其詩, 而論其世者, 非歟! 夫人尙州朴氏, (趙)章之女, 葬與先生同穴, 生一男二女, 男偁, 文科, 司僕寺正, 女長, 金得男判事, 次, 權 天佑. 司僕生七男伍女, 長該, 次直, 內瞻寺判事, 强, 少尹, 謹, 文科郡事, 敬, 文科, 縣監, 慄, 寶積, 女長, 白綣司正, 次, 鳴淳判官, 徐漢, 高有濂注書, 李盛東縣監. 長生孝溫 · 孝 順, 次內瞻寺無嗣, 少尹生仲倫, 文科, 朝散大夫, 軍資監正, 監正生順祖, 縣監, 順守判事,郡事生仲權, 文科, 吏曹正郎, 仲養, 文科, 兵曹正郎, 仲景, 進士. 吏曹正郎生永孚, 進士. 永昌, 文科, 直長. 永齡, 文科, 掌令. 兵曹正郎生永貴, 文科, 正言. 進士生蘭, 文科. 縣監生仲逸, 仲逸生永年, 文科, 吏曹佐郎, 司諫. 慄生仲達, 仲達生德山. 寶積生裕, 承議郎. 議郎生順昌, 從仕郎. 自司僕以下至司諫公, 又連四代文科也. 諸來裔以下, 不盡錄. 惟登仕籍, 有聞望者, 伍世而曰懷玉, 郡事, 曰復初, 監役, 六世而曰倫, 參奉, 曰仁, 參奉, 號箕溪, 曰彥, 曰雄, 并參奉, 曰克禮, 別提, 七世曰夢井, 引儀, 號映蓮堂, 曰夢奎, 訓導, 號梅菊軒, 曰世權, 直長. 八世而曰繹, 府使, 曰纘, 參奉, 號蒼巖, 早遊退陶門下, 曰惟悌, 訓導, 曰仁厚, 參奉, 九世而曰以性, 文科, 府使, 贈都承旨, 號雲溪, 曰三樂, 佐郎, 壬亂倡義, 曰三益, 以壬亂功勳, 除縣監, 曰三達, 武科, 兵使, 錄壬辰原從勳. 十世而曰璐, 判官, 曰翼耉 號可菴, 十一世而曰伍倫, 進士, 贈大司憲, 號漁洲, 曰伍福, 參奉, 號休庵, 曰伍益, 號繼菴, 曰淳 參奉, 曰瀅, 文科, 郡事, 號西崗, 十二世而曰近思, 文科, 縣監, 曰命三, 文科, 縣監, 號野隱. 十三世而曰光濟, 文科, 都事, 號三白堂. 十伍世而曰熙龍, 文科, 佐郎. 曰可菴公之伍代孫熙一, 與漁洲公之玄孫熙玉, 就必奎言曰: "吳先祖菊坡公, 勳德事行, 合有撰次文字, 而曠世因循, 漁洲公嘗修家狀, 爲久遠之資而未果. 熙一等, 懼夫悠久泯沒, 略修草狀, 參以邑誌及諸老碣銘遺事, 請一言之惠于執事, 惟執事留念焉." 必奎以贖偉詞拙, 屢辭以不敢當, 顧其請益勤, 且念必奎以藐末鄉後生, 景慕先生德業, 誠不後於人矣. 況我龍鄉, 自先生出而名滿天下, 勳著百代, 鄉邑始文明, 見重於鄒魯之邦, 後生之蒙被先生德惠多矣. 必奎雖愚魯蔑識, 亦有所感於中者, 謹據草狀略加修潤, 以備立言君子之朵擇焉.

己丑八月上浣 外裔將仕郎 前惠陵參奉 西原 鄭必奎 謹狀.

神道碑銘 並序

高麗名臣, 菊坡全先生, 堂斧之封, 在龍宮縣, 西沙峴分退洞, 丙向之原, 鄭立齋先生宗魯, 實銘其碣, 墓下舊有沒字碑, 世傳是先生神道之表, 而作者名氏無從而考據矣. 後孫漢永甫, 謀所以改豎, 而載之文, 請銘於眞城李晩寅, 晩寅以眇末鄙卑, 辭不得, 謹按諸家敍述, 序其大槪. 先生諱元發, 系出旌善, 中爲竺山人. 其旌善者, 始於羅代旌善君愃, 而其貫竺山者, 始於先生. 伍代祖平章事龍城府院君文貞公諱邦淑, 竺山卽龍城舊號也. 高祖中書舍人諱正敏, 曾祖典法摠郎諱忠敬, 祖版圖摠郎諱大年, 考民部典書諱璡. 妣尙州金氏, 生先生于縣西達池山下里第. 早占上第, 進塗方亨, 時元朝選賢良文學于外國, 本朝以先生進, 旣入元, 又中制擧, 聲望蔚然, 官至金紫榮祿大夫兵部尙書兼集賢殿太學士. 先是, 元氏置征東省, 徵求無節, 先生力言弊瘼之尤者, 得蠲歲貢絹馬, 東民賴以稍息, 尋丁外憂, 歸本國, 封竺山府院君, 因賜省火川一區, 如三代錫土田故事, 錄蠲貢勳也. 在忠穆恭愍之際, 先生見時事可虞, 而姦壬橫逆, 無意於世, 築淸遠亭于西省川東岸, 巖臺幽夐處, 日逍遙其中, 以終老焉. 所與唱酬遊賞爲道義之契者, 有李益齋齊賢, 金蘭溪得培, 金惕若齋九容. 夫人尙州朴氏, 梴樟女, 葬同穴. 生一男二女, 男侗, 文科, 司僕寺正, 女適判事金得男, 次適權天佑, 司正生七男伍女, 長該, 次眞, 內瞻寺判事, 强, 少尹, 謹, 文科, 郡事, 敬, 文科, 縣監, 慄, 寶積, 女長白縂司正, 次鳴淳判官, 徐漢, 高有濂注書, 李盛東縣監. 該子孝溫‧孝順, 强子仲倫, 文科, 朝散大夫, 軍資監正, 謹子仲權, 文科, 吏曹正郎, 仲養, 文科, 兵曹正郎, 仲景, 進士, 敬子仲逸, 縣監, 慄子仲達, 寶積生裕, 承議郎. 玄孫以下, 不可勝錄. 距今二十世, 子孫綿遠, 圭組不絶, 仁者之後, 固如是. 於乎! 先生歿未幾, 麗社墟矣, 名蹟邈矣, 而我肅宗大王, 嘗記蠲貢事, 下敎有曰: "我東之國富民安, 是誰之力也." 我朝歲貢大明, 盖因所蠲之數也. 方儒賢立祠之議, 倡於嶺南也. 先生八世孫, 參奉纘, 學於吳先祖退陶夫子門下, 語及先生俎豆事, 夫子曰:"此爺間世名賢, 崇報宜矣."後百餘年, 鄉道士林爲建蘇川院, 以享之. 今雖毁於邦禁, 人之慕德不衰, 亦可見先生德行文章之可記者, 不應止於此而已. 徽猷懿躅, 不能盡傳於世, 雖若可恨, 其著顯勳閥, 超邁風節, 歷伍百有餘歲, 而猶有未泯者, 是宜銘, 銘曰:

文武全才, 恬退其德.

褊邦有人, 鳴于大國.

于時大東, 空我杼{軸}.

敷奏蠲貢, 絹馬三百.

旣息疲氓, 宜賞丕績.

斂而東還, 竺山封若.

省火一川, 沛然恩渥.

國步斯頻, 見幾早作.

淸遠有亭, 風範有卓.

光霽高懷, 淸通佳植.

誰與吟賞, 李爺群哲.

雖欲持危, 其奈運訖.

哲人云亡, 國隨而革.

史乘蕩佚, 誰尋遺蹟.

猶有未沬, 惠我鰈域.

聖朝曠感, 累發筵席.

退陶稱賢, 始議尸祝.

百世在前, 公名不泐.

沙峴之原, 其封四尺.

視此銘詩, 過者宜式.

通仕郎 前繕工監假監役 眞城李晩寅 謹撰.

淸遠亭重修上梁文

幽居賦歸來辭, 遹追陶老之採菊, 舊扁揭淸遠號, 宛見濂翁之愛蓮, 事去而懿蹟愈光, 世曠而遺香彌滿. 恭惟我菊坡全先生, 淵源正學, 光霽高懷, 抱經綸而展笙簧黼黻之猷, 荷光寵於上國; 懇疏箚而蠲金銀絹馬之貢, 蘇弊瘼於東方. 竊念當日之揭斯亭, 盖取其香之淸而遠, 雪藕映暘翁之三字筆, 名玆在玆出玆, 天香繞退老之二首詩, 興也比也賦也. 淵仲器局, 軒奕事業, 播馥九霄之間; 純粹道德, 炳烺文章, 流芳百世之下. 屬値吳道之晦塞, 爰見是亭之圮頹, 鎖寒烟於達池, 指點生長故里. 鞠茂草於蘇院, 追感芯芬遺墟; 賽誰須兮游觀, 空留太乙之葉. 紛獨有此娉節, 祇餘君子之花, 肆以慕先賢之誠, 克圖仍舊貫之擧. 民非勸而自力, 是所同於秉彝, 士不謀而能諧, 固皆出於惘惆. 汲汲乎奔走就役, 所謂不日而成之. 遑遑焉勉勵服勤, 可見如雲而來者, 庸盡肯構肯堂之責, 竟致益淸益遠之香, 瞻棟宇而長懷, 非直爲登臨之美, 處遊泥而不染, 尤可欽風節之高, 大德深恩, 被生民而無量, 遺芬剩馥, 與江水而俱長, 載陳虹謠, 庸助鷰賀.

兒郎偉抛梁震, 小塘瀅澈雲烟盡. 集賢殿上舊時香. 播與光風來陣陣.

抛梁离, 亭亭高葉上遊龜. 至靈相感文明世, 出洛當年聖則之.

抛梁兌, 藕船穩藉浮簾外. 至今滿載我東民, 爲濟巨川勳業大.

抛梁坎, 蓮峯一朵(﨟)[95]晴鑑. 衆芳搖落境幽深. 痴蝶懶蜂來不敢.

抛梁乾, 月上花頭太極圓. 寒水千秋衿洒落, 聖賢心法此中傳.

抛梁坤, 舊臣無恙老田園. 淸高尙守前朝節, 玉井銀波不可諼.

伏願上梁之後, 巍然長存, 過者必式. 所存師, 所存道, 緬仰伍百有餘年; 如斯革, 如斯飛, 何羨千萬間大庇?

淸遠亭重修記

有山焉, 陡起千丈, 移祖於小白, 曰武夷. 有水焉, 會合三江, 上流於洛東, 曰省火. 有亭翼然, 當其最瀜結處, 曰淸遠. 實竺山君菊坡全先生, 晚年休老時, 所作也. 其上有刻, 曰淸遠亭三字, 實金惕翁手筆也. 距今爲伍百年餘, 當勝國之末也. 其中有詩曰: "聞道幽居作小塘, 花中君子發天香. 可憐植物淸如許, 曾對高人映霽光." 又曰: "光霽高懷百世風, 淸通佳植一塘中. 洗心洗眼看來處, 宛見當時無極翁." 伍十六言, 實退陶先生題詠也. 距今爲四百年餘, 在明宣之際也. 壬辰兵燹之後, 亭廢而爲書院, 距今爲二百年餘, 在肅廟之世也. 辛未毁撤之後, 院廢而爲遺墟, 距今爲四十年餘, 在大行之御極也. 戊吾墟復而復爲亭, 蓋將爲千百歲計也. 此其爲亭之沿革相尋也. 蓋先生上承伍世之文獻, 傍結三賢之道義. 早膺淸選, 揚顯中朝, 片言陳奏, 澤流乎生靈, 大勳旣集, 勇退乎田里, 不染淤泥, 自况於蓮之君子, 午視風霜, 寅趣於菊之隱逸, 此其居亭之初晚大槪也. 已備於亭

中故事, 亦何用乎記爲哉! 惟其世級悠遠, 屢經灰燼, 其文章著述蕩佚無餘, 獨有舊居韻和贈金蘭溪者, 乃見於東文選中, 其託意於言外者, 固非末學所敢議. 然盖嘗以時攷之, 先生晚節, 適當麗氏之運訖, 抑非蘭溪被禍之日, 始服先生之先見, 故先生以是答之耶? 其曰: "江潤修鱗縱"者, 抑豈非指斥權姦之意耶? 其曰: "林深倦鳥歸"者, 抑豈非賦歸田園之義耶? 其曰: "歸田乃吳志, 非是早知幾"者, 抑豈非中實若浼而外泯其跡者耶? 嗚乎! 當衆賢網打之日, 點一區獨善之地, 其發於聲氣之間者, 清爽雋永, 隱然有變小雅傷時之意也. 是故牢守堅定, 若潛龍之不可拔, 高擧遠引, 若冥鴻之不可慕, 可仕可去, 脗合乎大易之隨時, 是不可以勘少論者也, 亦不可以寂寥看者也. 退陶夫子, 直許以間世名賢, 所當立祠者, 豈不是有見於詩意耶? 其於亭韻, 又許以無極翁, 氣像可知, 其始終完節, 無非從光霽中出來也. 然則此地之所以爲亭, 所以爲院, 已盡涵於大賢一言之中, 亦何敢於記爲哉? 竊有承學之所私感者在焉, 亭之廢, 在外訌方張之日, 院之設, 在右文方隆之時, 有若名園興廢, 可以卜洛陽之盛衰, 今亭之復, 安知非日後文明之兆耶? 是則吳黨之所彈冠而相賀者也, 不啻爲子孫地也. 自視空堂之廯, 縱不能一式其閭, 然就攷諸先輩寫景之作, 可想其玲瓏瀲灩, 蒼翠濃郁, 足以供東南之大觀, 而是猶淺之爲觀者也. 先生之跋觀空樓曰: "地非人無以顯其美, 人非詩無以發其輝." 又曰: "庸人俗士枉踐佳境, 則澗愧林慚", 寥寞無聞, 吳輩晚生, 將何修而可以比於先生觀也? 登于此者, 從事乎誦詩讀書, 熏襲乎遺芬賸馥, 江中月色, 宛見先天之影子, 壁上危石, 緬仰特地之高標, 池蓮坡菊, 在在管領收取, 得一般意思, 則庶不爲景物役也. 如紹之述事者, 猶不禁隔晨千古之感, 況居於斯, 寢於斯, 折旋歌詠於斯者, 其啻爲百世聞風者比耶? 是則不能無厚望於淸遠, 僉君子而亦不能無記爲也. 然惟記役者, 非其人固辭, 而不獲命, 敢獻血指之觥, 以塞三友人, 强索友人, 迺全玉鉉·昞泰·炳胤甫也, 皆文學中人, 而能世其家者也.

屠維協洽端陽日 聞韶後人 金紹洛謹記.

先祖菊坡先生遺事

先生諱元發, 號菊坡, 系出旌善, 遠祖有諱愃, 新羅時, 以大匡公主陪臣, 出還本國, 封旌
善君, 高麗時, 有諱以甲, 以開國勳, 封旌善君, 謚忠烈, 伍代祖諱邦淑, 文科, 侍中平章事,
封龍城府院君, 謚文貞, 遂移貫龍宮. 高祖諱正敏, 文科, 太師, 謚壯節, 曾祖諱忠敬, 文科,
尙書僕射, 謚文敬, 祖諱大年, 文科, 侍中平章事, 考諱璉, 文科, 鷹揚軍民部典書, 妣尙州
金氏. 先生聲望早著, 忠肅王朝登文科, 時上國擧東土賢良文學, 先生膺其選, 入天朝, 又
捷嵬科, 仕至金紫榮祿大夫 兵部尙書兼 集賢殿太學士, 時上國置征東省, 徵求無節, 東
國疲於箠笞, 民不堪命, 先生懇奏, 得蠲駿馬絹帛三百之貢, 東國賴之, 咸頌其德, 逮晚
年, 丁外憂, 乞還本國, 本國王記其勞, 封竺山府院君. 錫茅土, 寵之. 先生就省火川東岸,
構淸遠亭, 穿池引流, 種蓮爲晚景休息之所, 盖見機色擧, 深自韜晦, 詳觀金蘭溪詩, 可知
矣. 今篆刻淸遠亭三字, 留在石上, 乃金惕若齋九容筆也. 要之以淸遠之義, 躍于淵而觀
脩鱗之縱, 戾乎天而知倦鳥之歸, 昭著上下, 俯仰察理, 是則先生之精神氣像, 見於詠詩
名亭之韻, 道德勳業, 發乎寓物探眞之像矣. 坡菊黃兮, 志栗里之退休, 唐蓮靑兮, 得濂溪
之愛賞, 當陰盛而特秀, 處泥汚而不染, 然則先生之平日所得於心者, 當何如也? 日與右
交, 優遊嘯咏, 以爲終老之計矣. 世代綿遠, 事蹟沈沒, 所著述, 惟贈蘭溪一詩, 載東文選,
次益齋觀空樓韻一律及跋文, 傳于世, 僅同劫後流沙. 遺風餘韻, 爲後世景慕, 至陶山李
夫子, 有祭祀之儀. 肅廟辛巳 士林建院于淸遠舊址之傍, 尸祝之, 英廟朝, 有'功施到今'
之敎, 盖貢法大明亦因之, 聖朝亦襲勝國之故, 歷代相承, 故云. 先生之德業文章, 彪炳華

東, 載在東史, 愈久不泯, 而但今文獻無徵, 攷之不能詳, 可勝慟哉.
庚戌二月上澣 後孫 弘奎 謹識.

跋

右我先祖菊坡先生遺稿也. 今距先生之世, 伍百有餘年, 滄桑屢嬗, 箱籠盡灰. 先生之文章道德·勳業風節, 蕩然無餘而其所綴拾者, 僅得詩二首, 跋一通, 則自不禁有杞宋之歎矣. "江潤脩鱗縱, 林深倦鳥歸"之句, 可以尋先生當日之文章道德勳業風節者哉? 未敢謂必然也, 亦未敢謂不必然也.

何幸? 斯文之顯晦有數, 先生之勳業風節, 至肅廟朝, 國富民安之敎, 而益彰先生之文章道德, 得退陶夫子光霽高懷之詩而益著, 此可以想像先生之萬一, 而孤山李先生所謂'大東之賢', 龜洲金先生所謂'道尊東土'者, 豈不是有得於詩意, 而感發如夫子之直許以間世名賢者乎? 但所恨者, 先生當日之疏箚若言行, 宜多可傳於後世, 而如是泯滅, 今日所得, 不過泰山之一毫芒, 則爲藐末屍孫者, 尤當怵惕悽悃, 圖所以壽後也. 矧今風潮震蕩, 世變層生矣? 竊懼夫并與今日所得者, 而又不傳, 則先生之影響, 於何所尋逐, 而覿其彷彿者乎? 又不容不圖壽于後也, 且念知而不傳罪, 在不仁. 故玆敢附以先賢唱酬及諸老狀碣記文若國乘野史之可攷據者, 編爲一号, 而不揆僭妄, 略綴一言, 如右云爾.
後孫 道鉉 泣血 謹識.

《국파선생문집》

영인본

生之文章□篤存道陰考之古家氏性之言□□□□□□□

像先生之萬一而孤山李先生所謂大東之賢龜洲金先生所
謂道尊東土者豈不是有得於詩意而感發如夫子之直許以
間世名賢者乎但所恨者先生當日之疏劄若言行宜多可傳
於後世而如是泯滅今日所得不過泰山之一毫芒則為巔末
屢孫者尤當怵惕悒圖所以壽後也祠今風潮震盪世變層
生矣竊懼夫并與今日所得者而又不圖則先生之影響於何
所尋逐兩覬其彷彿者乎又不容不傳于後也且念知而不
傳罪在不仁故茲敢附以先賢唱酬及諸老狀碣記文若國來
野史之可攷據者編為一帙而不揆僭妄愚綴一言如右云甬

後孫道鉉泣血謹識

陶山李夫子有祭祀之儀　甫廟辛巳士林建院于清遠舊址
之傍尸祝之英廟朝有功施到今之敎盖貢法　大明亦因之
聖朝亦襲勝國之故歷代相承故云先生之德業文章彪炳萃
東載在東史愈久不泯而但今文獻無徵攷之不能詳可勝慨哉

跋

庚戌二月上澣後孫弘奎謹識

右我先祖菊坡先生遺稿也今距先生之世五百有餘年滄桑
屢變巾箱麗盡灰先生之文章道德勳業風節蕩然無餘而其所
綴拾者僅得詩二首跋一通則自不禁有杞宋之歎矣江潤脩
鱗縱林深倦鳥歸之句可以尋先生當日之文章道德勳業風
節者哉未敢謂必然也亦未敢謂不必然也何幸斯文之顯晦

有攷乎先生之藜業况節之…

得益馬思總募三百之員乘匿南之屍公事幹逸甲在二夕已處
乞還本國　王記其勞對竺山府院君錫茅土罷之先生
就省火川東岸構清遠亭穿池引流種蓮為晚景休息之所蓋
見機色舉深自韜晦詳觀金蘭溪詩可知矣今篆刻清遠亭三
字留在石上乃金陽若齋九容筆也要之以清遠之義躍于淵
而觀脩鱗之縱庚子天而知倦鳥之歸昭著上下俯仰察理是
則先生之精神氣像見於詠詩名亭之韻道德勳業發于寓物
探真之像矣坡菊黃芳志栗里之退休塘蓮青芳得濂溪之愛
賞當陰盛而特秀處泥污而不染然則先生之平日所得於心
者當何如也日與石交優遊嘯咏以為終老之計矣世代綿遠
事蹟沉浸所著述惟贈蘭溪一詩載東文選次益齋觀空樓韻
一律及跋文傳于世僅同刻後流沙遺風餘韻為後世景慕至

學中人而龍世其家者也

先祖菊坡先生遺事

屠維協洽端陽日聞韶後人金紹洛謹記

先生諱元發號菊坡系出旋善遠祖有諱愃新羅時以大匡公

主陪臣出還本國封旋善君高麗時有諱以甲以開國勳封旋

善君諡忠烈五代祖諱邦淑文科侍中平章事封龍城府院君

諡文貞遷移貫龍宮高祖諱正敏文科太師諡壯節曾祖諱

忠敬文科尚書僕射　諡文敬祖諱大年文科侍中平章事考

諱璡文科鷹揚軍民部典書姚尚州金氏先生鷹聲望早著忠甫

王朝登文科時　上國舉東土賢良文學先生鷹其選入　天朝

又捷鬼科仕至金紫榮錄大夫兵部尚書兼集賢殿太學士時

上國覽正東省敦文二十六節弓四員是左雀全三之六建五十三六三

彈冠而相賀者也不亶為子孫也

式其閩絨就竝諸先輩寫景之作可想其玲瓏瀲灧蒼翠濃郁

足以供東南之大觀而是猶淺之為觀者也先生之跂觀空樓

曰地非人無以顯其美人非詩無以發其輝又曰庸人俗士枉

踐佳境則澗愧寥寞無聞吾輩晚生將何修而可以比於

先生觀也登于此者從事乎誦詩讀書熏襲乎遺芬馥江中

月色宛見先天之影子壁上危石緬仰特地之高標池蓮埈菊

在在管領收取得一般意思則庶不為景物役也如紹之述事

者猶不禁隔晨千古之感況居於斯寢於斯折旋歌詠於斯者

豈置為百世聞風者此耶是則不能無厚望於清遠僉君子而

亦不能無記為也然惟記役者非其人固辭而不獲命敢瀝血

指之斷以塞三友人強索友人廼全王鉉晌泰炳胤甫也皆文

耶其曰林深倦鳥歸者抑豈非賦歸田園之義耶其曰歸田乃
吾志非是早知幾者抑豈非中實若晚兩外泯其跡者耶鳴乎
當衆賢網打之日黙一區獨善之地其發於聲氣之間者淸爽
雋永隱然有變小雅傷時之意也是故牢守堅定若潛龍之不
可拔高舉遠引若冥鴻之不可慕可仕可去脗合乎大易之隨
時是不可以斟少論者也亦不可以寂寥者者也退陶夫子直
許以間世名賢所當立祠者豈不是有見於詩意耶其於亭韵
又許以無極翁氣像可知其始終完節無非從光霽中出來也
然則此地之所以為尊所以為院已盡包涵於大賢一言之中
亦何敢於記為哉竊有承學之所私感者在焉尊之廢在外詿
方張之日院之設在右文方隆之時有著名園與廢可以卜洛
陽之盛衰

今為二百年餘在　肅廟之世也辛未毀撤之後院廢而為遺

擴距今為四十年餘在　大行之御極也戊午墟復而復為亭

蓋將為千百歲計也此其為亭之沿革相尋也蓋先生上承五

世之文獻傍結三賢之道義早膺清選揚顯中朝片言陳奏澤

流子生靈大勳既集勇退于田里不染淤泥自況於蓮之君子

傲視風霜寓趣於菊之隱逸此其居亭之初晚大縈闕其文章

亭中故事亦何用子記為哉惟其世級悠遠屢經灰燼其文章

著述蕩佚無餘獨有舊居韻和贈金蘭溪者乃見於東文選中

其託意於言外者固非末學所敢議㦤蓋嘗以時效之先生晚

節適當麗氏之運託抑非蘭溪被禍之日始服先生之先見故

先生以是荅之耶其曰江澗脩鱗縱者抑豈非指斥權姦之意

236

心法此中傳拋梁坤舊臣無恙老田園清高尚守前朝節玉井

道緬仰五百有餘年如斯革如斯飛何羨千萬間大廈

銀波不可護伏願上梁之後巋然長存過者必式所存師所存

通政大夫前公州郡守豐山后人柳喬榮謹撰

清遠亭重修記

有山焉陡起千丈移祖於小白日武夷有水焉會合三江上流

於洛東日省火有亭翼然當其最巑結處日清遠實竺山君蕭

坡全先生晚年休老時所作也其上有刻日清遠亭三字實金

陽翁手筆也距今為五百年餘當勝國之末也其中有詩日聞

道幽居作小塘花中君子發天香可憐植物清如許曾對高人

暎露光又日光露高懷百世風清通佳植一塘中洗心洗眼者

懶蜂來不敢拋梁乾月上花頭太極圖寒水千秋衿酒落聖賢

巨川勳業大拋梁坎蓮峰一朵蕩晴鑑衆芳搖落境幽深痴蝶

當年聖則之拋梁兌藕般穩藉浮簾外至今滿載我東民為游

光風來陣陣拋梁齋亭高葉上遊遍至靈相感文明世出洛

薦賀兒郎偉拋梁震小塘澄澈雲烟畫集賢殿上舊時香播與

深恩被生民兩無量遺芳剩馥與江水兩俱長載陳虹謠庸助

長懷非直為登臨之美處游泥而不染尤可欽風節之高大德

雲雨來者庸盡肯構肯堂之責竟致益清益遠之香瞻棟宇而

波波乎奔走就役所謂不日而成之遑遑焉勉勵服勤可見如

民非勸而自力是所同於東桑士不謀而能諧固皆出於恫幅

有此夸節祗餘君子之花肆以慕先賢之誠克圖仍舊貫之輝

草方茶陰道愿□□□道□□寨言□□法□□□□□□

聖祖曠感景發筵席退陶補賢始議尸祝百世在前公名不泯

沙峴之原其封四尺視此銘詩過者宜式

通仕郎前繕工監假監役眞城李晚寅謹撰

清遠亭重修上梁文

幽居賦歸來辭通追陶老之採菊舊扁揚清遠號宛見濂翁之

愛蓮事去而懿蹟愈光世曠而遺香彌滿恭惟我菊坡全先生

淵源正學光霽高懷抱經綸而展笙簧輔轂之猷荷光罷旋上

國懇疏劃而蠲金銀絹馬之貢穌弊癏於東方竊念當日之揭

斯亭盖取其香之清而遠雪藕映惕翁之三字筆名茲在茲出

茲天香繞退老之二首詩興也比也賦也淵仲器局軒爽事業

播馥九霄之間純粹道德炳烺文章流芳百世之下屬值吾道

嶺南也先生八世孫象奉續學於吾先祖退陶夫子門下語及
先生姐豆事夫子曰此爺問世名賢崇報宜矣後百餘年鄉道
士林爲建蘗川院以享之今雖毀於邦禁人之慕德不衰亦可
見先生德行文章之可記者不應止於此而已徵獻懇蹶不能
盡傳於世雖若可恨其著顯勳閥超邁風節歷五百有餘歲而
猶有未泯者是宜銘銘曰
文武全才恬退其德禰邦有人鳴于大國于時大東空我杼軸
敷奏蹣貢絹馬三百既息疫岷宜賞丕績歒而東還竺山封若
省火一川沛然恩渥國步斯頻見幾早作清遠有亭風範有卓
光霽高懷清通佳植誰與吟賞李金群哲雖欲持危其奈運訖
哲人云亡國隨而革史冞蕩俠誰尋遺蹟猶有未沬惠我鰈域

240

生見時事可虞丙姦壬橫遂無意於世築清遠亭于西省川東

巖臺幽邃處日逍遙其中以終老焉所與唱酬遊賞爲道義

之契者惟李益齋齋賢金蘭溪得培金惕若齋九容夫人尚州

朴氏挺樟女羡同穴生一男二女男間文科同僕寺正女適判

事金得男次適權天佑司正生七男五女長謎次盲內贍寺判

事強少尹謹文科郡事敬文科縣監慄寶積女長白縡司正次

吳淳判官徐漢高有濂注書李盛東縣監諉子孝溫孝順強子

仲倫文科朝散大夫軍資監正謹子仲權文科吏曹正郎仲養

文科兵曹正郎仲景進士敬子仲逸縣監慄予仲達寶積生裕

承議郞玄孫以下不可勝錄距今二十世子孫綿遠主組不絶

仁者之後固如是於乎先生歿未幾麗社墟矣名蹟邈矣而我

以改墓而葬之文諱錫方真期為諱管甲兵以目□嚴乓妻□

得謹按諸家敘述序其大槩

先生諱元發条出旋善中為竺山人其旋善者始於羅代旋善

君愃而其貫竺山者始於先生五代祖平章事龍城府院君文

貞公諱邾淑竺山郎龍城舊號也高祖中書舍人諱正敏曾祖

典法摠郎諱忠敬祖版圖摠郎諱大年考民部典書諱璉妣尚

州金氏生先生于縣西達池山下里第早占上第進途方享時

元朝選賢良文學于外國本朝以先生進既八元又中制翠聲

望蔚然官至金紫榮錄大夫兵部尚書彙集賢啟太學士先是

元氏置征東省徵求無節先生力言弊瘼之尤者得蠲歲貢絹

馮東民賴以稍息尋丁外憂歸本國封竺山府院君因賜省火

川一區如三代錫土田故事錄蠲貢勳也在忠穆恭愍之際先

泯没哥修草狀參以邑誌及諸老碣銘遺事請一言之惠子執
事惟執事留念焉必奎以蹟偉詞拙屢辭以不敢當顧其請益
勤且念必奎以藐末鄉後生景慕先生德業誠不後於人矣况
戎龍鄉自先生出而名滿天下勳著百代鄉邑始文明見重扵
鄒魯之邦後生之蒙被先生德惠多矣必奎雖愚魯萬識亦有
所感扵中者謹據草狀哥加修潤以備立言君子之采擇焉
己丑八月止浣外裔將仕郎前 惠陵參奉 西原鄭必奎
謹狀

神道碑銘 并序

高麗名臣菊坡全先生堂斧之封在龍宮縣西沙峴分退洞兩
向之原鄭之鸞先生宗魯寶銘其碣墓下舊有沒字碑世傳是
先生申道之…

日彥曰矸幷參奉曰克禮別抜七世曰慶幷弓信顕即通處曰

夢奎訓導號梅菊軒曰世權直長八世而曰繹府使曰續參奉

號蒼巖早遊退陶門下曰惟悌訓導曰仁厚參奉九世而曰以

性文科府使 贈都承旨號雲溪曰三樂佐郎壬亂倡義曰三

益以壬亂功勲除縣監曰三達武科兵使錄壬辰原從勲十世

而曰璐判官曰翼耆諱可菴十一世而曰五倫進士 贈大司

憲諱漁洲曰五福參奉諱休庵曰五益諱繢菴曰淳參奉曰澄

文科郡事諱西崗十二世而曰近思文科縣監曰命三文科縣

監野隱十三世而曰光濟文科都事諱三白堂十五世而曰熙

龍文科佐郎曰可卷公之五代孫熙一與漁洲公之玄孫熙王

就必奎言曰吾先祖菊坡公勲德事行合有撰次文安而曠世

因緒漁洲 公寧修家狀為久遠之資而未果熙一等懼夫愈久

244

章之女藥與先生同炊生一男二女男僩文科司僕寺正女長

金得男判事次權天佑司僕生七男五女長該次直內瞻寺判

事強少尹謹文科郡事敬文科縣監憬寶積女長白綣司正次

吳淳判官徐漢高有濂注書李盛東縣監長生孝溫孝順次內

瞻寺無嗣少尹生仲倫文科朝敬大夫軍資監正監正生順祖

縣監順守判事郡事生仲權文科吏曹正郎仲養文科兵曹正

郎仲景進士吏曹正郎生永昌文科直長永齡文科

掌令兵曹正郎生永貴文科正言進士生蘭文科縣監生仲逸

仲逸生永年文科吏曹佐郎司諫憬生仲達仲達生德山寶積

生裕承議郎議郎生順昌從仕郎自司僕以下至司諫公又連

四代文科也諸來暴以下不盡錄惟登仕籍有聞望者五世兩

有蹦役勳收錄子孫　肅廟朝士林建藕川書院為寓慕之所
遠陶李先生巫稱公曰此爺間世名賢所當之祠崇奉至是廟
貊始成崇德報勳事固有待而太史公所謂得夫子而名益彰
者歟嗚乎先生之没迨今五百載矣世代緜邈屢經兵燹漠然
不可尋徵其文獻而畧以後來拾遺者觀之先生經綸韜畧之
才弘大恢偉之量鬼卓挺特之節生於海外褊小之國入名選
而應中朝賢良則人器之出類可知也抑必奎因此而竊有所
感焉孟子曰誦其詩讀其書不知其人可乎是以論其世也先
生之世盖在忠穆之末恭愍之初目覩權姦秉國忠良邁斥乃
不安於朝廷浩然南歸江潤林深之句寄贈平生石交字字精
神流出性情所謂誦其詩而論其世者非歟夫人尚州朴氏逃

別號也新羅有諱愷以勳受封著顯于世自羅初至中葉夫官
偉烈奕舃相望輝映史策後世有諱邦叔文科門下侍郎為先
生為五代高祖諱正敏中書舍人曾祖諱忠敬典法摠郎祖諱
大年版圖摠郎考諱璡民部典書妣尚州金氏先生生於縣西
達池山下里第早登麗朝文科以文學賢良八中朝中制科聲
望藉蔚官至金紫榮祿大夫兵部尚書兼集賢殿大學士屢八
皇庭條陳左海弊瘼元帝嘉納其言特賜絹馬三百及東還自
本朝封竺山府院君傲賀季眞鑑湖故事勅賜西省川一區先
生自是引年恬退屏跡江湖巖臺幽邃林麓峭舊水瀺灂南流
八洛水亭其上名曰清遠與李益齋齋賢金蘭溪得培金惕若
九容諸賢結為道義交日嘯咏歡樂嘗贈蘭溪詩曰江潤條鱗

氏為楊邑訟院路及謹序詩作肇示今乞葬銘盍先生之偘言

僕寺正孫諱亘縣監強少尹謹郡事敬慄至曾玄孫皆文科或

為掌令進士亘長又各一人至九代孫以性遊吾先祖文莊公

門亦文科贈都承吉然於今乃得顯刻焉豈亦有時而然歟

墓在竺西分退洞丙向原銘曰

東國自崔孤雲李牧隱之外其八仕中國功施到今身名俱完

者惟菊坡有焉宜其廟食百世而墓亦表識之以益保守永久

哉

通訓大夫前行司憲府持平晉陽鄭宗魯撰

通訓大夫前行弘文館校理義城金　塤書

竺山府院君菊坡全先生行狀

先生諱元發號菊坡其先旌善人及先生贊以竺山竺山卽龍宮

祖大年版圖撫部考瑈應揚軍民部典書皆用文科進先生亦
擢第顯於朝時自中國遷東國賢良文學試之忠書王以公廥
八果魁仕至金紫榮祿大夫兵部尚書兼集賢殿太學士先是
中國責東國歲貢駿馬絹帛弊不堪先生懇奏蒙特蠲至大明
亦因之尋丁外憂還王以其功封竺山府院君又賜竺山一區
第以罷之及恭愍王立先生見權姦橫退居竺山下與李益齋
齊賢金暘若九容金蘭溪得培為道義交相得甚歡先生歿未
幾麗命革遺事亦磨滅無傳猷邦人慕其德不衰議欲俎豆之
至八世孫纘學於陶山李子間語及此子曰此爺間世名賢崇
報宜矣速 肅廟朝又以蠲貢事下敎曰我東之國富民安果
誰之力用是鄉士林卽先生杖屨地立祠于藕川己百餘年矣

時西要之河出方忠祖之芳春晨五初委員者一世六二十七

料邦運之漸否飄然長徃樂我江湖日與朋親賦詠娛懷不復

縈情於冨貴功名之間風流瀟灑閒放以終老其贈蘭溪詩一

絶載在東文選中江潤脩鱗縱林深倦鳥歸歸田乃吾志非是

早知幾三復諷詠可想雅意之有在詩曰旣明且哲以保其身

殆先生之謂矣嵬嶔清風聳尚百載廉頑之懦山高水長而虎

休炳靈衆後科第主組相望不絶鳴于偉哉鳴乎盛哉天孌雅

不文無所表章惟賛猥是懼而世之能言君子欲述先生之德

之懿積之厚者廣或可以考據於斯也㞢

癸亥四月　日　　坐貢驪州李天孌謹記

墓碣銘並序

先生諱元發姓全氏菊坡其號也曾祖忠敬高麗典法郞揔郎

石交逍遙吟賞以自適惕若齋所書清遠亭三大篆字尚有刻

在石上輝暎於江天先生八代孫參奉纘遊於退陶先生門下

李先生亞稱先生曰此爺間世名賢當之祠崇奉其後遠近章

甫同聲恊力就遺址建院而俎豆焉卽今蕷川書院是已而寶

追李先生之餘意也夫人尙州朴氏挺樟之女與先生同穴而

巽子女雲仍俱於別錄噫先生言行旣不可尋遂於世代邈逖

之後兩以今据摭者觀之先生始終有卓然二大節先生袚遜

入上國對策膺榮固是分內而以邀外一个書生屢近天子之

猷光平蒙遹貢之澤於片辭之間使三韓蕞爾之小邦永免慮

萬年卷索之賦其識慮遠矣其功烈大矣麗之時前後貢蔡赴

元者幾何而率皆以文章名未聞有爲國敎瘼如先生之爲則

先生豈非作羔弋一人邪

顧安敢妄為之杜撰也乃與本孫諸人捃譜牒之所載疏散柰及

之見錄畧記其梗槩先生諱元發菊波其號也柰本出於善及

先生受封竺山仍以竺山為貫五代祖諱邦淑門下侍中高祖

諱正敏中書舍人曾祖諱忠敬典法摠郎祖諱大年版圖摠郎

考諱雄民部典書妣尚州金氏先生早登麗朝上第以文學賢

良八元朝中制科官至金紫榮祿大夫兵部尚書集賢殿太

學士頻繁八對陳達東藩僻在海隅國小弊甚之由元帝嘉納

其言特蠲東國絹馬之貢至今賴之及其欽兩東還引年乞退

命封竺山府院君勑賜竺山西省火川一區如賀知章鑑湖故

亭盖所以酬功兩優老也遂築亭于川之東崖鑿池種蓮名以

清遠為遲暮樓息之所與李益齋金蘭溪金惕若齋諸賢為金

是一省士林卽先生杖屨地之院以享之蓋追夫子之遺意也

鳴乎今距先生之世已邈矣滄桑屢嬗掇拾於灰燼之餘者不

過詩二首跋一通則雖甚寂寥亦可以想像其萬一而感念

悽怳宛若繞膝而承警咳今此池筆寧簡無濫者恐傷我先祖

當日之謙德矣玆敢不揆僭妄撮實略草恭族君子之採擇焉

十五代孫熙一熙玉等泣血謹狀

菊坡全先生遺事記畧

菊坡全先生衣冠之藏在龍宮縣西沙峴分退洞負壬之原而

舊無顯刻天寶壽諗于其本孫及鄉人謀所以樹碣表墟本孫

德采達采錫采鄉人李東變鄭必奎遂實管而成之將求文鋟

陰以傳示無窮俾天變撰次先生行蹟聊資板控柬筆之家天

廣鯔金鍰約馬之責大明方岱之民室落秋東至云文兩言冬

王封竺山府院君賜田以寵之時麗運垂訖國事日非先生無

意於世賦歸幽居其詩曰江潤脩鱗縱林深倦鳥歸婦田乃吾

志非是早知幾起亭于眘火川東岸鑿池種蓮顏之曰清遠與

李孟齋金蘭溪金惕若諸賢日嘯咏以終老亭後蒼壁上篆字

尚甫輝暎江天乃惕若齋筆也夫人尚州朴挺樟女羮嫂鉤于

分退洞頁壬之原生一男二女男間文科司僕寺正女判事金

得男權天佑寺正七男四女男長誘次區内曬寺判事次強少

尹次謹文郡事次敬文縣監次慄次寶積女司正白總判官吳

淳徐漢注書高有廉以下不盡錄八代孫參奉續受學于退陶

夫子丞桶先生曰此爺聞世名賢當立祠崇報因作詩二首以

寄題　肅廟朝又以蠲貢事下教曰國富民安果誰之力也用

暎千秋人膽炙伏願上樑之後岳鎭川瀋竹苞松茂遠去賢人

之世雖未親炙兩薰陶幸生君子之邦固當私淑兩興起道所

存師所存也不可以他求我何人舜何人耶有為者若是廢幾

十室之邑將見比屋可封

家狀

我先祖菊坡先生諱元發姓全氏以羅朝旌善君諱愃為上祖

世襲圭組至忠烈公諱以甲翊麗祖殉節與弟忠康公諱義甲

幷享大邱寒泉草溪道溪院累傳至文貞公諱邦淑封龍城府

院君仍移貫焉於先生為五代祖諱正敏壯節公諱忠敬文敬

公諱大年版圖摠郎諱雖民部典書是高曾祖若考姓尙州金

氏先生生龍宮縣西達池里第登文科以賢良選入天朝文中

人事之善言懿行亦不責方其然□又無後方下庄地豈女在

水增清兩岳增翠景物似慰意月八戶兩風八櫺曠世之典得

行後生之責斯盡第念尊賢有道必須盡已之誠考言行兩思

森可師可範瞻棟宇兩對越如在如臨精意已享於神明毋本

正廟之義禮俗相交於朋友能克為士之名是歟此地洪規盡

與吾黨同勉一語均賦六偉俱成兒郎偉拋梁東竺山山到武

夷窮儲精毓秀生申甫千載名畫宇宙中兒郎偉拋梁南洛江吞

納小江三者臬碩量能如許笑殺蹄涔不滿龕兒郎偉拋梁西

廬阜雄盤厭虎溪仰止合人起深敬却疑中有晦翁摟兒郎偉

拋梁北箕川混混流無息盈科學海達于江有本從來聖所則

兒郎偉拋梁上雲散風恬天日朗此理昭昭在人心要令至海

無沒浪兒郎偉拋梁下清潭翠壁光相射石間三字古兩奇照

256

典未逞杖屨之　地虚擲一區　臺榭長留千古之名　欵丈雲根尚
帶三字之刻耕犁隕淚不待雍門之奏琴指點興嗟幾多行路
之駐馬遺風餘韻猶有存者非無景仰之誠崇德報功若或忘
之盍緣因緒之習滄江有心於搗恨碧山無語兩騰喃乃者人
心不誣物論愈激事關先烈起羞恥於來雲責在鄉邦多後悔
於徒日相唱爼豆之議萬口同辭各獻始之謀一心齊力掄
材己至於鳩集香宇不煩於龜從仍剗古亭之遺墟是尋是度
乃莉新宮之有俿如鳥如翬豈但取象於雷天抑亦受規於周
溪山川復屬於舊主某水某丘園林無改於暴時我疆我界輪
焉美奐焉美制度焉美廟貌不徒生於斯歿於斯醱食於斯神
理無憾苟非所植之有大安得愈久而彌芳於是觀聽惟新典

257

▲ 국파선생문집 21~22

洪斯祠宇峻爽廟浮眉亭□亲清遠傳出斿

芬承嘗實出一鄉之素顏肆定百代之公議遂建一祠之明宮

恭惟栽菊坡先生華國文章間世人物剗名桂籍始矯翼於中

達迥步蘭翠遂觀風於上國賢良對策人同廣川之大儒金紫

還鄉榮佀仕聲名己動於華夏才德可想其彌彤位

爵俱崇佀作故國之喬木年德益邵奈迫晚景之桑榆張季鷹

之思歸見秋風而起感賀知章之乞退賜鑑湖而罷行竺山與

東山同高三江共五湖一色容盡東南之美左陽若而右盍齋

地連水石之奇下澄波而上蒼壁弄清聲遠芳遠有遺音以名

亭挹翠觀瀾芳樂無央誰爭子所猗歟自今兩沂古實是千載

之一人君子居之是鄉得為忠信仁人後此願離所以滋蕃盛

地江山雖亡宋王之宅河南風俗素稱鄭公之鄉獨慘尊崇之

某山某水錫土分封省火東羌爰得我直一亭瀟灑清遠揭額

清以揆心遠以標志斯文碩賢巨筆昭示人亡事去石老菩薩

蓉容大名竺山相將兹焉立廟揭虔妥靈祭祀有文可質禮經

士林載集僑贄咸叙升降拜伏祭得其助此邦前古文獻無徵

華夏聲名先生是膺後來有作節行文章淵源所自功猷能當

數文蒼巖一帶明川廟事時修武禮莫愆宜罷後人以成無彊

有思則成洋洋在傍

常享祝文

業光中朝道尊東土清風雅韻百代興慕

蘶川書院廟宇上樑文 壬申十一月十五日 進士金 楷

述夫陶彭澤起十世後始贖栗里之田園葡朗陵八百年餘方

下可以想見其為人矣...事遺屈食善而止...後學見其

八俎豆之列人無異辭而尚此遷就者中古以上無之祠之規

自後則事在久遠難以揣摩今幸前代未運之典邊成於退遠

後學之誠則可見其尊尚之愈久而愈隆也先生八世孫四友

堂公嶺受學於退陶先生門下講問之餘語及此意則老先生

答以此爺闇世名賢也之祠崇報亦所當然先生之意如此而

遷延至今者豈非後生之過也尊賢之誠無間遠通伏望僉

君子幸臨兩楮教之如何

薊川書院奉安文

翊贊李惟樟

豪傑之興不擇處所季子由吳陳良起楚西游觀樂北學莫先

竊惟先生大東之賢箕敎所及有根易長濯纓江湖觀國之光

進而中國王堂金門左提右挈襭盈諸君書錦十載進退從容

奉安時遠道內士裖文 辨七曰一月

伏以菊坡金先生立祠尸祝之事曾有所通喻兩將以今月十

九日中丁定行縟儀敢此奉告焉蓋先生當麗末以道德文章

鳴于一世早年決科名聞遠著以賢良文學選入中國文捷魁

科仕至金紫榮祿大夫兵部尚書兼集賢殿太學士晚年乞還

本國仍無意世事屏居田園如張李鷹賓李真之故事而自

上對爲竺山府院君賜以竺山山下一區建第以罷之卽清遠

亭是也自是優遊終老與李益齋金蘭溪惕若齋爲道義交

日與吟咏暢叙卽今石上篆刻清遠亭三字惕若齋筆也東文

選中贈金蘭溪詩江潤修鱗縱林深倦鳥歸歸田乃吾志非是

早知幾乃自叙也獨恨吾東方文獻不足又世代邈逖其殘膈

竊伏聞貴邑清遠亭有菊坡全先生立廟之舉曠世未遑之典

得行於今日誠美事也蓋我國之文獻不足先生之殘膏賸馥

存者無幾不幸孰甚焉然而尚論之道不待多言先觀其大節

而已憶先生笑出處表著當世而矜式後生者有二歎焉早以

賢良入貢中朝則其賢行何如也晚而恬退婆娑林壑則其節

操又何如也大節如此而又有文章名位卓冠前古何必誦其

詩讀其書而後可得其為人也況清遠亭乃當朝之所寵錫而

平日之所倘佯石間三大字照映千古則不可使此地泯沒於

後世也以此地享此賢則名實相孚而人與地兩有光矣齂等

竊茶鄉隣各盡所見故敢此布焉伏希僉君子特任立祠之責

而久其規模焉

伏以竺山府院君菊坡全先生麗季玏臣海東名賢也世代已
遠載籍無徵耴末後生雖不敢質言其行蹟而其功業文章巍
然煥然顯揚于天朝炳著于我東者至今㩐在人口長使毅靈
之地景慕於千百載之下則是知遺風餘韻感人心者深而吾
龍之聞人世作素稱文獻者安知非此爺倡啓之功歟古有鄉
先生歿而祭社之典況今先生之模範百世興起後人者不止
為鄉先生而已則鄉人之立祠揭虔以為寓慕之所者在所不
己而自甫遷就迄今未舉此乃隣鄉之所共愧然而吾儕之居
常愧恨者也茲有區區之懷不得不奉告於好義僉君子倘不
以鄙等之言烏僧妄卽以此意發文通諭於省中以為齊會定

忠肅王二年乙卯自元有東國賢良文學之選以全元發膺入

恭愍王三年甲午兵部尚書全元發還自元除韓蹄駿馬金銀絹

帛之貢王嘉之封竺山府院君

高麗全元發鷹揚掃軍民部與書雖之子版圖摠郎大年之孫與

法部摠郎忠敬之曾孫入中朝爲金紫菜樣大夫兵部尚書兼

集賢殿太學士本朝封竺山府院君號菊坡子間司僕寺正孫

強謹敬等俱捷魁科歷揚清顯

竺山邑誌

清遠亭在縣西省火川東岸全元發舊居也文純公李滉作寄

題詩二首

大東韻玉

全元發龍宮縣人登第入天朝爲兵部尚書兼集賢殿太學士

晚年致仕退居縣西有清遠亭卽舊居遂至今石上有篆刻三字

文獻備考

恭愍王朝竺山府院君全元發文敬士

屠孫十載仰遺庶恐見清芬□□□□□□□□□

日愛蓮翁

建院前四年戊寅七月初五日

蕭廟朝下教

傳曰高麗名臣竺山全元發以賢良文學之遴入天朝屢陳

藩瘼金銀絹馬之貢以蘓我生靈至今我東之國富民安是

誰之力此非惟予一人之感實予臣民所共不忘其以當日

退休之省火川改爲蘓川

輿地勝覽

清遠亭全元發舊居在省火川東岸以篆刻清遠亭三字於石

壁上

人物誌

266

常以詩跋之不能傳筆蹟之無復見爲恨歲壬寅冬薄遊于俗

離山偶見珊瑚殿西蒼壁中有先生所書碑摩浮倪仰自幸筆

跡之復見只恨詩跋之不見今年三月丁未徐縋哲徐尚顔來

繹從家示族譜詩與跋皆錄於卷末徐公乃先生之外裔故兵

火間得於山人之傳而藏之噫徐之得於山人幸也余之得於

徐公亦幸也幸中之幸就使之然哉三百載相傳非天何又恐

墨本有蠹敗之慮倩工鋟板付之天德寺樓雖壊而寺尚存凡

我先生之後裔讀是詩則追感之心必發于中令寺僧敬守而

勿失也宜栽時辛亥夏四月日八代孫纘誌緯書

敬次退溪先生寄題清遠亭韻 　十一世孫五倫　漁洲

先祖遺墟一小塘嘗聞連葦舊時香奠云世遠今埋没流照千

石草如煙

題清遠亭　　　　　　　　　　　金世欽　七灘

古來畏壘暮庚桑俎豆春秋孰武長惟是賢孫誠未盡昔年規

範肯菴堂

清遠亭前泝畫圖高人漆倒月同孤山分四佛成奇勢水合三

灘作大湖陶柳陰中詩與友浣花溪上酒相呼恩恩岐路東南

容不識功名等一區　　　　　　　權璵

觀空樓詩板後識

先祖菊坡先生詩與跋上板於天德寺觀空樓及寺之毀曾皇

夸取板來付諸竹林堂余少時遊于板下詠其詩仰其筆怳若

瓶遊膝下面承咳嗽　萬曆壬辰板與堂俱爲灰燼於兵燹中

年字受答正 姸古琴彈夜月不妨清興瀉深盃一雙白鳥眞吾
與沙浦元無俗客来

李惟誠

雲捲風恬洞字開小亭瀟灑水縈迴瞳朦山色紅如錦潋灩波
光碧似苔康節吟中梧一月淵明巾下酒三盃幽貞勝地無塵
跡只有沙禽去又来

鄭維藩 鶴洞

澄澈池塘一鑑開先天影像至今迴幽居晚晚徐黄菊古篆荒
凉半綠苔萬里暮雲生遠鯁一泓秋水入深盃高人已去蓮猶
在宛帶光風霽月来

題藕川書院

金世鎬 龜州

罷沙蒼老門前移五次⋯見其可人閒五味八又此君老矣

癖時時吾亦抱琴来

李垓　蒼石

簿領叢中眼厭開水雲鄉裡首頻迴曾自攀秀石尋丹篆自掬寒沒洗碧苔世態慣看翻覆手別懷頃盡淺深盃岩樓未償平生債尙許名區數往來

朴　思齊

小亭薄灑倚巖開盛事相隣歲幾迴沙上斷崖屏作畫水中盤石錦爲苔風移梧影涼生席月透松陰冷入盃如遂讓西賃屋計渙花未落定還來

金弘敏　沙潭

偶到亭中眼忽開日晡堅坐不知迴閣臨二水魚吹席石老千

附錄

寄題清遠亭　　李混　退溪

聞道幽居作小塘花中君子發天香可憐植物清如許曾對高
人映霽光

光霽高懷百世風清通佳植一塘中洗心洗眼看來虛竟見當
時無極翁

登清遠亭題詩寓感　　趙微　松坡

依山壓石一亭開千尺澄流十里迴仙跡百年隨逝水丹書三
字老蒼苔輕凉送熱風移竹清興催詩月浴盃高卧半生無俗
伴白鷗時拂鏡光來　　姜霽　白石

更增坦公之顧謃矣時戊戌 三月日 金紫榮祿大夫兵部尚書

兼集賢殿太學士致仕 全元發跋

蔽僧自陳千古姬霞與敗夕六晤鐘

命寫出荒蕪有愧顏

書李益齋觀空樓詩後

地非人無以顯其美人非詩無以發其輝故雖有溪山之美庸

人俗士枉踐佳境則澗愧林慚天慳地秘寥寂無聞若過文章

學士蒙一字之褒則雲烟動色樹木舍榮無形之形於是乎見

無價之價自此而高黙菴坦公釋門領袖來宿顏力荊白萃寺

於天德山因起東西二樓欲光大其名請于相國李仲思作記

與詩記則上板詩未及書師乃永逝由是失其本余丁酉秋承

命赴朝一日詣相國私第公置酒從容之際因及山中曰余

曾作觀空樓詩子見之乎余曰未見公因誦是詩余聞兩銘諸

心恐其淪沒無聞及還即命書上板以壽其傳不獨斯樓之價

江澗脩鱗縱林深倦鳥歸歸田乃吾志非是早知幾見東文選

次李益齋仲思題白華山天德寺觀空樓韻

春遊古寺費登攀十里青松百疊山俗累恐爲清境累僧閒付

與白雲閒宵清月傍軒楹外風晚花枝几案間誰會淡中真味

永一甌茶話一開顏

附元韻

李齊賢 益齋

勝遊多是費躋攀最愛蓮宮住淺山一水練鋪延廣遠兩窓裸

合護幽閒莫求佛外秉心外要信人間即夢間聽得樓名諳得

理何須去對主人顏

次菊坡天德寺觀空樓韻

權思復

君吉今跋先生之廿五百有餘年之餘久而愈
至於事蹟之寢湮而寢晦者抑文獻之無徵而遺集之不行焉
甫遺集奚有於先生因是而使偉蹟懿範無以牖後生新學之
耳目則後承之所宜兢懼而勉思也耳孫衡九相洛等掇拾於
煨灰斷爛之餘僅得詩二首跋一通附以遺事狀碣及邑誌野
史詩章文字之為先生而作者編之為菊坡先生
集叔世人士眼孔甚侈或病其有遜於克棟汗牛之家而先生
之始終在此不能無少補於顯晦之數也將鋟諸梓以壽其傳
間序於晚寅固非拙訥所敢贋籍曰有可堪作者江潤脩鱗縱
林深倦鳥歸之句可以見先生何待於序引

前將作郎真城李晚寅謹序

菊坡先生文集序

高論之士多以顯晦求前賢失之末矣文章德業勳閥風節之
磊磊軒一世兩寢以泯焉者何限世代邈遠則晦居地荒僻則
晦史乘散佚則晦子孫屑瘖則晦並可以不顯而𤁟之耶麗氏
甚詫之運名賢輩出以基我　聖朝五百年文明之休時則有
若菊坡先生全公始以文章進早擢本國高第旣而鴈中朝賢
良文學之選仕至兵部尚書策集賢殿太學士東人之於大國
無拔援之勢無世蔭之資而若是其隆赫顯庸非德業所召
丙能如是乎時元人誅求小邦有大東杼軸之歎先生力言放
帝特減絹馬之貢勳閥又如是矣及其歛而東歸也適值權姦
頋國不可為遂相機卷懍于清遠亭中優遊以沒世風節亦

▲ 국파선생문집 1~2

국파선생문집
菊坡先生文集

초판인쇄 2024년 11월 29일
초판발행 2024년 11월 29일

총괄 이재완
국역 윤호진
교열 김순미, 박선이
편집 및 교정 임영현, 최미정, 허선미, 김미쁨, 안소연, 김예지, 안수연
발행인 채종준

주소 경기도 파주시 회동길 230 (문발동)
투고문의 ksibook13@kstudy.com

발행처 한국학술정보(주)
출판신고 2003년 9월 25일 제406-2003-000012호
인쇄 북토리

ISBN 979-11-7318-050-7 93810